AF482635

Julius Wolff

Das Wildfangrecht: Historischer Roman

e-artnow 2018

Walter Scott
Der Talisman: Historischer Roman aus dem Zeitalter der Kreuzzüge

Elisabeth Bürstenbinder
Um hohen Preis

Oskar Meding
Kreuz und Schwert: Historischer Roman

Henryk Sienkiewicz
Pan Wolodyjowski (Historischer Roman): Der kleine Ritter

James Fenimore Cooper
Die Ansiedler: Quellen des Susquehanna

Julius Wolff

Das Wildfangrecht: Historischer Roman

e-artnow, 2018
Kontakt: info@e-artnow.org

ISBN 978-80-273-1500-0

Inhaltsverzeichnis

An einem warmen Septemberabend saß ein hochgestalteter, stämmiger Mann mit grauem Langhaar vor dem Wohnhause seines Gehöftes in dem anmutig gelegenen Städtchen Wachenheim in der Rheinpfalz und blickte sinnend vor sich hin. Er war in landesüblicher Bauerntracht, aber seine Haltung und ganze Erscheinung hatten etwas Würdevolles, Achtunggebietendes. Seine rechte Hand ruhte auf dem derben Kreuzbeintische vor ihm, und ohne sich dessen bewußt zu sein, trommelte er auf der Platte einen marschmäßigen Takt. Er hatte in den überstandenen, langen Kriegsjahren viel trommeln gehört, und so war ihm dieses Fingerspiel zur Gewohnheit geworden, wenn ihm etwas Besonderes die Gedanken bewegte.

Es war der Bürgermeister von Wachenheim Christoph Armbruster, der sich als Winzer eines behäbigen Wohlstandes erfreute und die Bürgermeisterei im Ehrenamt verwaltete. Es schienen auch keineswegs Sorgen zu sein, was ihn zu dieser Stunde beschäftigte, denn sein Gesicht mit der stark hervortretenden Nase und dem kräftigen Kinn zeigte einen zufriedenen Ausdruck, und er schaute, wie sie in der Pfalz sagen, so recht stillbedächt und heimselig drein.

Das Gehöft, auf das man von der Straße durch ein breites, bei Tage stets offenes Tor gelangte, bildete ein umfangreiches, längliches Viereck, in welchem sich mehrere, den Umfassungsmauern angefügte Gebäude befanden, ein größeres, zweistöckiges Haus, das der Bürgermeister mit seiner Frau und seiner jüngsten Tochter, und ein kleineres, das sein Sohn mit Frau und Kindern bewohnte, ferner das Kelterhaus, Scheune, Schuppen und Ställe. Dem größeren Wohnhause entlang zog sich eine schattige Pergola, d. h. ein laubenartiger, auch oben mit Latten versehener Rebengang, worin zwischen den Ranken und Blättern dunkelblaue Malvasiertrauben hingen. Hinter den Häusern streckte sich bis an die mit runden Verteidigungstürmen bewehrte Stadtumwallung ein wohlgepflegter Obst- und Gemüsegarten. Auf dem geräumigen Hofe stand seitwärts ein alter Nußbaum, dessen mächtigen Stamm eine hölzerne Sitzbank umgab.

Dieses stattliche Anwesen hieß der Abtshof, weil es vor Jahrhunderten das Eigentum des nahen, von Konrad II., dem Salier, gestifteten und reich dotierten Benediktinerklosters Limburg gewesen war, zu dem der Kaiser selber, und zwar an dem nämlichen Tage wie zu dem herrlichen Dom in Speyer den Grundstein gelegt hatte. Einer der Äbte hatte den Hof erbaut, um hier die edlen Gewächse der ihn umgebenden, dem Kloster zugehörigen Weinberge keltern und lagern zu können, und jetzt noch waren die starken Mauern und Gewölbe vorhanden, in denen dies einst geschehen war.

Außer diesem unterirdischen Gemäuer aber war von dem abteilichen Bau kaum ein Stein auf dem andern geblieben. Kriegsstürme hatten ihn wie so manches, was Menschenhand hier geschaffen, fast bis auf den Grund hinweggefegt. Denn die Pfalz, namentlich die Vorderpfalz mit ihrem Köstliches hervorbringenden Rebengelände an der Haardt hatte unter schweren Drangsalen zu leiden gehabt. Die unaufhörlichen Fehden des streitlustigen Pfalzgrafen bei Rhein Friedrich des Siegreichen, die Untaten des Bauernkrieges, die verzweifelten Kämpfe mit den beutegierigen Landsknechten des Markgrafen Albrecht Alcibiades von Brandenburg und endlich die furchtbaren Heimsuchungen im dreißigjährigen Kriege unter Tilly, dem Grafen Ernst von Mansfeld und dem Herzog Christian von Braunschweig hatten die Städte und Dörfer der Pfalz eingeäschert, das Land verödet, die Leute ins Elend versetzt.

Aber die unerschöpfliche Fruchtbarkeit des Bodens brachte nach jeder Verwüstung die jungen Saaten und Pflanzungen zu schnellem Wachstum, und die Betriebsamkeit der Bewohner besaß die zähe Kraft, unverdrossen wieder aufzurichten, was niedergestampft, verbrannt und verdorben war. Trotz aller Verheerungen, denen sie im Lauf der Zeiten ausgesetzt war, rühmte sich die Pfalz, einer der höchstgesegneten Gaue des deutschen Reiches zu sein, so daß es einst von ihr hieß, sie wäre so reich, daß hier selbst die Bettelleute Kapitalsteuer zahlten. Und jetzt, sechzehn Jahre nach dem Westfälischen Frieden, unter der Regierung des für die Wohlfahrt seines Landes rastlos bemühten Kurfürsten und Pfalzgrafen Karl Ludwig, war sie in fröhlichem Aufschwung begriffen; allerwegen entfaltete sich ein sichtliches Gedeihen von Handel und Gewerbe, Acker-
und Weinbau.

Auch der Abtshof, die einstige Siedelung jenes längst zerstörten Benediktinerstiftes, hatte sich aus den Trümmern, in die er mehr als einmal gesunken war, in erneuter Gestalt erhoben und war nun schon in der vierten Generation das Erbe der Familie Armbruster. Seine letzte Beschädigung durch die Spanier, die sein gegenwärtiger Besitzer als junger Mensch schon erlebt hatte, war nicht so schlimm gewesen wie die früheren. Christophs Großvater hatte ihn wiederhergestellt, sein Vater noch erweitert und ausgebaut und er selber ihn endlich zu dem gemacht, was er heute war, ein echt pfälzischer Bauern- und Winzerhof, der sich sehen lassen konnte und in ganz Wachenheim nur von einem einzigen an Größe und schmucker Wohnlichkeit noch übertroffen wurde.

Hier auf seinem freien Eigen saß nun Christoph Armbruster und trommelte mit den Fingern auf der Tischplatte. Plötzlich überflog ein gutmütig schlaues Lächeln seine markigen Züge, und er hob den Blick zu der trutzigen Wachtenburg empor, die unweit der Stadt den Gipfel eines steilen Vorberges krönte. Die Sonne war bereits hinter dem hohen, in schönen Linien auf- und absteigenden Kamme des Gebirges verschwunden, aber ein flammendes Abendrot stand am Himmel und überhauchte die Zinnen und Türme der Burg mit einem goldigen Schimmer.

Dort hauste der Reichsfreiherr Dietrich von Remchingen, kurfürstlicher Obervogt der Vorderpfalz, der die ihm verliehene Machtbefugnis gerecht und mild ausübte. Er und Christoph waren Jugendgenossen. Der Abkömmling eines alten, stolzen Rittergeschlechtes und der Sproß einer alten, freien Bauernfamilie hatten sich als Knaben bald auf den Wällen und in den Gräben der Burg, bald in dem Garten und den Wirtschaftsräumen des Winzerhofes getummelt, hatten als Jünglinge die Berge und Täler der Haardt durchstreift, als Männer dem edlen Weidwerk obgelegen und endlich die Schrecken des großen Krieges miteinander getragen, und ihre Freundschaft hatte durch all die langen Jahre treulich standgehalten und blühte heute noch, wo sie beide rüstige, welterfahrene Sechziger waren. Im traulichen Gespräch nannten sie sich du und bei den Vornamen, im amtlichen Verkehr aber, den ja ihre Stellungen mit sich brachten und bei dem es hin und wieder zu kleinen Reibereien und manchmal auch zu einem scharfen Wortwechsel kam, schnoben sie sich auch wohl mit Herr Reichsfreiherr! und Herr Bürgermeister! unwirsch an, um sich beim nächsten Wiedersehen ohne Vorrede die Hände zu schütteln und herzlich ins Gesicht zu lachen. An einen solchen kürzlich gehabten Streit mochte der Bürgermeister wohl gedacht haben, als er zur Wachtenburg hinaufgeblickt hatte.

Wie er da nun am Tisch unter den Reben saß und sinnierte, lugte plötzlich, unbemerkt von ihm, ein brauner Mädchenkopf aus der Haustür um die Ecke, und husch! sprang eine hübsche junge Dirn die paar Stufen hinab und zu dem Alten auf die Bank, wo sie sich kuschelig an seine breite Schulter schmiegte.

»Grashupf, bist du da?« sprach er, indem er den Arm um seinen Liebling, die jüngste Tochter, schlang. »Wo ist die Mutter?«

»Sie kommt auch gleich,« erwiderte das Mädchen. »Hast wohl schon Hunger, Väterle?«

»O ja, aber die andern fehlen auch noch, ihr laßt mich ja ganz allein hier.«

»Ich doch nicht, Väterle! ich lauf dir immer nach wie ein spürendes Hundl seinem verlorenen Herrn.«

»Ja du, du!« lächelte er und drückte sie sanft an sich.

Die Siebzehnjährige mit runden Wangen und lustigen Augen war eine Herzensfreude für den ernsten, manchmal kurz angebundenen Mann, und wenn er sie auch keineswegs verzogen hatte, so besaß sie doch eine nicht geringe Gewalt über ihn und konnte ihm abbetteln und abschmeicheln, was sie wollte. Er aber hatte seinen Spaß an den kleinen Listen, die sie dabei anwandte und die er, ohne sich's merken zu lassen, wohl durchschaute.

Die beiden blieben nicht lange allein. Zwei pausbäckige Jungen von zehn und acht Jahren, Christophs Enkel, kamen um das Haus herum angestürmt, und das erste Wort des älteren war: »Gibt's noch nichts zu essen?«

»So!« lachte Christoph, »wo habt ihr Schlingel denn gesteckt?«

»Im Garten, Großvater,« erwiderte der jüngere.

»Und wo sind eure Eltern?«

»Vater ist nicht daheim, und Mutter singt's Bärbele in Schlaf.«

»Dann seht mal nach, ob ihr Großmutter findet, daß sie euch die gefräßigen Mäuler stopft.«
Da sprangen sie ins Haus hinein, und man hörte sie nach der Großmutter rufen.

Nun erscholl von innen eine weibliche Stimme: »Ammerie!«

»Ja, Mutter!« gab das Mädchen zurück und enteilte.

Bald kamen die vier wieder. Christophs Frau Madlen, in Abkürzung von Magdalene so genannt, und Ammerie, beide mit irdenen Tellern und Schüsseln beladen, auf denen das kalte Abendbrot appetitlich geschichtet war, und hinter ihnen die zwei Jungen mit anderem Eßgerät, soviel ihre kleinen Hände fassen konnten. Alles wurde auf die sieben Plätze an dem zuvor mit einem blaugemusterten Linnen bedeckten Tisch verteilt, denn der Sohn aß mit Frau und Kindern stets bei den Eltern, weil es der alte Herr, der auf den festen Zusammenhalt der Familie hohen Wert legte, so verlangte. Als Ammerie dann noch einen großen Steinkrug selbst geherbsteten Wein und fünf zinnerne Becher geholt hatte, erschien auch Elsbeth, Armbrusters schöngewachsene Schwiegertochter.

»Wo hast du deinen Mann?« fragte Christoph.

»Ich weiß nicht, wo der Peter bleibt,« erwiderte Elsbeth. »Er wollte nur noch einmal zum Böttchermeister Lutz Hebenstreit gehen.«

»Nun, warten wir nicht auf ihn,« bestimmte der Bürgermeister und ließ sich quervor am Tische in einem grobgezimmerten Lehnstuhl nieder, seiner Frau gegenüber, so daß Kinder und Enkel zwischen den beiden Alten saßen, das jüngere Ehepaar auf der Bank.

Ehe sie aber alle Platz genommen hatten, rief der ältere der beiden Jungen: »Da kommt der Vater!«

Peter, an Gliederbau wie auch im Gesicht seines Vaters Ebenbild und dessen rechte Hand im Wirtschaftsbetriebe, kam schnell über den Hof heran und setzte sich mit einem entschuldigenden »Verzeiht!« neben seine Frau.

Nach einem kurzen Tischgebete, das der älteste Enkel geläufig, doch ohne große Andacht hersagte, begannen sie zu essen, und Elsbeth teilte ihren beiden Jungen ein Genügendes zu, während Ammerie aus dem Kruge die Becher füllte.

»Du warst noch bei Lutz Hebenstreit?« fragte Christoph.

»Ja, ich wollte ihn noch einmal ernstlich an unsere Fässer mahnen,« gab Peter zur Antwort, »aber da kam ich bei dem bärbeißigen alten Junggesellen schön an. Erst müßte er die für meinen Schwiegervater fertigschaffen, der ihm mit Entziehung seiner Kundschaft gedroht hätte, wenn er sie ihm nicht pünktlich lieferte; wir sollten ihn in des Deibels Namen in Ruhe lassen, fuhr er patzig auf mich los, ehe ich nur ausreden konnte.«

»Nun, es ist ja noch ein paar Wochen Zeit bis zur Lese,« meinte Madlen begütigend.

»Die Wingerten sind geschlossen, und wir haben einen guten Herbst vor uns,« sagte Christoph. »Aber freilich, wo Florian Gersbacher den Vorsprung hat, da hat unsereins das Nachsehen. Und das will mein Freund sein!« fügte er launig hinzu.

»Ist er auch, lieber Vater!« fiel Elsbeth, die Tochter des eben Beredeten, ein. »Aber warum kommst du so spät?« wandte sie sich an ihren Mann.

»Ich hatte auf dem Rückwege einen kleinen Aufenthalt,« erwiderte dieser.

»Warst wohl noch in einer Straußwirtschaft und hast dir dort das Loch im Ärmel geholt?« zog Ammerie ihren Bruder spottlustig auf.

»Wahrhaftig, er hat ein zerfetztes Kamisol!« rief Elsbeth erschrocken, jetzt erst den Riß in seinem Wams entdeckend. »Mann! was hast du angestellt?«

»Ja, da kriegst du was zu flicken,« lachte Peter. »Ich wurde ein wenig handgemein mit einem widerspenstigen Ochsen, der trotz Zuredens und Schläge nicht in den Stall hinein wollte. Da mußt ich doch dem Hans Kaub und seinem Knechte helfen und packte den störrischen Dickkopf bei den Hörnern, was ihm nicht zu gefallen schien, denn er stieß nach mir, schlitzte mir aber nur das Kamisol auf, nicht auch das Fell, und so ist es noch gut abgelaufen und nicht der Rede wert. Der Ochs mußte in den Stall, und nun ist er drin.«

»Hast recht getan,« sprach der Bürgermeister mit seiner tiefen Stimme. »Wem du hilfst, der hilft dir wieder.«

»Aber mit einem bösen Ochsen anzubinden ist eine Vermessenheit. Peter, Peter, immer noch die Tollkühnheit wie in deinen jungen Jahren!« schalt ihn Madlen liebevoll.

»Nein, Mütterle, hab keine Bange, ich nehm mich schon in acht, wo's nötig ist,« beschwichtigte sie der gute Sohn.

Frau Madlen machte den Eindruck einer behäbigen, sich ihres Standes und Wertes bewußten Bäuerin, in deren gescheiteltes Haar sich schon reichlich Silberfäden mischten. Sie hatte ein ruhiges, wohlwollendes Gemüt, das sich in ihrem vollen Antlitz mit den vielen Fältchen und in ihren hell und freundlich blickenden Augen wie in der gemessenen Art ihres Redens und Gebarens ausprägte. Ihrem Manne war sie eine treue, tapfere Lebensgefährtin und hatte ihm vier Kinder geschenkt, deren ältestes Peter war. Ein zweiter Sohn war jung gestorben, eine darauffolgende Tochter war an einen Zimmermeister in Neustadt verheiratet, und als nicht mehr erwarteter Spätling hatte sich Ammerie noch eingestellt, die schon in ihren Kinderjahren etwas ungemein Drolliges gehabt hatte und nun, zur blühenden Jungfrau gereift, Eltern und Geschwister mit ihrem schalkhaften Frohsinn ergötzte. Sie hatten sie alle lieb, auch Elsbeth stand mit der viel jüngeren Schwägerin auf dem besten Fuße.

So herrschte eine erfreuliche Eintracht in der Familie, und wenn man tagsüber seine Arbeit getan hatte, so ergab man sich am Feierabend und bei Tische einer harmlos heiteren Stimmung, die kein Mißton trübte. Christoph Armbruster selber, das von allen verehrte Oberhaupt, waltete auf dem Abtshofe als unbeschränkter Herr und Gebieter, dessen leisestem Wort und Wink sich jeder der Seinigen ohne Widerspruch fügte. In dem, trotz der festen Mauern und Türme, mehr bäuerlichen als städtischen Gemeinwesen genoß er wegen seiner Rechtschaffenheit und besonnenen Tatkraft eines hohen Ansehens, obwohl er aus einem besonderen Grunde auch einige seiner Mitbürger zu entschiedenen Gegnern hatte. Seit dreiundzwanzig Jahren war er hier Bürgermeister als unmittelbarer Nachfolger seines Vaters, der gleichfalls dieses Amt bis zu seinem in hohem Alter eintretenden Tode innegehabt hatte.

Als nun an dem warmen, bei dem klaren Himmel lange hell bleibenden Abend alle, Alte und Junge, unter dem hie und da durchsichtigen Rebendach fröhlich beisammensaßen und den aufgetragenen Imbiß verzehrten, wandte sich Madlen plötzlich zur Seite und sagte: »Wen bringt uns denn der Schneckenkaschper da? eine Fremde? Einen Besuch?«

Alle blickten auf und sahen nach dem Eingange hin.

Dort unter dem Torbogen stand ein etwa vierzehnjähriger Junge, barhäuptig und barfüßig und ärmlich gekleidet, aber kräftig und gebräunt, mit einem offenen, klugen Gesicht. Zu einer neben ihm stehenden weiblichen Gestalt redend zeigte er mit ausgestrecktem Finger nach der am Tische sitzenden Familie. Dann traten beide näher, von einem Hunde, einem gelblich grauen, struppigen Schnauzerl begleitet, und das junge Weib oder Mädchen, das ein Bündel auf den Rücken trug, schritt stracks auf die Bürgermeisterin zu.

Die mehr als mittelgroße Fremde war sehr hübsch, fast schön zu nennen, aber sie sah bleich und verhärmt aus, und um ihren feingeschnittenen Mund wob sich ein Zug von Bitterkeit. »Seid Ihr Frau Madlen Armbruster?« begann sie schüchtern.

»Ja, die bin ich,« antwortete Madlen.

»Ich bin Gontrud Hegewald aus Gamburg im Würzburgischen.«

»Wie hieß deine Mutter mit ihrem Mädchennamen?« fragte die Bürgermeisterin.

»Hilde Scheithauer.«

»Das stimmt; dann bist du die Trudi, und ich bin deine Bas',« sprach Madlen, erhob sich und reichte ihrer Nichte die Hand. »Sei willkommen und sage: was schaffst du?«

Die Zugereiste mußte sich in ihrer tiefen Befangenheit erst fassen, um das Anliegen, das sie hergeführt hatte, vorbringen zu können. Dann tat sie dies mit einem hörbaren Beben der Stimme: »Vater und Mutter sind tot, ich bin eine Waise, – mittellos und heimatlos, – habe viel Trauriges und Schlimmes erlebt und – kann nicht wieder dahin zurück, wo ich herkomme. Darum wollt ich Euch herzlich bitten, mich als Magd, als dienende Magd bei Euch aufzunehmen; –

ich kann arbeiten und weiß auch mit Wingert und Weinbau Bescheid.« Sie atmete tief auf, als sie das von der Seele herunter hatte, und blickte ihre Base ängstlich und erwartungsvoll an.

»Lege dein Bündel ab und nimm Platz an unserem Tische,« sagte Madlen ohne auf die ihr vorgetragene Bitte gleich einzugehen. »Dies sind die Meinigen, mein Mann und unsere Kinder und Enkel.«

Trudi überflog die kleine Gesellschaft mit den Augen, und die grüßende Neigung ihres blonden Hauptes war von einer gefälligen Anmut.

»Du bleibst die Nacht hier, und wenn du morgen ausgeschlafen hast, reden wir weiter; ich denke, es wird sich einrichten lassen, was du wünschest,« fuhr Madlen fort, nachdem sie sich die Sache überlegt und das Mädchen mit einem prüfenden Blick angeschaut hatte.

»Ich danke Euch!« kam es wie ein erlösender Hauch aus Trudis bewegter Brust.

»Setze dich neben mich; hier auf der Bank ist noch Platz, und nun vor allen Dingen, – du wirst hungrig sein vom Wege, – also flink, Ammerie!«

Diese sprang auf und verschwand im Hause, während Trudi der Einladung ihrer Base folgte.

Der mit ihr gekommene Junge hatte, etwas zurückstehend, das Gespräch mit angehört und wollte sich nun entfernen, aber die Bürgermeisterin rief ihm zu: »Nein, Kaschper, bleib da und wart e bissel.«

Da setzte er sich auf die Bank unter dem großen Nußbaum, und sein rauhhaariger Köter legte sich zu seinen Füßen nieder, den Kopf zwischen den Vorderpfoten, und blinzelte witternd nach dem Speisetische hin.

Auch Kaspar war eine elternlose Waise, hatte Vater und Mutter nie gekannt und lebte hier bei seinem Großvater, der sich wenig um ihn kümmerte und nicht einmal für seine rechte Ernährung sorgte. Aber der Junge war in den Mitteln, seinen Hunger zu stillen ohne zu betteln, sehr erfinderisch, und weil er sich zu diesem Zwecke in den Weinbergen fleißig Schnecken suchte, die er sich in einer alten Blechpfanne mit allerlei Wurzel- und Kräuterwerk schmorte oder auch röstete, nannte man ihn den Schneckenkaschper. Die meisten der Wachenheimer hatten den wild Aufwachsenden gern, und da er auch sonst anstellig und geschickt war, brauchten sie ihn zu kleinen Diensten, zu Botengängen, zum Viehhüten, zum Verscheuchen der Vögel aus den Weinbergen, wozu er sich eine weittönende Klapper angefertigt hatte, und zu mehr dergleichen Verrichtungen. Dafür gaben sie ihm dann zu essen, und manche schenkten ihm abgelegte Kleider von ihren Kindern, seinen Altersgenossen und Gespielen, deren er sehr viele und sehr anhängliche hatte.

Ammerie brachte für Trudi einen Teller, Messer und Gabel und auch einen Becher, den ihr Peter randvoll goß, und nun langte die einer Atzung allerdings sehr Bedürftige ohne Scheu zu und ließ sich das freundlich Gebotene munden. Die anderen störten sie darin auch nicht mit Erkundigungen nach ihrem Schicksal. Sie beobachteten das wohlgesittete Mädchen mit teilnehmender Aufmerksamkeit, und keinem von ihnen stieg der Verdacht auf, daß es eine Schuldbeladene, vom Häscher Verfolgte sein könnte.

Unterdessen hatte Frau Madlen ein großes Stück hausbacken Schwarzbrot rundherum mit Schinken belegt und winkte nun den Schneckenkaschper herbei, der sich zur Entgegennahme eines solchen, ihm ungewohnten Schmauses wahrlich nicht nötigen ließ. Er ging damit zur Nußbaumbank zurück, hieb mit gesunden Zähnen wacker darauf ein und gab auch seinem Schnauzerl hin und wieder einen guten Bissen davon ab.

Als er das Schinkenbrot verzehrt hatte, fragte Trudi: »Darf ich den lieben Buben, der mich zu euch geführt hat, einen Schluck aus meinem Becher tun lassen?«

»Ja, das darfst du,« sprach der Bürgermeister schnell, und es klang warm und freudig, wie er es sagte.

Da kam Kaspar wieder heran, leerte den ihm von Trudi gereichten, noch halb vollen Becher langsam in kleinen Absätzen, und seine Augen strahlten, als er ihn der Spenderin des erquickenden Trunkes mit einem leisen »Danke!« zurückgab.

Peters nicht gern stillsitzende Sprößlinge waren aufgestanden und jagten sich mit Patz, Kaspars vierbeinigem Begleiter, auf dem Hofe herum, was allen dreien viel Spaß zu machen schien.

Die Jungen tobten, der Hund umsprang sie, bellte und wedelte vergnügt mit seinem kurzen Schwänzchen.

Bald aber machte Elsbeth dem lärmenden Spiel ein Ende, indem sie ihren Rangen befahl, sich zu Bett zu scheren, was sie ihnen allerdings zweimal sagen mußte, ehe sie gehorchten und sich trollten. Da ging auch der Schneckenkaschper mit seinem Patz still von dannen.

Durch die Ankunft einer bis jetzt völlig unbekannten Verwandten war das Gespräch am Tische etwas ins Stocken geraten, kam aber allmählich wieder in Gang. Besonders die beiden Frauen bemühten sich, in Trudi nicht das Gefühl aufkommen zu lassen, daß sie als eine Störende in den geschlossenen Kreis der Familie getreten wäre, und richteten öfter das Wort an sie. Auch Christoph und Peter beteiligten sich, wenn auch nur spärlich, doch in entgegenkommender Weise an der Unterhaltung mit ihr. Nur Ammerie verhielt sich auffallend schweigsam, ließ aber ihre neue Muhme nicht aus den Augen, und manchmal schien es, als schwebte ihr ein Wort auf der Zunge, das sie beinahe hervorgebracht hätte und dann doch ungesprochen herunterschluckte. Als aber Elsbeth nun doch ein paar Fragen an Trudi stellte, welche diese nur einsilbig und ausweichend beantwortete, schritt Christoph dagegen ein und gebot: »Verschont die Trudi heut abend mit Fragen; sie wird müde sein und der Ruhe bedürfen.«

»Hast recht, Chrischtoph,« sprach Madlen. »Morgen nach dem Kirchgang, Trudi, denn morgen ist das Fest der Kreuz-Erhöhung, wirst du mir alles erzählen, nicht wahr?«

»Ja, gern, Base Madlen!« erwiderte Trudi.

»Und du schläfst mit mir im Obenaufstübel,« erklärte Ammerie bestimmt, »da steht noch ein Bett für meine Schwester, wenn sie von Neustadt herüberkommt.«

»Ich möchte aber niemand verdrängen,« sagte Trudi.

»Tust du auch nicht, liebe Trudi,« beruhigte sie Madlen. »Die Bertel wird sobald nicht kommen, und wenn doch, so wird schon Rat werden für ihren Unterschlupf.«

»Siehst du? du schläfst bei mir!« frohlockte Ammerie und griff nach Trudis Bündel. »Komm! ich bringe dich zu Bett.«

»Daß du sie mir aber nicht durch dein unnützes Geplapper noch lange wach hältst!« ermahnte Madlen ihre Tochter.

»Nein, Mütterle, ich schlaf auf beiden Ohren, ich schlaf wie unsre Urschel in der Kirch, wenn der Pater Bumpus auf der Kanzel steht.«

Die andern lachten, denn sie kannten den festen Kirchenschlaf der guten Urschel, ihrer ältesten Magd, unter dem einlullenden Genäsel des dicken Mönches, das bei mehreren der »andächtig Versammelten« diese unwiderstehliche Wirkung zu haben pflegte.

Trudi reichte jedem der Sitzenden die Hand zur guten Nacht und folgte Ammerie ins Haus. Diese rief noch von der Tür zurück: »Ich komme gleich wieder.«

Als sich die beiden Mädchen entfernt hatten, schwiegen die vier am Tische Gebliebenen eine Zeitlang still. Jeder von ihnen mochte wohl seinen Gedanken nachhängen über die unter so seltsamen Umständen hier Eingekehrte, die sich bei ihren einzigen Verwandten als Magd verdingen wollte. Ihre kummervollen Andeutungen über das, was sie erlebt hatte, und der Ton, mit dem sie vorgebracht waren, hatten glaubwürdig und herzergreifend geklungen und das Mitleid der Hörenden erregt, schon ehe sie Näheres von ihr wußten.

Madlen war die erste, die ihren Betrachtungen Worte lieh. »Wie sie mich jammert, die arme Dirn!« begann sie, »welche Kämpfe muß sie zu Hause durchgemacht haben! Der Gram stand ihr deutlich in dem blassen Gesicht geschrieben, und ihre Augen blickten so traurig und ängstlich. Wenn wir ihr doch halbwegs ersetzen könnten, was sie verloren hat! Ist es dir recht, Chrischtoph, daß ich ihr Losier gegeben habe?«

»Gewiß, liebe Alte!« erwiderte der Bürgermeister, »wir können doch eine Zufluchtsuchende aus deiner Freundschaft nicht von unserer Schwelle weisen.«

»Und können auch zur Lese recht gut noch zwei Hände mehr gebrauchen,« fügte Peter hinzu. »Sie sagte ja, daß sie mit dem Winzergeschäft Bescheid wüßte, und an Kraft zu tüchtiger Arbeit scheint es ihr wahrlich nicht zu fehlen.«

»Du hast wohl ihre Eltern nicht gekannt, Chrischtoph,« fuhr Madlen fort. »Ihre Mutter und ich sind Geschwisterkinder; der Hilde ihr Vater und meiner waren Brüder, wohnten aber nicht in derselben Stadt; mein Onkel Joseph Scheithauer wohnte in Landau. Aber wir haben sie öfter dort und sie uns wieder in Deidesheim besucht, und einmal ist die Hilde wochenlang allein bei uns geblieben, und da wurden wir Mädchen sehr befreundet miteinander. Wie es dann zugegangen ist, daß sie den Hegewald geheiratet hat und mit ihm ins Würzburgische gezogen ist, weiß ich mich nicht mehr zu erinnern. Er hatte weder Bruder noch Schwester, soll aber ein ordentlicher, braver Mensch gewesen sein.«

»Und nun sind Vater und Mutter tot,« sprach der Bürgermeister. »Wie mag ihre Tochter nur so ins Elend geraten sein, daß sie gänzlich habelos geworden und ausgewandert ist?«

»Ja, darauf bin ich selber neugierig,« erwiderte Madlen. »Morgen werd ich's ja wohl von ihr erfahren.«

Jetzt kam Ammerie zurück mit einem sehr ernsten und wehmütigen Gesicht.

»Nun? hast du die Trudi gut versorgt?« fragte Madlen.

»Ja, Mutter, ich glaube, sie schläft schon, so müde war sie,« berichtete Ammerie. »Oben in der Kammer ist sie mir um den Hals gefallen und hat geschluchzt und geweint vor Glück und Freude, daß wir sie aufgenommen haben. Ach, wenn mich doch deine Eltern bei sich behielten! wie wollt ich's ihnen danken! sagte sie unter Tränen und sah mich dabei mit Augen an, daß mir's durch und durch ging. Vater, laß sie doch hier bleiben!«

»Wird ja wohl so kommen, mein Kind,« erwiderte Christoph und nickte der für die Heimatlose Bittenden freundlich zu.

In diesem Augenblick blies der Türmer auf seinem Waldhorn den Abendsegen. Es klang aber nicht wie eine fromme Weise, sondern wie das weidmännische Halali, und sein Weckruf morgens früh ähnelte auch stark einem »Frischauf zum fröhlichen Jagen!«, denn der Niklas war früher Jäger beim Reichsfreiherrn auf der Wachtenburg gewesen, und dieser hatte ihm, als er gebrechlich geworden war und zum Weidwerk nicht mehr taugte, den Ruheposten des Türmers in Wachenheim verschafft. Sein Waldhorn hatte der Alte mitgebracht, und seine geliebten Jagdfanfaren dünkten ihn geradeso erbaulich wie das Glockengeläut, das er ebenfalls besorgte.

Die Armbrusters erhoben sich und sagten sich Gute Nacht, denn es war allmählich tiefe Dämmerung geworden. Aber der zunehmende Mond beleuchtete den stillen Abtshof, in dessen Schutz und Frieden ein vielgequältes Mädchenherz seit langer Zeit zum ersten Male wieder in sorglosem Schlummer ruhte.

Zweites Kapitel

In der Frühe des nächsten Tages fragte Madlen ihre Tochter, wie Trudi geschlafen hätte.

»Sie schläft immer noch,« gab Ammerie zur Antwort, »und ich habe beim Anziehen ganz leise gemacht, um sie nicht zu wecken.«

»Gut! aber sage mal: wie ist's mit ihrer Kleidung bestellt?«

»Soviel ich davon gesehen habe, recht dürftig, und wenn sie mit uns zum Hochamt gehen soll . . . Ich habe schon gedacht, ob ich ihr nicht aushelfen könnte, aber meine Röcke werden ihr zu kurz sein, denn sie ist ein ganz Teil größer als ich.«

»Und meine Gewänder sind ihr zu weit,« lächelte Madlen.

»Aber von Elsbeth könnte ihr vielleicht manches passen,« meinte Ammerie.

»Das ist wahr; lauf hin zu ihr und sieh zu, was du ihr abschwatzen kannst; sie ist ja gutherzig und gefällig.«

»Jaja! sofort! und mit leeren Händen komme ich nicht wieder,« rief Ammerie und sprang davon.

Nach kaum einem Viertelstündchen kehrte sie mit einem makellos sauberen Kleide zurück, das sie triumphierend vor der Mutter entfaltete. »Siehst du? ich wußt es wohl, die Elsbeth schlägt mir nichts ab, und sie hat's gern hergegeben.« Dann eilte sie vergnügt damit die Treppe hinauf.

Als Trudi, erfrischt und gestärkt durch den gesunden Schlaf, mit Ammerie herankam, nahm sie sich ganz vortrefflich aus, denn Elsbeths Kleid stand ihr gut und saß ihr auch leidlich gut, wenn es auch um die Brust etwas eng und um den Gürtel nicht anschließend genug war, aber das ließ sich ja leicht ändern. »Ihr beschämt mich mit eurer Güte,« sprach sie nach dargebrachtem Morgengruß, »aber ich nehme es mit allem Dank an, damit ich euch am Feiertage mit meinen abgetragenen Sachen keine Schande mache.«

»Wie ist dir nach deiner Wanderung zumute?« fragte Madlen.

»Ach! wie neugeboren fühl ich mich; es lag sich so wonnig in dem schönen Bett, ich konnte mich recken und strecken, und nicht einmal geträumt hab ich.«

»Schade!« meinte Ammerie, »denn was man in der ersten Nacht unter einem fremden Dache träumt, das geht in Erfüllung.«

»Mir ist so wohlig hier, als wäre dies kein fremdes Dach für mich,« erwiderte Trudi, »und was soll mir denn noch groß in Erfüllung gehen?«

»Kind, du bist noch jung; in deinen Jahren läßt sich auch das schwerste Leid mit frohen Hoffnungen trösten,« gemahnte sie Madlen.

Trudi seufzte leise und schwieg.

Jetzt trat Christoph ins Zimmer, wo das Frühmahl seiner harrte. »Nun, ich brauche nicht zu fragen, wie du geruht hast,« sprach er, »siehst heute schon ganz anders aus als gestern abend.«

»Das macht nicht bloß der tiefe Schlaf, Onkel,« erwiderte Trudi, »die liebevolle Aufnahme tut's, die ich bei Euch gefunden habe.«

Er strich ihr mit der Hand über ihr volles, glänzendes Blondhaar und sagte: »Dem Müden ist leicht gebettet, und der Willkommene findet immer offene Arme.« Dann ließen sich alle vier am Tische nieder.

Die Armbrusters waren bereits in festlichem Gewand, und als später die Glocke der dem Ritter Sankt Georg geweihten Kirche läutete, setzte sich der Bürgermeister seinen breitkrempigen Dreispitz auf, und sie begaben sich mit Trudi zum Gottesdienst.

Auch heute wölbte sich wieder ein wolkenloser Himmel über der Pfalz, und es brütete eine schier sommerliche Wärme. Die Wachenheimer pilgerten in Scharen zur Kirche. Ihre Gesichter schauten heiter, und ihre Gemüter waren froh gestimmt, wohl nicht zum geringsten Teil deswegen, weil diese heißen Sonnenstrahlen den Trauben an den Weinstöcken noch zugute kamen, an deren vollsaftigem Gedeihen die Hoffnungen eines ganzen Jahres hingen.

Die Sitzreihen der Kirche füllten sich schnell, und viel neugierige Blicke richteten sich auf die bildhübsche Fremde zwischen Madlen und Ammerie, die man noch nie in Gesellschaft der Armbruster gesehen hatte.

Das Hochamt begann, nahm seinen gewöhnlichen Verlauf und sein Ende, und das Gotteshaus leerte sich wieder. Auf dem Heimwege schlossen sich manche der Kirchgänger der Bürgermeisterfamilie an, und wenn es die Lippen nicht taten, so fragten doch die Augen: wen habt ihr denn da bei euch? so daß Madlen oftmals wiederholen mußte: »Das ist eine liebe Verwandte, die zum Besuch eingetroffen ist und längere Zeit bei uns bleiben wird.«

Die Honoratioren der Winzergilde, auch einige kleinere Hofbesitzer und ehrsame Handwerksmeister vereinigten sich nach dem Gottesdienste noch in dem Gasthaus zur Krone bei der sogenannten Elfuhrmesse zu einem Schoppenglase. Auch Christoph Armbruster fehlte selten bei diesem Sonntagstrunke, denn dort wurden die Gemeindeangelegenheiten oft gründlicher durchgesprochen als auf dem Stadthause, und man vertrug sich beim Wein leicht in Frieden und Freundschaft. Manchmal freilich kam es auch anders, wenn die Köpfe der Streitenden heiß wurden. Dann fielen schwere, selbst grobe Worte, keiner blieb dem andern etwas schuldig, und die Fäuste donnerten mit einem trotzigen Hol mich der Deibel! auf den Tisch. Denn ein Sprichwort sagte: dem Pfälzer sitzt das Herz auf der Zunge und nicht hinter den Ohren.

Die Frauen aber gingen heim, um nach dem Mittagessen zu sehen. So auch die Frau Bürgermeisterin mit den beiden jungen Mädchen.

Auf dem Abtshof angelangt sagte Madlen zu Trudi: »Nun komm mit mir in den Garten; dort ist eine schattige Laube, wo du mir deine Lebensgeschichte erzählen kannst und uns niemand stören wird.« Dieser Zusatz war für Ammerie bestimmt, die den Wink verstand und sich an Stelle der Mutter pflichtschuldig in die Küche verfügte.

Als Base und Nichte auf einer Bank in der Laube Platz genommen hatten, Trudi aber noch schwieg, faßte Madlen ihre Hand und sprach: »Öffne mir dein Herz, liebes Kind, so vertrauensvoll, als wär' ich deine beste Freundin oder deine Mutter, was ich ja beides fortan auch wirklich sein will.«

Und Trudi hub mit bewegter Stimme und anfangs manchmal stockend an: »Ich muß mit den Erinnerungen meiner frühesten Jugend beginnen, die bis zu meinem zwölften Jahre eine wunschlos glückliche war. Meine Eltern, deren einziges Kind ich war, erzogen mich zu allem Guten und Schicklichen und sorgten auch für meinen Unterricht, den mir und ein paar anderen Kindern ein alter geistlicher Herr mit großer Hingebung erteilte. Sie besaßen in Gamburg, nicht weit von Tauberbischofsheim im Würzburgischen, ein mäßiges Ackergut, dessen Ertrag sie auskömmlich ernährte und zu dem auch ein Weinberg in guter Lage gehörte. Sie waren jedoch Altarleute des Klosters Bronnbach, hatten diesem Zehnten und Beden zu leisten, und mein Vater mußte auf dem klösterlichen Meierhofe in den Jahreszeiten, wo es Feldarbeit gab, wöchentlich einen, während der Ernte meistens zwei Tage Frondienst tun. Das kam ihn hart an, aber er hatte bei der Übereignung des Lehngutes diese unablösbare Verpflichtung mit übernehmen müssen. Der Meier des Klosterhofes war nachsichtig und milde gegen ihn, plagte ihn nicht und drückte ein Auge zu, wenn der Vater einmal eine Woche lang nicht zum Fronen und Roboten erschien. So gingen meine Tage sorglos dahin; dann aber – dann brach das Unglück über uns herein.

Mein lieber Vater starb – nach kurzem Krankenlager – an einem hitzigen Lungenfieber, – und meine Mutter war trost- und ratlos. – Es sind nun zehn Jahre her, aber heute noch seh ich und fühl ich, wie sie in ihrer Verzweiflung die Hände rang, mich in maßlosem Jammer an sich preßte und schluchzte.«

Trudi selber zitterte am ganzen Körper bei der Mitteilung dieses unvorhergesehenen, tief in ihr Leben einschneidenden Trauerfalles.

»Kurz vor Anfang des Winters war es. Korn und Trauben waren herein, aber was sollte werden, wenn das Frühjahr kam und der Wingert besorgt, der Acker bestellt werden mußte? Da blieb meiner Mutter nichts anderes übrig als einen Oberknecht anzunehmen, der die Wirtschaft leiten sollte. Das geschah denn auch. Pankraz Dornhuber war ein noch ziemlich junger, aber tüchtiger

Mensch, der den ihm anvertrauten Posten zur Zufriedenheit meiner Mutter ausfüllte, sich aber auch auf jede Weise in ihre Gunst einzuschmeicheln suchte.«

Die Erzählerin blickte einige Sekunden lang starr vor sich hin, ehe sie fortfuhr: »Ja, – wie das alles so gekommen ist, weiß ich nicht mehr, aber nach der ersten Ernte unter seinem Betriebe, die sehr gut ausgefallen war, heiratete meine Mutter ihren Großknecht, und nun zog er plötzlich ganz andere Saiten auf. Als Herr in Haus und Hof trat er auch herrisch auf, und alles mußte nun nach seinem Willen gehen. Die Mutter hatte nichts mehr zu sagen, und nur mit vieler Mühe und nach manchem harten Streite konnte sie es durchsetzen, daß ich den guten Unterricht noch weiter genießen durfte. Ich sollte im Weinberge und auf dem Felde mitarbeiten, verlangte er und ließ mich mit jedem Tage mehr fühlen, daß ich ihm ein unbequemes, sehr überflüssiges Stiefkind war.

Jahre vergingen; ich hatte mich zu einem kräftigen Mädchen entwickelt und sah, wie sehr meine Mutter unter dem rohen Wesen ihres zweiten Mannes litt, vor dem sie zu schützen nicht in meiner Macht lag; jeden Versuch dazu hatte ich schwer zu büßen. Nun mußte ich öfter die fälligen Gilten, das Fastnachtshuhn und andere Abgaben nach dem Meierhofe des Klosters tragen, was ich anfangs sehr gern tat, um dann und wann auf kurze Zeit von Hause wegzukommen und frei und allein zu sein, denn die Meierei war wenig über eine halbe Stunde von Gamburg entfernt. Bald aber trat ich diesen Weg nur mit dem größten Widerstreben an, und das hatte seinen besonderen Grund.«

»Was für einen Grund, Trudi?« fragte Madlen, berührt von dem auffallend bittern Tone, mit dem Trudi die letzten Worte gesprochen hatte, und weil sie danach in ihrem Berichte wieder stockte.

»Der Sohn des Meiers,« griff Trudi den Faden wieder auf, »hatte seinem alternden, schwachen Vater das Regiment auf dem Klosterhofe ganz aus den Händen genommen und schaltete nun dort allein nach seinem Belieben. Sooft ich dahin kam, näherte sich mir der Vincenz Ebendorffer, – so hieß der junge Meier – sprach in Ausdrücken zu mir, die mir das Blut in die Wangen trieben, und stellte mich, um mich länger bei sich zu behalten, zu leichten Arbeiten an, dies damit erklärend, daß mein Stiefvater seinem Frondienst nicht genügend nachkäme und ich ihn dafür durch Leistungen meinerseits entschädigen müßte. Er sagte mir das mit einer falschen, geschmeidigen Höflichkeit und sah mich dabei von oben bis unten mit so seltsamen Blicken an, daß ich mich im Innern davon erschaudern fühlte. Ich mochte den widerlichen Menschen mit seinem fuchsroten Haar und Bart nicht leiden; sein Benehmen, seine bloße Gegenwart schon flößten mir unwillkürlich Mißtrauen und Furcht ein. Mein Stiefvater schien mein längeres Fortbleiben von Hause nicht zu beachten oder war dessen vielleicht froh, um mich, die ihm sichtlich Verhaßte, nicht beständig vor Augen haben zu müssen.«

Mit steigender Spannung lauschte Madlen den Eröffnungen der immer erregter Werdenden. »Hast du dich in dieser Annahme nicht getäuscht, liebes Kind?« fragte sie jetzt. »Er entbehrte doch während deiner Abwesenheit deine Hilfe bei der Arbeit.«

Trudi schüttelte das Haupt. »Nein, ich habe mich nicht getäuscht, und später ist mir die Erkenntnis darüber aufgegangen, warum er mich immer nach dem Klosterhof schickte. Ich habe vergessen zu erwähnen, daß meine Mutter dem Pankraz nicht lange nach der Hochzeit einen Knaben geboren hatte. Von Stund an war ich, die rechtmäßige künftige Erbin des Lehngutes, ihm im Wege, und er wollte mich los sein, um den durch die Heirat mit meiner Mutter erschlichenen Besitz dermaleinst seinem Sohne verschreiben zu können.

Nun durchschaute ich auch die abscheulichen Absichten Vincenz Ebendorffers, der immer zudringlicher, immer deutlicher in seinen Anspielungen wurde und die unverschämtesten Verführungskünste gegen mich aufbot. Er begehrte meiner, aber nicht zum Weibe; er wollte mich nur besitzen, und mein Stiefvater – unterstützte ihn in seinen sündhaften Plänen,« rief Trudi zornrot.

»Trudi!«

»Hört mich nur weiter! Eines Tages kam der Vincenz zu uns und hatte eine heimliche Unterredung mit Pankraz, deren Inhalt ich von meiner Mutter erfahren habe. Er hatte ihm den

Vorschlag gemacht, mich ihm auf den Meierhof auszuliefern, wogegen er ihn von allem Frondienst befreien und ihm die Gilten und Beden soviel wie möglich erlassen wollte. Mein Stiefvater war auf den gewissenlosen Handel bereitwillig eingegangen, aber meine Mutter, die unsere trübseligen häuslichen Verhältnisse kaum noch ertragen konnte und, an Leib und Seele davon angegriffen, kränkelte, raffte all ihr bißchen Kraft noch auf, die Schmach und Schande von mir abzuwenden.

Die Folge ihres und meines unüberwindlichen Widerstandes gegen den ruchlosen Verrat Dornhubers war, daß der Unmensch uns beide nun noch niederträchtiger behandelte, ich kann wohl sagen mißhandelte. Das hielt meine arme Mutter nicht mehr lange aus; sie siechte trotz meiner sorgsamsten Pflege zusehends dahin, und in diesem Frühjahr starb sie, wie zu Tode gemartert.«

Die mit Tränen Kämpfende brach ab und versank in schmerzliches Sinnen. Auch Madlen, aufs tiefste erschüttert, konnte kein Wort hervorbringen.

»Von da ab,« fing Trudi wieder an, »wurde mir Haus und Hof zu einer wahren Hölle, ich hatte keine ruhige Stunde mehr. Pankraz hetzte seinen nichtsnutzigen Jungen gegen mich auf, daß er mich unablässig quälte und ärgerte und mir tagtäglich allerhand Schabernack und böse Streiche spielte. Der Meier kam öfter, bat und lockte und versprach mir viel Gutes und Schönes. Mein Stiefvater schalt, drohte und peinigte mich so grausam, daß es nicht mehr zu ertragen war. Ich blieb jedoch fest und ließ mich durch nichts zum Nachgeben bewegen. Aber auch mit meiner Kraft ging es zu Ende, und von Verzweiflung getrieben wollte ich mich in die Tauber stürzen. Da kam mir zu meinem Heile plötzlich ins Gedächtnis, was mir meine Mutter einst von Euch gesagt hatte; ich entsann mich Eures Namens und Wohnortes, und mir dämmerte ein Schimmer von Hoffnung auf. Schnell war mein Entschluß gefaßt. Ich hatte noch einen wohlverwahrten Sparpfennig von meiner Mutter, steckte ihn zu mir, schnürte mein Bündel und entfloh eines Nachts, um in meiner Not und Bedrängnis bei euch, meinen einzigen Verwandten, Schutz und Zuflucht zu suchen. Und da bin ich nun, und – und nun wißt Ihr alles, Base Madlen!« schloß sie, erschöpft von dem langen Bericht ihres traurigen Schicksals.

Madlen zog sie in ihre Arme. »Sei getrost, mein Herzenskind!« sprach sie mit innigem Tone. »Du bleibst bei uns, nicht als dienende Magd, sondern als unsere liebe Tochter, die es nicht schlecht bei uns haben soll und von heut an nennst du mich du! verstanden? Aber nun sage mir noch,« fuhr sie nach einer kleinen Pause fort, »wie du dich hergefunden und ob du als einsam Fahrende unterwegs nicht Anfechtungen und Widerwärtigkeiten zu bestehen gehabt hast.«

»Mir ist Gott sei Dank! nichts Arges begegnet,« erwiderte Trudi, »aber sechs Tage habe ich zu der Wanderung gebraucht und traf überall gute Menschen, die sich meiner erbarmten, weil sie mir wohl meine Kümmernis und Hilflosigkeit vom Gesichte lasen. Über Amorbach kam ich durch ein Stück Odenwald nach Eberbach am Neckar und kehrte dort in einem Gasthof ein, wo sie zufällig Wäsche hatten. Ich half dabei den ganzen nächsten Tag, um mir damit vielleicht mein Nachtlager zu verdienen, und abends machte mir die Wirtin den Vorschlag, ganz bei ihr zu bleiben, weil sie mich gut verwenden könnte. Ich wäre gern darauf eingegangen und hätte dann euch nicht zur Last zu fallen brauchen, aber es war mir noch nicht weit genug von Gamburg, und ich fürchtete, der Meier könnte mir nachsetzen, mich aufgreifen und mit Gewalt wieder nach Hause oder gar auf den Klosterhof schleppen; darum lehnte ich das Anerbieten dankend ab. Am nächsten Morgen verschaffte mir die Frau, die kein Geld von mir annahm, vielmehr mir noch einen reichlichen Imbiß als Wegzehrung mitgab, eine Schiffsgelegenheit nach Heidelberg, und ich fuhr auf dem Neckar durch das schöne Tal mit den vielen Burgen, die mir die Schifferfrau alle bei Namen nannte. Von Heidelberg ging ich wieder zu Fuß und kam an den Rhein, den mächtigen Strom mit Staunen betrachtend und froh, euch nun schon so nahe zu sein, denn da drüben am anderen Ufer lag ja die Pfalz, meiner lieben Mutter Heimatland. Vom Dorfe Rheinhausen ließ ich mich nach Speyer übersetzen und fühlte mich in der großen Stadt mit den von Menschen wimmelnden Straßen recht verlassen. Da begegneten mir zwei Brigittenschwestern, die ich nach einer bescheidenen Herberge fragte. Sie nahmen mich aber mit in ihr Stiftshaus, wo ich gute Unterkunft fand, für die ich nicht einmal etwas bezahlen durfte. Der

Weg von Speyer nach Neustadt und von da über Deidesheim hierher nach Wachenheim war nicht zu verfehlen, und hier vor dem Tore fand ich gestern abend den Kaschper, der mich auf meine Bitte zu euch führte. Aber nun, Base Madlen, wenn ich hier bleiben soll, so müßt ihr mir auch was zu schaffen geben, denn ich will hier nicht faulenzen, habe zwei rüstige Arme, und keine Arbeit soll mir zu schwer sein.«

»Schon gut!« sprach Madlen und drückte dem Mädchen die Hand. »Müßig sollst du nicht sein und kannst uns schon bei der Lese wacker helfen. Im übrigen sieh zu, was du der Ammerie an häuslichen Verrichtungen abnehmen kannst, aber zankt euch nicht um die Arbeit.«

»Wir uns zanken?« rief eine fröhliche Stimme hinter dem dichten Gerank der Laube. Es war Ammerie, die unbemerkt herangekommen war und die Worte der Mutter gehört hatte. »Wer sich mit mir zanken will, der muß es schon hübsch grob anfangen, denn ich bin doch das sanftmütigste und verträglichste Geschöpf zwischen Rhein und Haardt. Aber kommt! der Vater ist da und sieht kirschrot aus im Gesicht. Er ist gewiß wieder mit dem Freiherrn zusammengeraten, der vielleicht die Elfuhrmesse mit seiner hohen Gegenwart beehrt hat.«

»Und wie steht's mit dem Mittagessen?« fragte Madlen.

»Alles bereit! riecht ihr denn nicht, wie der Sonntagsschweinsbraten duftet?« lachte der Kobold.

Da erhoben sich die zwei und gingen mit Ammerie zum Hause, in dessen Tür groß und breit Christoph Armbruster in seiner ganzen Bürgermeisterwürde, aber auch in seiner rosigsten Laune stand.

Drittes Kapitel.

Während der nächsten Wochen wurden auf dem Abtshofe die nötigen Vorbereitungen für die Lese getroffen. Im Kelterhause wurden sämtliche Geräte einer genauen Prüfung auf ihre Brauchbarkeit und Sauberkeit unterzogen und im Keller die Lager für die Lotten, jene Tonnen, in die der ausgepreßte Traubensaft zuerst gegossen wird, sowie für die Fässer und Trubfäßle hergerichtet. Bei diesen Arbeiten hatten die Frauen weniger zu tun als die Männer, und Madlen benutzte diese letzte Frist vor dem alle Kräfte in Anspruch nehmenden Werke des Herbstens dazu, Trudi nach und nach in die Wirtschaft einzuführen, wobei sich zu ihrer Freude herausstellte, daß ihre junge Verwandte in den mancherlei Hantierungen des Hauswesens wohlbewandert war.

Ohne einige kleine Zwiste ging das indessen nicht ab. Ammerie, die bei den mütterlichen Unterweisungen zugegen war, wollte bald diese, bald jene Obliegenheit nicht gutwillig abtreten und behauptete, durch solche, ihrerseits nicht gewünschte Entlastung von ihr zuständigen Geschäften eine Einbuße an Wirksamkeit zu erleiden, die sie sich nicht gefallen zu lassen brauchte. Wozu sie denn überhaupt hier auf dem Hofe noch nütze wäre, fragte sie, die Nase rümpfend, wenn man ihre sich stets als tadellos erwiesene Leistungsfähigkeit brachlegen wollte; sie verlangte keine Erleichterung und Ablösung. Trudi sollte tun und treiben, was sie Lust hätte, aber zu nichts angehalten und gezwungen werden. Das gefiel nun aber Trudi wieder nicht; im Gegenteil, sie konnte gar nicht genug kriegen an ihr zu übertragender Tätigkeit und schien alle Mühen auf sich laden und an sich reißen zu wollen.

So entspann sich zwischen den Mädchen ein edler Wettstreit, den die Bürgermeisterin nur durch ein entschiedenes Machtwort schlichten oder dadurch zu einem beide befriedigenden Ausgleich bringen konnte, daß sie sich dazu verstand, auf manche ihrer eigenen hausfraulichen Anrechte zu verzichten und diese unter die jungen Ehrgeizigen zu verteilen. Bei der praktischen Ausführung der endgültig getroffenen Maßregeln gestalteten sich die Dinge allerdings weit friedlicher als bei ihrer Abmessung. Die Mädchen fanden sich schnell in die übernommenen Pflichten, arbeiteten einander in die Hände und hatten bei gemeinsamem Tun Gelegenheit zu lustiger Unterhaltung, so daß ihr Plaudern, Singen und Lachen oft durch das ganze Haus erscholl.

Trudi empfand das ihr auf dem Abtshofe beschiedene Glück in tiefster Seele, nicht nur durch die liebevolle Behandlung, die sie von allen Insassen erfuhr, sondern auch in dem Gefühl, daß sie die ihr erwiesenen Wohltaten durch Gegenleistungen einigermaßen vergelten konnte und sich sozusagen ihr täglich Brot ehrlich verdiente.

Ihr Aussehen besserte sich von Tag zu Tag. Ihre Wangen strafften und röteten, ihre Schultern ründeten sich, und ihre blauen Augen blickten freudig und hoffnungsvoll. In dieser durch Fleiß und Ordnung geregelten Häuslichkeit, inmitten einer einträchtigen Familie, deren Glieder sich stets rücksichtsvoll und freundlich begegneten, lebte sie von neuem auf, und die schmerzlichen Erinnerungen an ihr von Leiden verdüstertes, von Feindseligkeiten vergälltes Dasein in Gamburg fielen eine nach der anderen wie schwer drückende, nun sich lösende Ketten von ihr ab. –

Endlich läutete die Weinbergglocke, die von jetzt an täglich zweimal ihre Stimme erhob, um den Winzern morgens die Erlaubnis zum Beginn und abends den Befehl zum Schluß des Lesens zu geben. Denn es war ein alter Brauch, daß die Stunden zu diesem Geschäft von Amts wegen bestimmt und begrenzt wurden. Früher oder später als die Glocke rief, durfte niemand Trauben schneiden. Es lasen auch nicht alle Winzer zu gleicher Zeit, sondern der eine an diesen, der andere an jenen Tagen, und die befreundeten Familien halfen sich dabei gegenseitig. Denn das Herbsten mußte so schnell wie möglich vor sich gehen, ehe ein plötzlich heraufziehendes Unwetter oder ein sich frühzeitig einstellender Nachtfrost das vollreife Gewächs beschädigen oder gar vernichten konnte.

Über die Reihenfolge der Lesen in den einzelnen Wingerten hatten sich die Wachenheimer längst geeinigt, und Christoph Armbruster gehörte diesmal zu den ersten, die mit einem Wagen, mit Kübeln, Logen und Bütten fröhlich hinauszogen, um den winkenden Segen einzuheimsen, den ihnen eine fast unausgesetzte Jahresarbeit und ein gnädiger Himmel geschaffen hatten.

An den oft schweren Mühen, die das Gedeihen der Reben erforderte, nahm er persönlich, soweit es seine Zeit neben der Erledigung seiner Amtsgeschäfte gestattete, tätigen Anteil, den er sich nicht verkürzen ließ. Als Madlen ihn einmal darauf hingewiesen hatte, daß solche Tagelöhnerarbeit ihm in seiner Stellung doch eigentlich nicht zieme, hatte er ihr geantwortet: »Wir sind ein altes, freies Bauerngeschlecht, Madlen. Meine Altvordern, soweit ich von ihnen Kunde habe, sind Bauern und Winzer gewesen, haben sich geplagt und gerackert und die Früchte ihres Fleißes in Zufriedenheit genossen, und so wie sie will ich es auch halten. Bei mir kommt erst der Bauer und dann der Bürgermeister, und genau so hat mein Vater selig gedacht; auch er war Bürgermeister von Wachenheim und hat doch im Schweiße seines Angesichts seinen Wingert gegraben und gerührt, gedüngt und geseilt, wie ich es tue und niemals davon lassen werde, so lange ich die Kraft dazu habe. Es ist meine Freude und mein Stolz, meinen eigenen Grund und Boden selber zu bebauen, und wenn ich von meinem reinen, durch keinerlei Zutat vermanschten Wein trinke, will ich das Bewußtsein haben: den hast du nur Gott und deiner Arbeit zu danken, hast ihn selber geherbstet und gekeltert, und in jedem Tropfen, der dir über die Zunge geht, steckt etwas von deinem Tun und Können. Ich möchte ihn nicht mehr trinken, wenn ich ihn nicht mehr bauen könnte. Und dabei soll's bleiben, mein liebes Alterchen! komm mir nicht wieder damit, daß sich für den Bürgermeister nicht schicke, was dem Bauer gebührt und den Bauer ehrt!« Danach hatte er den Karst auf die Schulter genommen, war mit langen Schritten nach seinem Rebenland gegangen und hatte dort gescharwerkt wie ein in Lohn und Brot stehender Wingertsmann.

Seine Mitbürger kannten diesen echten Bauernstolz an ihm, den sie in ihrer Mehrzahl selber besaßen. Sie wußten, daß er sie alle mit seinen geistigen Fähigkeiten übersah, sich aber nicht überhob, sondern auch als erwähltes Haupt der Gemeinde ihresgleichen sein wollte und sich nichts Besseres zu sein dünkte als der geringsten einer von ihnen. Und das schlugen sie ihm hoch an und vergaßen ihm zu keiner Stunde, auch nicht im heftigsten Widerspruch der Ansichten und Meinungen. –

Die Tage der Armbruster zum Lesen kamen heran, und die Familie Gersbacher wollte ihnen dabei nach langjähriger Gewohnheit Beistand leisten.

Florian Gersbacher war der reichste Winzer in Wachenheim und sein Hof der größte und stattlichste von allen. Er war ein breitspurig auftretender, eigenwilliger Gesell, der auf seinen Geldbeutel pochte und am Stammtisch beim Kronenwirt das große Wort führte. Der einzige, der ihn mit seiner unerschütterlichen Ruhe und Sicherheit ducken konnte, wenn er sich gar zu protzig aufspielte, war Christoph Armbruster, zu dem er in ehrlicher Freundschaft hielt und den er im Stadtrate, dessen einflußreichstes Mitglied Gersbacher war, gelegentlich und dann auch kräftig unterstützte, weil er Christophs gründliche Einsicht und Erfahrung im Gemeindewesen anerkennen mußte. Denn er war ein Mensch mit klarem Verstand und nicht ohne Gerechtigkeitssinn; manche sagten ihm sogar eine nicht allzuweit gehende Gutmütigkeit nach. In seinen nicht eben seltenen Streitigkeiten mit den Feldnachbarn mußte seine wackere Frau oft vermittelnd eingreifen und zu Vertrag und Frieden reden. Er hatte außer seiner Tochter Elsbeth, Peter Armbrusters Gattin, zwei mannhafte Söhne, Franz und Steffen, die mit tüchtiger Arbeit ihre Schuldigkeit taten.

An dem bestimmten Morgen machten sich, als das Glockenzeichen ertönte, sämtliche Armbrusters und Gersbachers mit ihrem zu Hause nur irgend entbehrlichen Gesinde zu Christophs Wingert auf den Weg; nur die zwei älteren Frauen blieben zurück. Elsbeth übergab ihr kleines Bärbele der Obhut der Großmutter, und Ammerie sang und tanzte vor Vergnügen auf dem Hofe und hakte sich, als sie von dannen zogen, in Trudis Arm, die sich von dem Freudentaumel der jüngsten Winzerin gern mit fortreißen ließ. Draußen aber fand sich noch ein Ungeladener dazu, der allen willkommen war, – Schneckenkaschper, natürlich mit seinem lustig schweifwedelnden, überall herumschnuppernden Patz. Es waren mehr als ein Dutzend in dem Geschäft geübter Menschen, die, sich in den Reihen der Weinstöcke verteilend, nun wohlgemut mit dem Schneiden der Trauben begannen.

Kaspar wich nicht von Trudis Seite, rückte ihr den Kübel bequem zur Hand, in den sie die Trauben zu legen hatte, und leerte ihn, wenn er gefüllt war, in die Logel, die ein Knecht zu dem am Wege haltenden, mit Ochsen bespannten Wagen trug und dort in die Bütten ausschüttete. Trudi ließ sich die Hilfe des flinken Jungen gern gefallen und richtete öfter ein freundliches Wort oder eine Frage an ihn, auf die er stets bescheiden und verständig antwortete, so daß sich zwischen den beiden ein Band gegenseitiger Zuneigung knüpfte.

Gersbachers Söhne, die Trudi auf dem Abtshofe schon kennen gelernt und sich auf Grund der immerhin etwas weitläufigen Verwandtschaft gleich auf du und du mit ihr gestellt hatten, hielten sich auch möglichst in ihrer Nähe, sahen oft zu dem hübschen Mädchen hin und warfen ihr dann und wann eine scherzhafte Bemerkung zu, die sie selten unerwidert ließ. Besonders Franz, der ältere, ein blonder, hünenhafter Mensch mit einem freien, freudigen Gesicht, schien großen Gefallen an ihr zu finden. »Trudi,« rief er ihr einmal zu, »hast du die Trauben schon gekostet?«

»Nein,« entgegnete sie, »beim Lesen soll man nicht naschen.«

»Schon recht,« sprach er, »aber, weißt du, es hat damit eine eigene Bewandtnis.«

»Was denn für eine?« fragte sie.

»Ja, drüben in Dürkheim behaupten sie steif und fest, wenn man eine schöne Jungfrau, die von den Trauben gegessen hat, auf den Mund küßte, so könnte man nach dem Geschmack des Kusses die Beschaffenheit des künftigen Weines schon genau beurteilen.«

»Ist die Möglichkeit!« lächelte Trudi unter einem flüchtigen Erröten.

»Und du bist wohl sehr neugierig auf die Güte des künftigen Weines und möchtest die Probe an Trudi vornehmen?« neckte ihn Ammerie. »Aber Franz, was würde Jakobine dazu sagen?«

»Ach, was geht mich Jakobine an! mit der laß mich in Ruh!« gab ihr Franz ärgerlich zur Antwort.

»Nur nicht gleich so borstig! ich werde es ihr nicht verraten, was du Trudi eben gelehrt hast,« sprach Ammerie.

»Meinetwegen trag's ihr zu,« knurrte Franz.

»Soso! ich dachte –«

»O der Traubensaft hat oft eine wunderbare Wirkung, auch schon ehe er gekeltert ist,« unterbrach Steffen die noch nicht Schweigende, um seinem Bruder aus der Verlegenheit zu helfen, in die ihn Ammeries Anspielungen gebracht hatten. »Wißt ihr denn, was die Schwaben von einem ihrer besten Gewächse prahlen?«

»Nun?« fragten mehrere zugleich.

»Die wollen einen Wein in ihrem Lande haben, der so stark ist, daß, wenn der Bürgermeister beim Lesen nur eine Beere in seinem Munde zerdrückt, die ganze Gemeinde einen Rausch davon bekommt.«

Da mußten sie alle lachen, aber Elsbeth sprach: »Das sind Schwabenstreiche, Steffen! Da gefällt mit Franzens Stichprobe viel besser.«

»Ei mir auch!« stimmte ihr Steffen lebhaft zu mit einem begehrlichen Blick nach Trudis roten Lippen.

»So? meint ihr?« mischte sich Peter ein, »na, dann werde ich das feine Mittel nächstens einmal bei einer schönen Jungfrau versuchen.«

»Das möchte ich dir nicht raten, sonst kannst du von mir was erleben!« bedeutete Elsbeth ihrem Manne zur großen Belustigung aller.

Unter so heiteren Gesprächen nahm die Lese ihren ungehemmten Fortgang. Die beiden Alten befanden sich an einer entfernteren Stelle des Wingerts und hatten wohl das Lachen, aber nicht die mutwilligen Scherze der Jungen gehört, wenigstens nichts davon verstanden. Sie sprachen nicht viel bei der Arbeit. Gersbacher hatte, Umschau haltend, einmal geäußert: »Was denkst du, Chrischtoph? auf einen Dreiviertelherbst kann man heuer doch wohl rechnen?«

»Ein bißchen hochgegriffen,« meinte Christoph; »auf Zweidrittel möcht ich ihn schätzen und bin auch damit schon zufrieden.«

»Nein, ist zu niedrig taxiert,« bestand Gersbacher auf seinem Ausspruch, von dem er, auch in anderen Dingen, nicht leicht etwas zurücknahm. »Aber wir wollen auch nicht wünschen,« fügte er hinzu, »daß es einmal einen Herbst gibt, wo das Faß mehr gilt als der Wein.«

»Das haben wir in unsern guten pfälzer Lagen nicht zu fürchten,« sagte der Bürgermeister. »Es sei denn, daß Lutz Hebenstreit mit seinen Preisen stark aufschlüge, und tut er das, so weiß ich auch, wer daran schuld ist.«

»Hat er dich warten lassen?« lachte Gersbacher.

»Lange genug, wie immer, wenn du ihm auf dem Nacken sitzt.«

»Na, nichts für ungut, Chrischtoph!«

Christoph schüttelte, und sie schwiegen wieder und schnitten eifrig weiter.

Zur Mittagszeit wurde eine kurze Schicht gemacht, und die beiden Familien lagerten sich im Kreise, um gemeinschaftlich das ihnen aus der Armbruster'schen Küche herausgesandte Essen einzunehmen, wonach sie die Lese wieder fortsetzten, die ja noch mehrere Tage emsigen Schaffens bedurfte, bis sie mit einer kleinen Festlichkeit im Hause ihren Abschluß fand. Aber auch schon die Einbringung der ersten Fuhre Trauben am Abend hatte etwas gewissermaßen Feierliches, das sich in den frohen Mienen der sie zur Stadt Geleitenden spiegelte, während sie munter plaudernd rechts und links daneben herschritten. Ammerie aber, einen Kranz von Rebenlaub ums Haupt geflochten, hatte sich vorn auf den Wagen geschwungen und stand dort als hübsche, züchtig gekleidete Bacchantin, eine der den Triumphzug des Dionysos hochgeschürzt Umschwärmenden, von deren jauchzendem Evoe und ausgelassenen Tänzen das einfache Bauernkind freilich nichts wußte.

Viertes Kapitel.

Ausgangs Oktober war die Lese im pfälzer Weingebiet beendet und hatte einen über Erwarten guten Herbst geliefert. Nun begann nach dem Keltern der Trauben die Kellerarbeit, das Ab- und Umfüllen aus einem Faß in das andere und das Klären des Mostes, der in seinen hölzernen Banden gärte und brauste. Dabei hatte jeder Winzer mit dem eigenen Gewächs alle Hände voll zu tun und kümmerte sich nicht darum, wie den anderen das ihrige geriet. Trotzdem stellte sich eines Tages Franz Gersbacher auf dem Abtshofe ein, um sich nach dem Werden des Armbruster'schen Neuen zu erkundigen.

Sonderbar! Er, der beim Lesen im Wingert ein unfehlbares Mittel zur Schätzung des künftigen Weines auf dem lockenden Umwege über einen Mädchenmund angegeben hatte, er wußte recht gut, daß man sich vor frühestens Weihnachten kein Urteil darüber bilden konnte. Und dennoch kam er unter diesem Vorwande und traf zu seiner Freude die beiden Mädchen allein.

»Hmhm!« machte Ammerie mit einem pfiffigen Schmunzeln, nachdem er seine Frage etwas unsicher vorgebracht hatte, »so ungeduldig auf die Bonität des Neuen bist du ja noch niemals gewesen. Fertig hexen können wir auch nicht, was seine Zeit und Weile haben will. Hat dir denn euer Most schon etwas über seine hoffnungsvolle Zukunft verraten?«

»Das nicht,« erwiderte er, »aber ich dachte mir, ich könnte vielleicht hier bei euch was lernen. Vielleicht behandelt man ihn im Würzburgischen auf eine andere, uns noch unbekannte Weise.«

»Ach so! im Würzburgischen,« lachte sie, »und da möchtest du wieder bei Trudi in die Schule gehen. Nun, Trudi, was sagst du dazu? willst du dem Franz diesmal besser auf die Sprünge helfen als bei seinem ersten, mißlungenen Probierversuche mit dir? Wird im Würzburgischen beim Klären vielleicht manchmal gek —?«

»Gekünstelt, meinst du?« fiel Trudi mit brennenden Wangen schnell ein, »o nein, niemals. Wir kennen auch kein anderes Verfahren dabei als hier zu Lande gang und gäbe ist.«

»Wirklich nicht?«

»Nein, aber ich glaube, wir haben dort einen ebenso geübten Geschmacksinn wie ihr; nur wollen wir nicht fürwitzig etwas vorwegnehmen, was uns der Wein noch nicht zu kosten geben kann, sondern warten ruhig ab, was draus werden will.«

»Da hast du's!« spottete Ammerie. »Ja, die Würzburger sind kluge Leut und lassen sich auch vom verwogensten Pfälzer nichts abluchsen.«

Die Mädchen standen wie zu Schutz und Trutz aneinander geschmiegt. Die Größere hatte einen Arm um den Nacken der Kleineren geschlungen, und beide schauten Franz mit blitzenden Augen herausfordernd an und trieben ihn mit neckischen Spitzreden über seine unzeitige Neugier auf den erst kürzlich gekelterten Rebensaft so in die Enge, daß ihm dabei nicht ganz wohl in seiner Haut wurde. Daß sie ihn mit seiner törichten Frage einfach ausgelacht hatten, nahm er ihnen nicht übel, weil er einsah, daß er nichts Besseres darauf verdient hatte. Um jedoch seine Sachkenntnis im Ausbau des Weines den beiden Schlauköpfen gegenüber nicht noch mehr in Mißkredit zu bringen, verabschiedete er sich bald von ihnen, durchaus zufrieden mit seinem Besuche, der ja nur Trudi gegolten hatte.

Eine Begegnung mit ihr war ihm seit der auf die Armbruster'sche bald folgende Lese in den Wingerten seines Vaters, bei der nun die vom Abtshofe geholfen hatten, nicht vergönnt gewesen. Das war schon einige Wochen her, weil in dieser arbeitsreichen Zeit keine Muße zu freundschaftlichem Verkehr übrig blieb und man auch die Sonntage ausnutzen mußte, um nichts zu versäumen, was nur schwer oder überhaupt nicht nachgeholt werden konnte.

Aber der Wunsch, Trudi wiederzusehen, war immer lebhafter in Franzens Seele geworden, denn die Würzburgerin hatte ihm beim Traubenschneiden in den Weinbergen außerordentlich gut gefallen, und nun trieb es ihn mit Macht, sich ihr einmal wieder zu nähern.

Als er weggegangen war und die beiden Mädchen sich wieder allein befanden, sagte Ammerie: »Ich begreife nicht, was der Franz hier bei uns gewollt hat. Seine Frage nach dem Neuen war doch weiter nichts als eine ungeschickte Ausrede, um seinem Erscheinen hier einen gewissen

Anstrich zu geben, es gleichsam zu entschuldigen, denn einen Grund, einen ganz bestimmten Grund hatte es. Meinetwegen aber ist er nicht gekommen, also kann es nur deinetwegen geschehen sein.«

»Meinetwegen? aber Ammerie!«

»Ja, weswegen denn sonst?«

»Nein, nein!« stritt Trudi dagegen. »Du selber hast ihn, als er bei unserer Lese so tat, als wollte er – na sagen wir's rund heraus, als wollte er einen Kuß von mir haben, an eine andere erinnert, mit der er doch schon –«

»Ach, damit wollt ich ihm ja nur auf den Zahn fühlen, und nun weiß ich Bescheid,« unterbrach Ammerie ihre Muhme. »Die ungeschliffenen Worte, mit denen er mich dabei abspeiste, bestärken mich noch in meiner Vermutung, daß sich Franz aus der Jakobine nichts macht. Sie ist ihm vielleicht nicht ganz zuwider, weil sie ein hübsches Mädel ist, ihm sehr entgegenkommt und sich gefällig von ihm karessieren und sponsern läßt, aber daß er sie wirklich liebt, glaub ich nun und nimmermehr. Mir scheint es zwischen den beiden Alten, dem Gersbacher und dem Steinecker, eine abgekartete Sache zu sein, daß aus Franz und Jakobine ein Paar werden soll, damit zwei große Batzen Geld in einen Sack kommen. Aber von Liebe ist, wenigstens auf seiner Seite, dabei nicht die Rede; sie sind auch nicht miteinander versprochen, und das müßten sie längst sein, wenn es dem Franz ernstlich um eine Heirat mit ihr zu tun wäre.«

»Dann begeht er ein Unrecht an ihr, wenn er sie mit Lauheit und Halbheit hinhält und es mit ansieht, daß sie sich in Hoffnungen wiegt, die zu erfüllen er nicht gesonnen ist,« sprach Trudi mit einem Eifer, der sie gut kleidete.

»Die Jakobine ist es ja, die ihn nicht losläßt und ihm förmlich nachstellt,« rief Ammerie heftig. »Und er? – teils ist er zu gutmütig, um sie durch eine schroffe Abweisung zu kränken, teils wagt er nicht, sich dem Willen seines Vaters zu widersetzen. Ich tu meinem Vater zu Lieb, was ich nur weiß und kann, aber einen Mann, den ich nicht liebe, ließ' ich mir mit keiner Gewalt aufdrängen.«

»Ammerie, – sieh mir mal grad ins Gesicht!« sagte Trudi. »Möchtest du den Franz vielleicht selber gern haben?«

»Ich?« Ammerie lachte hell auf. »Nein, Trudi, da bist du auf dem Holzwege. Meinetwegen mag er nehmen, wen er Lust hat; ich will ihn nicht und er mich nicht. Aber ein braver Bursch ist's, der das Herz auf dem rechten Fleck hat, und beileibe nicht so einfältig, wie er sich heute hier gestellt hat, nur gestellt hat, um unter diesem Deckmantel der Unschuld zu seinem Ziele zu kommen, das heißt, dich wiederzusehen.«

»Ich bezweifle seine guten Eigenschaften durchaus nicht,« erwiderte Trudi ruhig, »bin aber nicht so eitel, mir einzubilden, daß er um meinetwillen hierher gekommen wäre, und lasse mir das auch nicht einreden.«

»Und ich bleibe dabei,« entgegnete Ammerie, mußte aber abbrechen, weil Madlen ins Zimmer trat, die von diesem Zwiegespräch nichts zu wissen brauchte. –

Franz ging vom Abtshofe nicht gleich nach Hause, sondern schritt zum Tore hinaus und zwischen den Weinfeldern den Weg nach Forst zu. Es war ein feuchtkaltes Wetter, die dichten, herbstlichen Rheinnebel kamen vom Strome gegen die Haardt heraufgezogen, verdüsterten den Himmel und verschlossen jegliche Aussicht in die Ebene, auf der sie wie ein überschwemmendes Meer ausgegossen lagen. Er achtete dessen nicht, denn er grübelte Trudis Worten nach, daß die Würzburger nicht fürwitzig vorwegnähmen, was zu genießen noch nicht bereit für sie wäre. Das hatte er verstanden als eine Ablehnung gegen ihn, der ja auch von ihr etwas hatte vorwegnehmen wollen, was ihm nicht gebührte, den Kuß zur Schätzung des künftigen Weines. Aber das war doch nur ein Scherz von ihm gewesen, den er nicht einmal selber erfunden hatte und dem die Tat auf dem Fuße folgen zu lassen, – – na, wer weiß, was geschehen wäre, wenn Ammerie nicht mit ihrer dummen Stichelei auf Jakobine dazwischen gefahren wäre! Trudi hatte so rote, schwellende Lippen! Dann hatte sie aber hinzugefügt: wir warten ruhig ab, was draus werden will. Was hatte sie damit sagen wollen? war das auch ein Wink für ihn gewesen, Geduld mit ihr zu haben und zu warten – ja, auf was denn? Sollte denn, konnte denn überhaupt jemals etwas zwischen ihm und ihr werden? Dergleichen hatte er noch nicht im entferntesten in Erwägung gezogen und tat es auch jetzt nicht, weil Trudis Äußerung doch wohl nur auf den Wein und keineswegs auf ihn gemünzt war. Er kannte ja das Mädchen eigentlich noch gar nicht und hatte auch noch nicht versucht, sie genauer kennen zu lernen und etwas über ihr Leben und ihre Verhältnisse zu erfahren. Allein wie kam er denn darauf, sie wiedersehen zu wollen? Sein Herz klopfte nicht stärker als gewöhnlich, wenn er an sie dachte; aber er dachte doch an sie. Ob sie auch wohl manchmal an ihn dachte? und ob sie wohl mit Ammerie zu den Spinnstuben kommen würde? Das wäre die beste Gelegenheit, sie öfter zu sehen, wenn es denn nun einmal sein sollte, wenn es sich nicht vermeiden ließ oder – oder wenn er das Verlangen danach noch weiter in sich verspüren sollte. Sie war doch ein *sehr* hübsches Mädchen mit ihren dunkelblauen, herzigen Augen und dem üppigen Blondhaar, und wie schön war sie gewachsen, rank und schlank in blühender Jugendkraft! Wie mußte die tanzen können! Dabei wollte er sie fest in den Arm nehmen.

Fünftes Kapitel.

In der fröhlichen Pfalz, wo sich das ganze Jahr hindurch von Herbst zu Herbst, sei es im Wingert, sei es im Keller, eine Arbeit an die andere reihte, brachte jede Jahreszeit auch ihre besonderen Freuden, die gründlich zu genießen das leichtherzige Volk der Pfälzer wie geschaffen war.

War es doch ein gottbegnadetes Weinland, darin sie wohnten und für dessen erquickliche Gaben sie allweg empfänglich waren, zu ihrer rechten Verwertung ausgerüstet mit einem gesunden Durst und mit willigen, schier unbegrenzt aufnahmefähigen Kehlen, diesem stets willkommenen Verlangen die angenehmste Befriedigung zu gewähren.

Aber auch andere pfälzische Eigentümlichkeiten hoben den Mut und stärkten die Lust, Feste zu feiern, wie sie fielen, je mehr je lieber.

Das Selbstgefühl und die Übergescheitheit der knorrigen, trotzigen Gaubauern, ihr unbezähmbarer Hang zum Foppen und Uzen und daneben ihre von keinem anderen deutschen Stamm übertroffene Gastlichkeit und Freigebigkeit verliehen allen gemeinsamen Veranstaltungen ein vollgerüttelt Maß von urwüchsiger Lebenskraft und überschäumendem Frohsinn. Da waren die vielen Kirchweihen in den Städten und Dörfern ringsum, der Dürkheimer Wurstmarkt mit seinem kreischenden Getümmel, der Billigheimer Purzelmarkt mit seinem Sackhüpfen, dann in den Wirtschaften der Trollschoppen, so genannt, weil der letzte, in gehobenster Stimmung stattfindende Umtrunk dem nächtlichen Gelage ein Ende machte und sich danach die Zechbrüder nach Hause trollen sollten, und eine Menge anderer Anlässe zu kurzweiliger Geselligkeit jeglicher Art.

Eine der beliebtesten Gelegenheiten zu vergnüglichem Beisammensein waren die Spinnstuben, die mit dem Eintritt des Winters begannen und in den größeren Bauernhöfen abwechselnd wöchentlich mindestens einmal abgehalten wurden. Jedermann aus dem weitesten Freundes- und Bekanntenkreise war, auch ungeladen, dazu willkommen, so viele Teilnehmer der verfügbare Raum zu fassen vermochte. Das Spinnen des Flachses, das von den jungen Mädchen statt in der stillen Abgeschlossenheit des elterlichen Hauses hier in lustiger Gesellschaft betrieben wurde, war allerdings der ausgesprochene Zweck dieser Zusammenkünfte, aber nicht die Hauptsache. Das war die vielstimmige, munter durcheinander schwirrende Unterhaltung, das Scherzen und Necken, Lachen und Liebeln mit den flotten Junggesellen, die dabei nicht fehlen durften und in der Tat auch niemals fehlten. Oft wurde dabei gesungen, manchmal auch getanzt, und stets waren eine oder ein paar ehrsame Mütter zugegen, die darüber wachten, daß die liebe, heißblütige Jugend nicht über die Stränge schlug.

Die Spinnerinnen kamen mit ihren Spinnrocken, deren Kunkel von Flachs oder Werg mit farbigen Bändern oder mit sogenannten Rockenbriefen umwunden war, breiten Pergamentstreifen, die mit Bildern von Blumen, Engeln, hübschen Bubenköpfen oder auch mit teils frommen, teils sehr weltlich erdachten Sinnsprüchen und Lebensregeln bemalt waren. Die schmucken Dirnen saßen in der geräumigen Diele, die an den Seiten von kleinen Öllampen und in der Mitte von einem hölzernen Hängeleuchter mit Unschlittkerzen erhellt und von einem mächtigen tönernen Ofen durchwärmt war, ließen die Räder surren und die Trittbretter klappern, und hinter ihnen standen die Burschen und plauderten mit ihren Auserwählten. Manch einer beugte sich zu dem Ohr der vor ihm Sitzenden nieder und raunte ihr minnige, oft auch verfängliche Worte zu, und dann überflutete wohl ein schämiges Rot die Wangen der Lauschenden, oder sie wandte schnell den Kopf und sah mit einem zärtlichen oder einem strafenden, doch niemals ernstlich bös gemeinten Blick zu dem Verwegenen auf.

Heute war Spinnabend im Hause von Adam Steinecker, dem Vater Jakobinens, und war stark besucht, auch von den beiden Gersbacher'schen Söhnen, sowie von Ammerie und Trudi. Die Würzburgische, wie man Trudi allgemein nannte, war keine Unbekannte mehr in diesem Kreise, wenn auch niemand etwas anderes von ihr wußte, als daß sie eine Verwandte der Armbruster war und deswegen für ein wohlhabendes Mädchen galt. Allen aber fiel sie durch ihre Schönheit und Anmut auf, und ihr freundliches, bescheidenes Wesen hatte ihr bereits die Zuneigung vieler erworben, die mit ihr in Berührung gekommen waren, mit Ausnahme einiger im stillen neidischer Altersgenossinnen, die es in diesen Eigenschaften und Tugenden mit der Fremden nicht aufnehmen konnten.

Trudi hatte sich allerdings in dem Vierteljahr, das sie schon in der behaglichen Häuslichkeit des Abtshofes verbracht hatte, zu einem schönen, von Gesundheit strotzenden Mädchen entfaltet, das einen Vergleich mit den begehrtesten Wachenheimerinnen wahrlich nicht zu scheuen brauchte. Franz Gersbacher stellte hier zum ersten Male solchen Vergleich im geheimen an und kam zu der Überzeugung, daß unter allen anwesenden und abwesenden Mädchen von Wachenheim und Umgegend der Preis der Holdseligkeit unbestreitbar Trudi gebühre. Kein Wunder, daß er sich meistens zu ihr hielt und sie vor den andern auszeichnete. Und er mußte wohl nicht der einzige hier sein, der so dachte; bald dieser, bald jener der Burschen näherte sich ihr mit zierlichem Kratzfüßeln und Scharwenzeln.

Sie selber tat nichts, irgendwelches Aufsehen zu erregen, spann beharrlich ihren Faden und gab auf jede Ansprache angemessenen und artigen Bescheid. Sie mit leichtfertigen Reden zu behelligen wagte niemand, denn der Ernst in ihren Zügen und die Gesetztheit ihres Benehmens hielt auch den Kecksten in geziemenden Schranken.

Bei all ihrem Fleiß konnte sie sich indessen nicht versagen, Franz und Jakobine ein wenig zu beobachten, um zu ermitteln, in welchen Beziehungen die beiden zueinander stehen mochten. Da wurde sie denn gewahr, daß sich Franz so gut wie gar nicht um die Tochter des Hauses bekümmerte und ihr keinerlei Aufmerksamkeit erwies, während Jakobine ihn kaum aus den Augen ließ und durch alberne Scherze und überflüssige Fragen mit ihm anzuknüpfen suchte, auf die er ihr nur kurze Antworten gab. Daraus schloß sie, daß Ammerie doch wohl recht haben mußte in ihrer Beurteilung des wahren Verhältnisses zwischen den beiden und daß bei diesem einem Gerücht nach füreinander bestimmten Paare die Verliebtheit nur auf einer Seite zu finden war.

Jakobinens Wesen behagte ihr nicht sonderlich. Hübsch war sie und von schmeidiger, reizvoller Gestalt, aber sie hatte etwas Vorlautes und Gefallsüchtiges, das Trudi abstieß und ihr zu Franzens gediegener, gradsinniger Art so gar nicht zu passen schien. Das machte es ihr begreiflich, daß er zu einer ehelichen Verbindung mit dem oberflächlichen Mädchen nicht geneigt war. Aber deshalb war es ihr auch weniger peinlich, als es ihr unter anderen Umständen gewesen wäre, daß sich Franz so lebhaft und vorzugsweise mit ihr beschäftigte.

Als sie sehen wollte, welchen Eindruck sein Verhalten auf Jakobine machte und sich nach der Seite hinwandte, wo jene saß, begegnete sie einem bohrenden, zornigen Blick aus deren braunen Augen, der ihr unangenehm, ja unheimlich war. Was ist das? dachte sie, Eifersucht? Nichts anderes konnte es sein, und um dieses Gefühl in dem beleidigten Mädchen ihrerseits nicht zu nähren, unterhielt sie sich von nun an fast ausschließlich mit der neben ihr sitzenden Ammerie, mußte aber doch dann und wann wieder zu Jakobine hinschauen, die von einer fortwährenden Hast und Unruhe ergriffen schien. Der Faden riß ihr öfter beim Spinnen, und sie mußte das Rad in Stillstand bringen, um ihn wieder anzuknüpfen, wobei ihr, wie Trudi nicht entging, die Hände zitterten. Das konnte reiner Zufall sein oder eine ganz belanglose Ursache haben, aber daß ihre Ahnung sie nicht betrogen hatte und daß sie selber die unbewußte Anstifterin von Jakobinens Verwirrung war, sollte ihr sogleich aus Ammeries Munde bestätigt werden. Diese flüsterte ihr zu: »Du stehst unter scharfer Aufsicht, Trudi, du und der Franz dazu. Jakobine beobachtet euch beide unausgesetzt.«

»Hast du's auch bemerkt?« fragte Trudi erschrocken.

Ammerie nickte. »Schadet nichts,« sagte sie, »laß sie nur! mag doch Franz sehen, wie er mit ihr fertig wird. Du hast dir nichts vorzuwerfen, und in den Spinnstuben wird noch anderes gesponnen als Flachs. Das ist nun mal so Brauch und ein Gaudi für alle, vor deren Augen sich das ganz unverhohlen abspielt.« Und nun offenbarte sie Trudi eine Reihe von Techtelmechteln, die sich unter einzelnen Paaren hier angebandelt hatten.

»Siehst du den hübschen, schlanken Burschen da mit dem schwarzen Schnurrbart?« sprach sie. »Das ist Hubert Lingenfelder, und der er jetzt die Hand auf die Schulter legt, ist gegenwärtig seine Liebste, Gustel Breitinger, ein Teufelsmädel, hat's faustdick hintern Ohren. Die Hellblonde neben ihr ist Lina Buschard, und der stattliche Bub, mit dem sie tuschelt und kichert, ist ihr Schatz, aber nicht ihr erster, Lebrecht Obenauer, der Sohn des Schmiedemeisters. Die da rechts, die sich auf ihrem Schemel zurücklehnt und dem hinter ihr Stehenden so herzenstief in die Augen blickt, ist Sophie Lingenfelder, dem Hubert seine Schwester und ein Ausbund von Durchtriebenheit, und er ist der junge Kernberger, genannt Ludolf der Schöne. Die beiden haben sich jetzt erst zusammengefunden, sind aber schon sehr vertraut miteinander.«

»Was du nicht alles weißt!« lächelte Trudi. »Hast du auch schon einen Schatz?«

»Noch nicht,« erwiderte Ammerie, »aber ich schaff mir bald einen an. So jüngferlich einschichtig wird mir's nachgerade zu langweilig; es muß ja nicht gleich geheiratet werden.«

»Warum denn nicht? worauf denn warten?« fragte Trudi. »Hast dir wohl schon einen ausersehen?«

»Nein, nein!« sagte Ammerie schnell und ein wenig errötend, »aber denkst du denn, daß sich die alle heiraten wollen, die hier miteinander schäkern und sich nachher auf dem Nachhausewege heimlich küssen? i Gott bewahre! Das ist bloß für diesen Winter, im nächsten hat jeder wieder ein anderes Lieb im Arm, da tauschen die Buben und Mädchen, ohne ein Wort darüber zu verlieren.«

»Was? da tauschen sie?«

»Natürlich! man will doch seine Abwechselung haben.«

»Aber das ist ja schrecklich,« sprach Trudi entrüstet. »Wie kann man denn jeden Winter einen andern lieb haben und sich von einem andern herzen und küssen lassen?«

»Dazu sind doch die Spinnstuben da,« lachte Ammerie, »und dafür sind wir alleweil die lustigen Pfälzer und nehmen die Dinge nicht so schwer wie ihr da drüben im Reich, weit hinterm Rhein.«

Trudi schwieg und wurde nachdenklich. Als sie aber hörte, wie Wilm Steinecker, Jakobinens Bruder, ein untersetzter, vierschrötiger Bursch, Franz zurief: »Fränzel, du bist ja wie festgebannt auf deinem Platz; komm doch mal hierher, hier sind auch noch Leute!« bückte sie sich schnell und machte sich an ihrer Spindel zu schaffen, denn sie fühlte, was das zu bedeuten hatte. Wilm wollte Franz von ihr weg und zu seiner Schwester hin haben. Franz folgte zögernd dem Rufe und ging zu den Steineckers, was Trudi nicht unlieb war, weil sie nicht wünschte, mit ihm ins Gerede zu kommen.

Jetzt tat sich die Tür auf, und es stellte sich noch ein verspäteter Gast ein, bei dessen Anblick sich ringsum ein Jubel erhob: »Hammichel! Hammichel von Gimmeldingen!« und ein lautes Gelächter erscholl.

Der neu Eingetretene war eine seltsame Erscheinung. Es war ein kleiner, alter Kerl mit sehr langen Armen und breiten Schultern, deren linke höher war als die rechte. Sein gelblich blasses Gesicht war bartlos mit einer schmalen Hakennase und dünnen, zusammengekniffenen Lippen, die sich oft zu einem häßlichen Grinsen verzerrten. Seine grauen, beständig zwinkernden Augen hatten etwas Scheues und Falsches, und seine abstehenden Ohren schienen immer zu horchen, als wenn sie sich wie die eines Tieres spitzen und bewegen könnten.

Er trug Fiedel und Bogen unter dem Arm, mischte sich mit sachten Schritten in die Gesellschaft und begrüßte diesen und jenen mit leiser, meckernder Stimme. Die meisten der jungen Männer behandelten ihn kühl, beinahe verächtlich, aber die Mädchen zeigten Freude über sein Kommen, weil sie wußten, was sie von seiner Fiedel erwarten durften. Am vertrautesten schien er mit Wilm Steinecker und dessen Schwester zu sein, die beiden Gersbacher aber und Ammerie mied er und warf nur einen forschenden Blick auf Trudi.

»Was ist denn das für ein widerlicher Mensch?« fragte diese.

»Widerlich ist viel zu wenig gesagt von dem alten Taugenichts,« antwortete Ammerie. »Es ist ein mit allen Hunden gehetzter, höchst gefährlicher Schwatzgesell, der hier allerwegen herumstreicht und mit einer verschlagenen Geheimniskrämerei sein unstetes Wesen treibt. Nur zu uns auf den Abtshof wagt er sich nicht, denn er haßt meinen Vater grimmig. Warum, sag ich dir ein andermal. Übrigens ist er dem Schneckenkaschper sein Großvater.«

»Der arme Junge!« sprach Trudi.

Hammichel schlich katzenhaft zwischen den Spinnstubengästen einher und mußte von den Burschen manche derbe Anzüglichkeit hören, die er entweder mit einem bissigen Witz oder nur mit einem stechenden Blicke quittierte. Endlich blieb er neben Mutter Steinecker stehen, die wie eine alte Glucke schläfrig an der Wand saß und dem Treiben des jungen Volkes stumpfsinnig zuschaute. Mit ihr hielt er einen langen Schnickschnack, bis ihm Jakobine ungeduldig zurief: »Hammichel, stimme deine Fiedel! wir wollen eins singen.«

»Ja, gern! aber erst gönnt mir einen Trunk,« bat er mit kläglichem Tone, »mir ist die Kehle knochentrocken.«

»Du sollst ja nicht mitsingen, alter Geigenbuckler!« höhnte Hubert Lingenfelder. »Wir brauchen dein Rabengekrächz nicht, deine Fiedel kratzt schon gerade genug.«

»Daß sie dir nur nicht einmal zum Tanz mit den vier Winden aufspielen muß, wenn dich die Raben am eichenen Kirschbaum umkrächzen!« gab ihm Hammichel schlagfertig zurück.

»Dazu kann's nicht kommen,« fiel Steffen Gersbacher ein, »denn vorher hängen wir dich selber in der Herberge zu den drei Säulen draußen vor der Holzpfort.«

Alle lachten und freuten sich, daß der schäbige Wicht so gut abgetrumpft war. Ferdinand Klinkmüller aber, auch ein Winzerssohn, erbarmte sich des Alten und sagte: »Komm her, Gimmeldinger! ich lösch dir deinen elenden Durst.«

Im Hintergrunde der Diele stand ein Tisch mit einem steinernen Weinkruge und plumpen, grünlichen Gläsern, aus denen die Burschen tranken und auch ihren Herzallerliebsten zuweilen einen Schluck darbrachten. Hier schenkte Ferdinand seinem Schützling ein und reichte ihm das Glas mit dem Kredenzgruß: »Da! sauf, was du selber zusammengebraut hast, und wohl bekomm's!«

»Vergelts Gott!« sagte Hammichel, kostete bedächtig, schnalzte mit der Zunge und murmelte vor sich hinnickend: »Hat geholfen, macht sich hübsch neutral, nur ein bißchen seifig und brenzlich; das nächste Mal weniger Schwefelsäure nehmen.« Dann wandte er sich zu den Mädchen: »So! jetzt will ich spielen; was wollt ihr singen?«

Sie stritten hin und her darüber und konnten sich nicht einigen. Er wartete jedoch ihre Entscheidung nicht ab und setzte den Bogen an mit festem Strich, worauf der Chor der Burschen und Mädchen sofort einfiel. Es war eine getragene Weise und klang gut, denn sie kannten das Lied, und Hammichel spielte tadellos hielt die Melodie und gab sicher den Takt an.

Es saß eine junge Spinnerin

Am Rocken bis Mitternacht,

Das Rad lief um, die Zeit ging hin,

Sie hat gefragt und gedacht:

Wann wird der Faden, so glatt und fein,

Wohl das Gewebe fürs Brauthemd sein?

Wie lange noch muß ich spinnen

Zu meinem Hochzeitlinnen?

Sie schaffte, daß ihr die Spindel flog,

Und harrte jahrein, jahraus

Auf einen, der in die Fremde zog,

Noch immer nicht kam nach Haus.

Was säumst du, Liebster? o kehre zurück,

Mein Hoffen und Sehnen, mein Traum und mein Glück!

Schon häuft sich das Garn in der Truhe,

Mein Herz, das findet nicht Ruhe.

Kein Wandergesell blieb am Fenster stehn

Und bracht' ihr weither einen Gruß,

Sie hörte so manchmal die Türe gehn,
Nie trat auf die Schwelle sein Fuß.
Hast du mich vergessen im fernen Land,
Du, der sich mir fest gelobt in die Hand?
So lange du lebst auf Erden,
Kannst du nicht untreu werden.

Nun endlich ein Brief, von ihm eine Spur!
Ihr war's wie ein Sonnenstrahl;
Doch als sie gelesen zwei Zeilen nur,
Da wurde sie aschefahl.
»Uns scheidet auf ewig, was mir geschehn,
Ich kann dir nicht mehr in die Augen sehn.« –
Tief in sich hat sie's verschlossen,
Still sind ihre Tränen geflossen.

Nach dem Liede trat eine Stille ein, denn der Ernst in dem eben Gesungenen hielt eine Weile
vor. Allmählich aber verflog die sanfte Rührung bei den jungen Leuten, und sie verlangten
etwas Lustiges. »Was soll es sein?« fragte Hammichel, »das von den Rockenbriefen?« »Jaja! die
Sprüchlein auf dem Rockenbrief,« riefen sie und lachten. Da fing der Alte wieder an zu fiedeln,
und sie sangen nun in einem heiteren Tone.

Die Sprüchlein auf dem Rockenbrief,
Der lieblich schmückt die Kunkel,
Sind lehrhaft und gedankentief,
Doch manchmal etwas dunkel.
Hier steht geschrieben. »Niemals laß
Mit Worten dich berücken,
Zur Sünde sind's die Brücken.«
Sagt, was bedeutet das?

Auf diesem heißt es: »Jeden Schritt
Sollst wohl du überlegen,
Weil lauernd als Versucher tritt
Der Böse dir entgegen.«
Der Böse kann es nimmer sein,
Mit dem ich abgekartet,
Daß er am Kreuzweg wartet
Zum trauten Stelldichein.

»Kind, hüt' dich vor dem ersten Kuß,
Dem einen folgen viele,
Wer einmal A gesagt, der muß
B sagen auch beim Spiele.«
Sollt' ich das ganze Alphabet
Durchbuchstabieren müssen
Mit fünfundzwanzig Küssen,
Gott weiß, wie gern ich's tät.

»Schau, daß die Milch nicht überkoche,

Versalze keine Suppe
Und schnauze nicht am Kerzendocht
Spitzfingerig die Schnuppe.
Nimm keine Nadel in den Mund,
Näh tages um die Wette
Und bete nachts im Bette
Die Todfeindin gesund.«

So warnen einen streng und scharf
Die Sprüche wie nach Noten,
Was hier man soll und da nicht darf,
Das Beste wird verboten.
Drum wer sie nicht begreifen kann,
Die Rockenweisheit, spinne
Sein Garn nach eignem Sinne
Und kehre sich nicht dran.

Nun mußte Hammichel seine Geige wieder stimmen, und als er dies getan hatte, machte er ein kurzes Vorspiel, aus dem alle sogleich hörten, was jetzt folgen sollte. Es war ein neckischer Zwiegesang. Die Mädchen fingen mit der ersten Strophe an, die Burschen antworteten ihnen mit der zweiten und so abwechselnd weiter; nur die letzte Strophe sangen Burschen und Mädchen zusammen.

Komm mir nicht so dicht ans Rad,
Winzerbub, du kecker!
Wär um jedes Wort mir schad
Mit dir dreistem Schlecker.
Schielst nach allen Mädchen hin,
Blonden oder braunen;
Denkst, daß ich willfährig bin
Deinen raschen Launen?

Ach, du liebe Unschuld du,
Nur nicht gar so spröde!
Äugelst selbst uns Burschen zu,
Bist auch sonst nicht blöde.
Mädels ihr, an Listen reich,
Dünkt euch Herzbezwinger,
Glaubt, ihr hättet Schätze gleich
Zehn an jedem Finger.

Leicht und lustig ist die Kunst,
Euch ins Garn zu locken,
Und mit einem Schein von Gunst
Fängt man euch zu Schocken.
Doch wir haben kein Begehr,
Dingfest euch zu machen,
Laufen nicht euch hinterher,
Drehn uns um und lachen.

Eifrig jagt ihr früh und spat,

Einen Mann zu kriegen,

Möchtet jedem, der euch naht,

In die Arme fliegen.

Das Gespinst doch, das ihr schlingt,

Ist zu schwach gewunden,

Und kein Wild, das euch umspringt,

Wird damit gebunden.

Also wollen wir uns auch

Keine Treue schwören,

Wollen uns nach flottem Brauch

Kurz nur angehören.

Heute kosen der und die

Und zwei andere morgen,

Wozu beide, er und sie,

Sich die Liebe borgen.

Kaum daß auch dieses Lied verklungen war klatschte Gustel Breitinger in die Hände und rief: »Genug mit dem Singsang! jetzt wird getanzt! Rocken und Stühle weg! Hammichel, hupp! auf die Tonne!«

Im Nu war alles beiseite geräumt, vier starke Arme packten Hammichel und hoben ihn auf die Tonne, die zu dem Zwecke schon bereit gestellt war. Dann, sobald seine Fiedel erklang, umfaßte Gustel ihren Schatz und wirbelte mit ihm herum, während andere Paare den Spuren des ersten folgten.

Jakobine hatte sich sofort Franzens bemächtigt und ihn, er mochte wollen oder nicht, in den Strudel hineingezogen. Als er dreimal die Runde mit ihr gemacht hatte, trennte er sich von ihr und forderte Trudi auf.

»Ich danke dir, Franz!« sprach sie, »aber ich tanze nicht.«

»Du tanzt nicht?« fragte er verwundert, »warum denn nicht?«

»Ich kann nicht tanzen, hab's nicht gelernt.«

»Was ist da groß zu lernen? Unterricht von einem Tanzmeister haben wir alle nicht gehabt, das gibt sich von selbst.«

»Bei mir nicht,« erwiderte sie, »ich habe nie getanzt, habe keine tanzfrohe Jugend gehabt.«

Sie sagte das mit so ernstem Ton und einem so traurigen Blick, daß er wohl ahnte, wie es daheim in ihrem Leben ausgesehen haben mochte. »Laß mich's dir beibringen, Trudi!« bat er inständig, »es ist nicht schwer, und ich tät es so gern.«

»Vielleicht nimmt sich Ammerie meiner an und lehrt es mich,« entgegnete sie lächelnd, »und sobald ich's kann, sollst du der erste sein, mit dem ich's versuchen will.«

»Soll ein Wort sein, Trudi! In der Weihnachtsrockenstube bei uns tanzen wir zwei miteinander, gelt?«

Sie drückte ihm die Hand, und er verließ sie. Nun klopfte ihm das Herz doch.

Auch anderen Burschen versagte sie sich, und darum fühlte sich keiner beleidigt, zumal sie den Grund ihrer Weigerung errieten.

Steffen tanzte am meisten mit Ammerie und flüsterte ihr dabei beständig etwas zu, was ihr zu gefallen schien, denn sie lächelte glücklich.

Die Freude dauerte noch so lange, bis Adam Steinecker aus der Trinkstube beim Kronenwirt nach Hause kam, denn dies war das Zeichen, daß es mit der Spinnstube für heute ein Ende hatte, denn die Mitternacht war nahe.

Alle brachen auf und begaben sich, meist zu zweien gesellt, auf den Heimweg. Franz geleitete Trudi und Ammerie, weil er nicht wollte, daß sich ein anderer an Trudi heranmachte. Jakobine war mit den sich verabschiedenden Gästen vor das Tor getreten, um auszuspionieren, mit wem er gehen würde. Und richtig! dachte sie's doch! mit der Würzburgischen ging er, – mit der, die noch nicht einmal tanzen konnte! »Na warte! das will ich dir anstreichen,« grollte sie.

Aber auch Trudi sah, wie die einzelnen Pärchen, zärtlich umschlungen, sich im Dunkel der Nacht verloren, und dachte: nun küssen sich die, und im nächsten Winter tun es wieder andere.

Als Franz die beiden Mädchen nach dem Abtshofe gebracht hatte und sie sich oben in ihrer Kammer entkleideten, fragte Trudi: »Kannst du schon schlafen, Ammerie?«

»Ich? und wie!« lachte Ammerie, »wenn ich alles so gut könnte wie schlafen, würde meine Mutter sehr zufrieden mit mir sein. Willst du noch was?«

»O nichts Besonderes,« sagte Trudi, »ich möchte nur wissen, warum der garstige Mensch, der Hammichel, deinen Vater haßt.«

»Das – erzähl ich dir morgen,« erwiderte Ammerie gähnend, »jetzt gute Nacht! schlaf wohl!«

Aber Trudi konnte noch lange nicht einschlafen; ihr kam einer nicht aus den Gedanken, mit dem sie so gern getanzt hätte.

Sechstes Kapitel.

Anderen Tages saßen Ammerie und Trudi bei einer Näharbeit, während Frau Madlen ein paar notwendige Gänge im Städtchen zu tun hatte, und sprachen über den gestrigen Spinnstubenabend.

»Du wolltest näheres über den alten Schubiack, den Hammichel wissen,« brachte Ammerie die Rede auf diesen »also laß dir erzählen.

Er ist früher ein Spielmann gewesen, was er ja so nebenbei noch ist, und hat mit einer Bande Fahrender, Männer und Weiber, vieler Herren Länder durchschweift. Auch verheiratet ist er gewesen und hat nach dem Tode seiner Frau seine einzige Tochter auf seine Kreuz- und Querzüge mitgenommen. Diese hat ihm, als sie starb, ein kleines Kind hinterlassen, unsern Schneckenkaschper, von dessen Vater man nichts weiß. Da hat der Alte sich des armen verwaisen Wurmes angenommen, ist in Gimmeldingen hängen geblieben und hat den Jungen notdürftig aufgezogen, und dies ist das einzige Lobenswerte, das man ihm nachsagen kann. In Gimmeldingen, wo er bis vor etwa acht Jahren wohnte, hatte er seinen Unterhalt durch Aufspielen zum Tanz, weit mehr aber auf eine andere Weise erworben, von der du jetzt hören sollst.

Unter den Spielleuten ist ein verdorbener Apotheker gewesen, der sich für einen Alchimisten, so eine Art Goldmacher und Schwarzkünstler ausgab und Kenntnis von allerhand Geheimmitteln, Mixturen, Kräutersäften und Wunderkuren hatte. Diese anrüchige Kunst und Wissenschaft hat Hammichel von dem verlotterten Apotheker gelernt und, was meinst du wohl, wozu benutzt? – zum Zurechtdoktern und Fälschen des Weines und zwar mit einem für ihn sehr vorteilhaften Erfolg. Viele Winzer ließen sich von ihm beschwatzen, seine Mittel zu probieren, überzeugten sich, daß der mit ihnen behandelte Wein mehr Gehalt und einen besseren Geschmack bekam, also auch einen höheren Preis erzielte, und strichen gern den unsauberen Profit ein, den Quacksalber nicht schlecht dafür belohnend.

Dieses schändliche Gewerbe hat er Jahre lang betrieben, bis es den Ehrlichen und Rechtschaffenen unter den Gimmeldingern doch endlich zu arg wurde. Durch Brotneid und Verrat kam die Sache an den Tag, es entstanden die bittersten Feindschaften, und Hammichel, dem der Boden unter den Füßen zu heiß wurde, mußte das Feld räumen. Nun verschwand er mit seinem Enkel auf lange Zeit aus der Gegend, und es wuchs Gras über der Geschichte. Plötzlich tauchte er hier in Wachenheim auf, wo niemand ihn und seine Vergangenheit kannte und ihn anfangs auch niemand beachtete. Aber auch hier wußte er sich bald in das Vertrauen der Winzer einzuschleichen und begann hier damit, womit er in Gimmeldingen aufgehört hatte. Als mein Vater von dem Unfug Wind bekam, tat er das seinige, dem Fälscher das Handwerk zu legen und redete den Weinbauern ins Gewissen. Sie sollten sich schämen, die edle Gottesgabe, die sie mit schwerer Arbeit und saurem Schweiß dem Boden abrängen, auf nichtswürdige Weise zu verfälschen und ihre Abnehmer, die für ihr gutes Geld einen reinen, gesunden Trank haben wollten, mit vermanschtem Schund, der das Faß nicht wert wäre, in dem sie ihn zusammenbrauten, jämmerlich zu betrügen. Das ginge gegen ihre eigene Ehre wie gegen die Ehre unserer gesegneten Pfalz, deren Ruf zu wahren und hoch zu halten ihre verdammte Pflicht und Schuldigkeit wäre. Das schlug ein; viele der Betörten nahmen sich die Vorhaltungen ihres Bürgermeisters zu Herzen, fielen von dem Weinverderber ab und wiesen ihm die Tür. Andere aber, zu denen auch Steinecker gehört, blieben seine treuen Kunden und manschen heute noch mit seinen schauderhaften Mitteln.«

»Was sind denn das für wunderbare Mittel?« unterbrach Trudi den Bericht Ammeries.

»Ja, das weiß der Himmel oder wohl noch besser der Teufel, der dem Panschmichel bei seinem maledeiten Hokuspokus die Hand führt,« sagte Ammerie. »Er hütet sich wohl, sich von irgendeinem Menschen in die Karten gucken zu lassen. Das meiste wird wohl das Wasser dabei tun müssen, aber um die Verdünnung zu verdecken, bedarf es allerlei starker, scharfer oder süßer und wohlriechender Zusätze. Er stöbert beständig in den großen Wäldern der Haardt und des Westrichs umher, wo das Eichhörnchen sieben Meilen weit durch die Bäume springt, und sucht Kräuter, Beeren, Samen und Wurzeln, deren Wirkung nur er kennt. In seiner Behausung bei

Merten Fachendag sollen unzählige Töpfe, Büchsen und Gläser mit Flüssigkeiten, Pulvern und Latwergen stehen.

Nun wirst du begreifen,« schloß Ammerie, »daß Hammichel meinen Vater auf den Tod haßt, ihn verklatscht und verleumdet, die Bürger gegen ihn aufhetzt und ihm dadurch nicht wenige von ihnen zu Feinden macht.«

»Und diesen niederträchtigen Menschen duldet ihr in den Spinnstuben und laßt euch von ihm zum Tanz aufspielen?« fragte Trudi.

»O er darf nicht in alle Spinnstuben kommen,« erwiderte Ammerie, »zu uns, zu Gersbachers und mehreren anderen nicht. Aber was sollen wir denn machen, wenn wir tanzen wollen? er ist der einzige Spielmann im Ort, und tanzen wollen wir doch.«

»Jaja!« nickte Trudi und sann über Ammeries letzte Worte ein paar Minuten lang nach. Dann fing sie an: »Da wir gerade vom Tanzen sprechen, – ich hab eine Bitte an dich, Ammerie. Ich kann nicht tanzen, weil ich zu Hause bei uns keine Gelegenheit dazu hatte. Aber ich möcht es gern lernen, – hab's einem versprochen, – der Franz wünscht es,« stieß sie hervor, feuerrot bis zur Stirn hinauf.

»Ah, der Franz wünscht es!« lächelte Ammerie verschmitzt, »ja natürlich, da mußt du's lernen. Der Franz versteht sich vorzüglich aufs Tanzen, der kann's dir leicht beibringen.«

»Er hat sich auch dazu erboten, aber das geht doch nicht, das würde auffallen und Redereien geben,« sprach Trudi. »Ich dachte mir, du könntest's mich lehren, Ammerie, wenn du willst.«

»Gewiß, gern! aber weißt du, Trudi, zwei Mädchen miteinander, das hat keine rechte Art,« meinte Ammerie. »Man muß mit einem Buben tanzen, der führt einen sicherer und hält einen fester. Paß mal auf, wie fest dich der Franz halten wird!« fügte sie mit einem fuchsschlauen Blick hinzu. »Ich will dir was sagen: anfangen werd ich's mit dir; da gehen wir auf den Söller hinauf, wo uns kein Mensch hört und sieht, und wenn du schon ein bißchen was kannst, dann muß der Franz kommen und helfen; laß mich nur machen!«

»O du bist lieb und gut!« rief Trudi, sprang auf, umhalste Ammerie und gab ihr einen herzhaften Kuß.

»Ach! wenn ich jetzt der Franz wäre!« lachte die Schelmin.

Da kriegte sie schnell noch einen, damit sie nur aufhören sollte zu sticheln. –

Es war voller Winter geworden. Das Gebirge und die Ebene waren mit Schnee bedeckt, auf dem sich hie und da die Fährte eines Wildes zeichnete und über den hungrige Krähen mit trägem Flügelschlage hin und wiederzogen. Die Bäume und Sträucher prunkten mit einem märchenhaften Schmuck von silberglitzerndem Rauhreif, und von den Dächern der Häuser hingen lange Eiszapfen. In den Kellern aber gärte der Most und fing an sich langsam zu klären. Dabei war nichts zu tun, diesen Werdegang zu beschleunigen; man mußte dem Weine Ruhe lassen und hatte nun Muße, sich auf das liebe Christfest vorzubereiten, dem die Alten und die Jungen freudig entgegensahen, wozu sie ja in Anbetracht der großen Zahl gefüllter Fässer alle Ursache hatten.

Zu diesen Vorbereitungen, die selbstverständlich streng geheim gehalten wurden, gehörte auf dem Abtshofe die seltsame, oft wiederkehrende Tatsache, daß Trudi und Ammerie zum Söller hinaufschlichen und sich dort einschlossen. Und noch seltsamer war, daß Franz häufig dazu kam und den Mädchen bei ihrem versteckten Tun Hilfe leistete. Die übrigen Armbrusters konnten sich keine Vorstellung davon machen, was die drei dort oben zu schaffen hatten und was das eigenartige, taktmäßige Geräusch, ein Rascheln, Schlurfen und Stampfen, das sie dann hörten, zu bedeuten hatte.

Als nun der Weihnachtsabend herangekommen war und jedem im Hause ein paar hübsche, brauchbare Dinge beschert wurden, fand sich nichts, gar nichts, was auf dem Söller zusammengebastelt sein konnte. Da nahm sich Madlen die beiden Mädchen vor und sprach: »Nun sagt mir doch, was in aller Welt ihr da oben für einen Spuk getrieben habt.«

Trudi wagte nicht, ihrer Base ins Gesicht zu sehen. Ammerie aber flunkerte unverfroren drauf los: »Ach, Mütterle, 's ist jammerschad, daß nichts draus geworden ist; die Katz hat's geholt, oder der Marder ist's gewesen, und ich sag's dir auch nicht, was wir ausgeheckt hatten; wirst schon selber bald genug dahinter kommen.«

Madlen schüttelte den Kopf, schwieg aber zu der ganz unglaublichen Ausrede von der diebischen Katz oder dem Marder und traute ihrer anschlägigen Jüngsten, sobald es sich um dumme Streiche handelte, das Menschenmögliche zu.

Nach zwei Tagen schon sollte der Schleier von Ammeries Geheimnis zur größten Überraschung aller nicht Eingeweihten gelüftet werden.

Am zweiten Feiertage fand, wie alljährlich, im Hause Gersbachers der glänzendste Spinnstubenabend des ganzen Winters statt. Es war eigentlich ein wohlausgerüstetes Fest und das Spinnen völlig Nebensache dabei. Die Rocken und Haspel waren zwar von den Mädchen mitgebracht und wurden auch für kurze Zeit in Tätigkeit gesetzt, aber nur, um auch für diese Überschreitung des Herkömmlichen wenigstens den Namen Spinnstube zu retten. Frau Agnete Gersbacher ließ an leckeren Gerichten auftragen, was die in der Diele gedeckten Tische fassen konnten, und hatte eine Unmenge Weihnachtskuchen gebacken. Der Bauer aber wollte zeigen, was sein Keller zu liefern vermochte, und gab eine Sorte eigenen Gewächses nach der andern zum besten. Zum Aufspielen hatte er vier Musikanten aus Neustadt kommen lassen, weil er Hammichel nicht in seinem Hause haben wollte.

Während des Schmauses wurden ein paar Lieder gesungen, und dann, nachdem die Tische entfernt waren, erklangen Fiedel, Bratsche, Klarinette und Flöte, und der Tanz begann.

Wie es ihm als ältestem Sohn des Gastgebers gebührte, eröffnete Franz den Reigen und zwar mit Trudi. Trudi konnte mit einem Male tanzen, und wie tanzte sie! Da fiel es Madlen wie Schuppen von den Augen; nun wußte sie, was oben auf ihrem Boden so oft gerauscht, geschleift und getrappt hatte. Franz und ihr spitzbübischer Nesthaken, die Ammerie, hatten Trudi Tanzstunde gegeben, und der Erfolg war ein großartiger. Alle, die sie in der Spinnstube bei Steinecker hatten sitzen und die Achseln zucken sehen, wenn einer der Burschen sie aufforderte, waren höchst erstaunt und riefen dem schönen Paare, das sich so stolz und sicher im Kreise schwang, lauten Beifall zu, nur eine nicht. Jakobine wurde rot und weiß vor Ärger, und ihre Augen schossen lodernde Blitze auf die beiden.

Den ganzen Abend blieb Trudi die von Franz auffällig Bevorzugte, was Jakobine dermaßen aus den Fugen brachte, daß sie fort wollte und nur mit Mühe zum Bleiben zu bewegen war, um Aufsehen zu vermeiden. Nun aber wollte sie dem Abtrünnigen auch zeigen, daß ihr sein verletzendes Betragen durchaus gleichgültig wäre, tanzte wie rasend, lachte und kreischte und war die Übermütigste und Ausgelassenste von allen.

Frau Agnete billigte zwar das Verhalten ihres Sohnes gegen die so sichtlich von ihm Vernachlässigte nicht, aber die Entdeckung, die sie dabei machte, war ihr doch keineswegs unlieb, denn Jakobine hatte nicht erst heute, sondern schon öfter das Mißfallen der klugen Frau erregt, der das schlecht erzogene, sich unschicklich benehmende Mädchen keine willkommene künftige Schwiegertochter war. Nun erkannte sie, daß auch Franz nichts mehr von Jakobine wissen wollte, und um zu erkunden, ob die Armbruster'sche Verwandte seiner unverhohlenen Neigung würdig wäre, knüpfte sie in den Tanzpausen mehrmals eine Unterhaltung mit ihr an. Auch bei der ihr befreundeten Madlen streckte sie leise tastende Fühlfäden nach deren Nichte aus, und die Ergebnisse dieser Erforschungsversuche fielen durchaus zu Agnetens Zufriedenheit aus.

Als der Tanz schon flott im Gange war, erschien Junker Ulrich von Remchingen, der Sohn des Reichsfreiherrn, der sich öfter zu den Spinnstuben einfand, wie dies einst auch sein Vater getan hatte. Der sich frei in diesem Kreise Bewegende, ein junger Kavalier mit ansprechenden Zügen und dunkeln, feurigen Augen, war kein Spielverderber, ein gewandter Plauderer und vorzüglicher Tänzer. Bei allen Mädchen hatte er einen Stein im Brett, und sie ließen sich je toller je lieber den Hof von ihm machen. Die Mütter aber verdoppelten dann ihre Wachsamkeit über die für seine Huldigungen sehr empfänglichen Töchter, denn er stand in dem Rufe, ein gefährlicher Herzensfänger zu sein, dem für ein lustiges Abenteuer unter vier Augen auch eine hübsche Bauerndirn durchaus nicht zu gering deuchte.

Er wurde von allen Seiten höflich begrüßt und von den beim Weine sitzenden älteren Männern mit einem Zutrunke geehrt, auf den er ihnen dankend Bescheid tat. Aber zum Trinken war er nicht gekommen, tanzen wollte er. Nach einer flüchtigen Musterung der hier vertretenen weiblichen Jugend schritt er sofort auf Trudi zu und begann ein leichtes Gespräch mit ihr. Aber seine Ausdrucksweise, sein Ton, sein Blick und die unerlaubte Kühnheit, womit er sie dann beim Tanzen umfaßte, erweckten das Gefühl in ihr, daß sie vor diesem jungen Herrn auf ihrer Hut sein müsse.

Keinem der Mädchen kam er heute so gelegen wie Jakobinen, die mit ihm nun ihrem ungetreuen Franz die Spitze bieten wollte, um diesen zur Eifersucht zu spornen. Darum tat sie, was sie konnte, den Junker für diesen Abend an sich zu fesseln, stellte sich ihm in den Weg, wenn er sich eine Partnerin suchte, lockte ihn mit verlangenden Blicken und drückte sich schmiegsam fest an ihn, wenn er mit ihr tanzte.

Franz durchschaute ihre Absicht und sah ihr zuchtloses Gebaren kühl und gelassen mit an. Für ihn war nur Trudi da, die in seinem Herzen schon hoch über jener Zudringlichen stand. Was sie, die in ihrem ganzen Wesen so Bescheidene und doch so Sichere, von ihm hielt, war ihm noch verborgen, nur daß sie ihm freundschaftlich zugetan wäre, nahm er für gewiß an, und Junker Ulrichs dreistes Werben um ihre Gunst machte ihm keine Sorge.

In Trudi regten sich ihr bisher völlig unbekannte Empfindungen. Bei dem heimlichen Tanzunterricht hatte Franz ihr noch deutlicher als in den Spinnstuben gezeigt, daß er sie gern, sehr gern hatte, und sie selber fühlte sich von einer tiefen Neigung zu ihm ergriffen, gegen die sie jedoch ehrlich anzukämpfen suchte. Denn sie konnte und wollte noch nicht daran glauben, daß ihr, der Habe- und Heimatlosen, das Glück zuteil werden sollte, von einem Manne wie Franz Gersbacher geliebt und begehrt zu werden. Wie etwas Unmögliches dünkte sie das. Und zu diesem Zweifel gesellte sich noch eine andere Betrachtung, die sie warnte und ängstigte. In jedem Winter haben die Burschen und Mädchen hier eine neue Liebschaft, hatte ihr Ammerie gesagt. Wie, wenn das mit Franz auch so käme, daß er eine Zeitlang mit ihr tändeln und kosen wollte und vor Ablauf eines Jahres ihrer überdrüssig würde? Das ertrüge sie nicht. Zwar traute sie gerade ihm solche Flatterhaftigkeit nicht zu, aber wer oder was bürgte ihr dafür, daß er allein von dem Brauch abwich und beständiger war als alle anderen?

Wie glücklich war sie, wenn sie beim Tanz in seinem Arme dahinflog, von ihm geführt und gehalten, so nahe, daß sie den Hauch seines Atems in ihrem davon erzitternden Haare spürte, oder wenn er ihr so tief und innig in die Augen sah, als wollte er mit dem Blicke seine Seele in die ihre tauchen! War das nicht Liebe?

Wenn sie sich das alles überlegte und durchdachte, dann preßte sie die Hand auf die wogende Brust: schweig still, du da drinnen! –

Die Wintermonate gingen dahin, die Tage wurden länger und mit dem beginnenden Frühjahr gab es wieder Arbeit in den Wingerten. Die Spinnstuben wurden nicht mehr so regelmäßig abgehalten wie bisher, denn fast aller Flachs war aufgesponnen, und das Garn lag, zu Strähnen gebunden, in den Truhen, zum Verweben bereit. Nur eine Kunkel, kaum halb voll, mußte man sich für die letzte Spinnstube, die stets beim Bürgermeister auf dem Abtshofe stattfand, noch aufbewahren. Trotzdem wurde über Franz und Trudi unablässig geklatscht und gezischelt. Daß der Gersbachersohn mit der Steineckertochter in Verspruch war oder dieser doch endlich bald zu erwarten war, dagegen hatte niemand etwas einzuwenden, denn beide waren Wachenheimer Kinder, und ihre bevorstehende Verbindung wurde als etwas betrachtet, das ganz in der Ordnung war. Daß sich Franz aber allem Anschein nach eine Zugewanderte, die nicht einmal eine Pfälzerin war, nehmen wollte, das war nicht in der Ordnung, das empörte die Wachenheimer Mädchen, die ihn, obschon die meisten ihn am liebsten selber zum Manne gehabt hätten, wohl jeder Einheimischen, aber nicht einer Fremden gönnten. Nun hatten sie plötzlich dieses und jenes an ihr auszusetzen, häkelten und mäkelten an ihr herum, und die neidischsten unter ihnen zogen auch am gehässigsten über sie her. Andere jedoch verteidigten sie und suchten ihre guten Eigenschaften in das hellste Licht zu stellen. So entstanden Parteien, erst unter den Mädchen und dann auch unter den Burschen, denn auch unter ihnen gab es einige, die Franz grollten, weil er Trudi so für sich in Anspruch nahm, daß sie für alle übrigen fast unnahbar wurde.

Franz und Trudi hörten nichts von dem Geschwätz oder kehrten sich nicht daran. Zwischen ihnen schwebte etwas Unausgesprochenes, keusch Verschleiertes, was sie wie ein segenspendender Zauber nah und fern umwob. Das wußten sie beide, das sagte ihnen jeder Blick und jeder Handdruck, die sie untereinander tauschten. Jeden verlangte danach, ach! nur ein kleines Zeichen der Liebe geben oder empfangen zu dürfen, aber keiner wagte sich damit hervor in der Unsicherheit, wie der andere eine Berührung des tief und scheu in ihm Verschlossenen aufnehmen würde. Es war ein teils wonniger, teils qualvoller Zustand, das, was in jedem drängte und stürmte, gewaltsam zurückhalten und eindämmen zu müssen und mit all der Sehnsucht im Herzen sich keine Andeutung darüber entschlüpfen zu lassen. Aber in dem Geheimnis lag für beide etwas so Beseligendes, daß sie sich dieses stille Hoffen und Wünschen mit keinem lauten Worte enthüllen und entweihen wollten. In Trudis Brust aber wohnte ein Glück ohne Maß und ohne Ziel, das all ihr Fühlen und Denken füllte und ihrem Dasein einen neuen, nie geahnten Inhalt gab. –

Endlich kam der Kehraus, die letzte der Spinnstuben, die bei Armbrusters den Schluß dieser Winterfreuden machen sollte. Gesponnen wurde nicht viel mehr dabei und, obwohl genug Mädchen und Burschen erschienen waren, auch nicht getanzt, weil kein Spielmann da war, denn von Hammichels Zutritt zum Abtshofe konnte ja keine Rede sein. Christoph hatte einen Kreis vertrauter, trinkfester Freunde um sich versammelt, denn heute sollte, wie stets bei dieser Gelegenheit, zum ersten Male der Neue gemeinschaftlich geprobt werden, wozu auch von anderen der anwesenden Winzer einige Sorten ihrer Gewächse beigesteuert wurden. Von der Familie Steinecker war niemand zugegen, auch Jakobine nicht.

Als die Gersbacher zum Abtshofe kamen, trafen sie vor dem Tore den Schneckenkaschper, der da herumstrich und neugierig in den Hof hineinspähte.

»Schneckenkaschper, du hier? bist du auch zur Spinnstube beim Bürgermeister geladen?« fragte Steffen.

»– Nein,« stotterte Kaspar, beschämt, beim Lauern ertappt zu sein, »ich – ich wollte bloß sehen, wer alles da wäre.«

»Wo hast du denn deinen Patz?«

»Im Ziegenstalle. Da muß ich ihn einsperren, wenn ich ihn nicht mitnehmen kann. Großvater will ihn im Hause nicht haben; er kann ihn nicht leiden,« klagte der Junge.

»Geh mit, Kaschper! wirst schon recht kommen, es wird dich niemand fortweisen,« sagte Franz, weil er wußte, daß er Trudi, die den Jungen lieb hatte, eine kleine Freude bereitete, wenn er ihn mitbrachte.

Gern schloß sich Kaspar an und wurde freundlich aufgenommen. Ammerie empfing ihn mit den Worten: »Kommst grade recht, Kaschper! kannst uns einschenken helfen.«

»Ja, ja, das will ich,« erwiderte Kaspar, »aber mein Großvater darf's nicht wissen, sonst schlägt er mich.«

»Nein, hab keine Angst; der soll's nicht erfahren, daß du hier warst,« sprach Trudi und streichelte ihm zärtlich seinen Strubbelkopf.

Bald saßen die Mädchen an den Spinnrocken, die nur dürftig mit Flachs versehen waren, und die älteren Männer beim Wein, den sie mit dem Ernst gewiegter Kenner kosteten, sachverständige Urteile über ihn abgebend, deren treffendstes stets Lutz Hebenstreit mit seiner anerkannt feinen Küferzunge herausfand. Kaspar waltete mit Trudi und Ammerie fleißig und geschickt des Schenkenamtes, und der junge Wein erzeugte bald eine allgemein fröhliche Stimmung.

Franz verfolgte Trudi mit den Augen, wo sie ging und stand, wie sie sich drehte und bewegte, den Krug schwenkte und die Gläser füllte, und sie machte sich an dem Tische, wo er mit andern saß, stets länger zu schaffen als eigentlich nötig war. »Du schenkst mir zu oft ein, Trudi, das ist gefährlich,« sprach er einmal, innig zu ihr aufblickend.

»Ich möchte gern wissen, wieviel du vertragen kannst und wie dir ein kleiner Spitz zu Gesicht steht,« erwiderte sie lächelnd.

»O mit einem kleinen nehm ich's auf, aber einem großen geh ich aus dem Wege. Du glaubst nicht, was ich, damit behaftet, zu tun imstande wäre,« sagte er und drückte ihr dabei heimlich die Hand, die sie ihm willig überließ.

Niemand hatte das gesehen als Christoph Armbruster, aber der behielt es für sich und dachte in seiner Freude darüber: Glück auf, ihr beiden!

Steffen richtete es immer so ein, daß er gerade ausgetrunken hatte, wenn Ammerie in seine Nähe kam, damit sie ihm wieder einschenken sollte, wobei es ohne lustige Neckereien zwischen ihnen nicht abging.

Da begegnete es Trudi einmal, weil sie statt auf ihr Tun zu achten nach Franz hinblickte, Hebenstreits Glas über den Rand voll zu gießen, daß der Wein auf den Tisch floß. »Aber Trudi!« rief Lutz, sie sanft ans Kinn fassend, »bist ein Prachtmädel, aber einschenken kannst du noch nicht. Wein verschütten bedeutet Unheil für den, der's tut. Weißt du das nicht?«

»Lutz, alter Kolkrabe!« fuhr ihn Christoph an, der Trudi's Erschrecken bemerkt hatte, »wie kannst du dich unterstehen, unserer lieben Schenkin Unglück zu weissagen! Man sollte denken, du hättest schon zu viel und der Wein spräche aus dir.«

»Im Wein ist Wahrheit, Chrischtoph,« gab ihm Lutz zur Antwort, »und ich hab's, hol mich der Deibel! oft genug erlebt, daß es später eingetroffen ist.«

»Ach was! dummes Zeug, Lutz! Was soll denn eintreffen? Verrückter Küferaberglaube!« riefen die anderen an seinem Tische.

»Ihr Braucht nicht so zu brüllen,« erwiderte Lutz. »Gut einschenken ist auch eine Kunst, die nicht jeder besitzt; da ließe sich noch viel drüber sagen.«

Franz, der von seinem nicht fernen Platze das alles gesehen und gehört hatte, war herangetreten und sprach, als er zu Worte kam, mißmutig: »Lutz Hebenstreit, Wein verschütten, wenn's nicht mit Absicht geschieht, ist keine Sünde und hat auch keine üblen Folgen. Das solltet Ihr doch aus Erfahrung wissen.«

»Meinst du, Fränzel?« lachte Lutz. »Na, meinen Rüffel hab ich ja weg; nun schlagt das Faß zu!«

Zu Trudi sagte Franz: »Trudi, Meister Hebenstreit hat das nicht bös gemeint. Kehr dich an nichts und mach dir nichts draus!«

Trudi schwieg und ging etwas verstört davon, während Ammerie den Tisch mit einem Tuche trocknete. —

Spät erst trennte man sich. Der letzte Trunk, den die Alten hoben, galt dem künftigen Herbst, daß er so gut werden möge wie der vorige.

Als die beiden Mädchen oben in ihrer Kammer waren und Trudi schon im Bette lag, seufzte sie einmal schwer auf.

»Was ist dir?« fragte Ammerie.

»Das Wort deines Paten Hebenstreit will mir nicht aus dem Sinn,« erwiderte Trudi.

»Du bist nicht recht gescheit,« sagte Ammerie. »Das war weiter nichts als eine seiner beliebten Uzereien.«

»Nein, nein, so klang es nicht; er machte ein ganz ernstes Gesicht dazu, und niemand lachte, als wenn es ein Witz gewesen wäre. Dein Vater aber verwies ihm streng sein trübseliges Prophezeien.«

»Und die anderen auch; sie kennen alle des alten Hagestolzen loses Mundwerk, das oft kaum zu bändigen ist und wieder einmal mit ihm durchging. Davor brauchst du dich nicht zu graulen.«

»Du redest mir meine Furcht nicht aus. Ich glaube an Vorbedeutungen, hab's mit der Muttermilch eingesogen,« sprach Trudi. »Mir droht Unheil.«

»Schlaf deinen Rausch aus!« spottete Ammerie und löschte das Licht.

Siebentes Kapitel

Das Osterfest fiel dieses Jahr spät, und die Pfalz hatte schon herrliche Frühlingstage mit warmem Sonnenschein gesehen, die das Wachstum der Reben so gefördert hatten, daß die Augen an den Weinstöcken bereits zu Knospen schwollen. In der letzten Woche war das Wetter aber umgeschlagen und sehr veränderlich geworden. Regenschauer wechselten mit rauhen Winden, die über den Rhein herüberwehten und die Winzer in dieser für die Reben gefährlichsten Zeit mit Sorgen erfüllten. Fast jeder trat spät abends, ehe er sich zur Ruhe begab, noch einmal vor die Haustür, um nach dem Himmel zu sehen, ob Sterne blinkten, und zu spüren, aus welcher Richtung der Wind kam.

Sie hatten in Wachenheim einen Wetterpropheten, den die meisten zwar über die Achsel ansahen, von dem es aber hieß, daß er sich auch auf mancherlei übernatürliche Dinge verstehe und das Gras wachsen höre. Ihn forschten sie aus und folgten seinem Rat, denn seine Voraussagungen des Wetters hatten sich stets besser bewährt als die des weisesten Laubfrosches. Das war Hammichel von Gimmeldingen, von dem allerdings einige behaupteten, daß er seine Prophezeiungen nach Gunst und Belieben verteile und dem einen Richtiges, dem andern Falsches sage, je nachdem er mit dem Fragenden auf einem einträchtigen oder auf einem gespannten Fuße stehe.

Aber Hammichel befand sich auf einem Osterausfluge, dessen Weg und Ziel niemand kannte, selbst nicht sein Freund Merten Fachendag, bei dem er wohnte.

Die Freundschaft war freilich nicht weit her. Schelsüchtige Neidhämmel waren sie beide, gönnten sich gegenseitig nichts Gutes und zankten sich häufig, konnten aber trotzdem nicht voneinander lassen. Fachendag war in Wachenheim der erste gewesen, dem Hammichel seine Künste angeboten, der sie mit einträglichem Ergebnis angewandt und dadurch den Ruf seines Einliegers begründet hatte. Dafür bediente ihn Hammichel stets mit besonderer Sorgfalt, wie eine Hand die andere wäscht, und das war es, was dieses noble Paar von Biedermännern aneinander gebunden hielt.

Fachendag, ein schon betagter Witwer, dem eine weitläufige Verwandte die Wirtschaft führte, hatte Hammichel im Erdgeschosse seines Hauses zwei dürftig eingerichtete Stübchen als Gegenleistung für die Panscharbeit überlassen. In dem einen der beiden Stübchen stand ein kleiner Herd, auf dem der Alte seine Mixturen kochte; er nannte es deshalb sein Laboratorium. In dem anderen, wo er ein kärgliches Bett zu seiner Verfügung hatte, schlief er. Kaspar aber hauste in einem abseits gelegenen Kämmerlein und hatte dort zu seiner Nachtruhe einen Strohsack auf dem Fußboden mit einer zerlumpten Pferdedecke. Die gleichfalls unentgeltlich gelieferte Beköstigung der beiden war äußerst knapp bemessen und wäre für Kaspar durchaus unzureichend gewesen, wenn sich die mitleidige Wirtschafterin des armen Jungen nicht erbarmt und ihm manchmal ein paar heimliche Bissen zugesteckt hätte.

Einige Tage nach Ostern kehrte Hammichel von seinem Ausfluge zurück und das in merkwürdig guter Laune. Seine ersten Fragen an Kaspar waren: »Was habt ihr hier für Wetter gehabt? wie sieht es in den Wingerten des Bürgermeisters aus? hat kein Nachtfrost seinen Reben den Garaus gemacht?«

»Weiß nicht, glaube nicht,« erwiderte Kaspar.

»Nicht? schade!« murrte der Alte. Dann lachte er tückisch vor sich hin: »Jetzt hab ich ihn, jetzt faß ich ihn, jetzt soll er mir bluten!«

Dann aber geschah etwas schier Wunderbares, noch nie Dagewesenes. Hammichel machte seinem Enkel ein Geschenk. Er holte aus seinem Rucksack einen neuen Anzug für ihn hervor, den er unterwegs erstanden hatte. »Da, Junge! hab ich dir mitgebracht!« sprach er mit hoffärtiger Miene und einer schwunghaften Handbewegung, »was sagst du dazu? he?«

Dem Schneckenkaschper schien vor freudigem Schreck der Verstand still zu stehen, eh er sich zu einem »Ei, danke, Großvater!« aufrappeln und sich das Gewand näher betrachten konnte. Ganz neu war es nun freilich nicht, aber doch sehr gut erhalten und noch gar nicht geflickt.

Der auf einmal freigebig Gewordene zeigte überhaupt ein gegen früher gänzlich verändertes Wesen und war von einer kribbligen Unrast befallen. Er ging zwar seinem Gewerbe nach, besuchte die Keller seiner Anhänger, probte deren Weine und goß seinen zusammengequirlten Sud in die Fässer. Aber er nahm sich zu diesem Geschäft viel weniger Zeit als sonst, hielt sich nirgends lange auf und trieb sich beständig auf einsamen Wegen zwischen den Wingerten umher, wo er doch nichts zu tun hatte. Auch sein Auftreten und Gebaren war weit kecker und selbstbewußter als früher; er warf mit dunkeln, prahlerischen Reden um sich, aus denen kein Mensch klug werden konnte, und benahm sich wie einer, der großes im Schilde führt.

Christoph Armbruster war es, den er suchte, dem er überall, wo er ihn zu treffen hoffen konnte, aufpaßte, weil er ihn ohne Zeugen zu sprechen wünschte. Endlich, nach tagelang vergeblichem Umherstreifen glückte es ihm, dem Bürgermeister einmal in der Nähe seines Wingerts allein zu begegnen.

Er grüßte ihn unterwürfig und redete ihn an: »Herr Bürgermeister, ich hab eine Neuigkeit, eine sehr wichtige Neuigkeit für Euch.«

Christoph wies ihn stolz ab: »Behalt sie für dich! mich verlangt nicht nach deinen Neuigkeiten.« Mit diesem Bescheid wollte er an dem doppelzüngigen Ohrenbläser vorüber.

Aber Hammichel blieb ihm zur Seite und sprach: »Ihr würdet's mir Dank wissen, Herr Bürgermeister, wenn ich Euch mitteilte, was ich erfahren habe.«

Da stellte sich Christoph Armbruster breitbeinig vor die Jammergestalt hin und sagte barsch: »So mach's kurz, ich hab keine Zeit für dich übrig.«

»Es ist auch ganz kurz, was ich Euch zu melden hab,« erwiderte Hammichel mit erheuchelter Ruhe. »Ich hab ein Vöglein pfeifen hören, daß in der Pfalz das Wildfangrecht wieder auf die Bahn kommen soll. Das heißt so viel wie daß Eure schöne Niftel, die Trudi, hörig und leibeigen werden muß, wenn ich nicht reinen Mund halte.«

Diese Kunde traf den starken, in sich gefesteten Mann wie ein Blitz aus heiterem Himmel. Er bezwang jedoch seine große innere Erregung und fragte mit angenommenem Gleichmut: »Woher weißt du das?«

»Das gehört eigentlich nicht zur Sache,« gab ihm Hammichel zur Antwort, »aber Ihr sollt nicht denken, daß ich Euch bloß ein windiges Gerücht zutrage. Ich hab's von einem guten Freunde, einem Schreiberlein in der kurfürstlichen Kanzlei zu Kaiserslautern. Glaubt Ihr's nun?«

»Dir für die Nachricht zu danken hab ich kein Ursach,« sagte Christoph. »Im übrigen, – was geht's dich an? meine Niftel sieht unter meinem Schutz, nicht unter dem deinigen.« Seine Stimme bebte dabei leise, denn nun er Hammichels Quelle kannte, begriff er sofort den vollen Ernst der Lage für sich selbst sowohl wie für Trudi.

Hammichel war das Erschrecken des ihm Gegenüberstehenden nicht entgangen. »Bürgermeister, was gebt Ihr mir, wenn ich schweige?« fragte er mit heimlicher Schadenfreude.

»Scher dich zum Teufel und drück ihm ab, was du kannst! von mir kriegst du nichts,« erwiderte Christoph in aufwallendem Zorn und kehrte dem alten Schuft den Rücken.

»Überlegt's Euch noch einmal,« krähte ihm Hammichel nach, »und bedenket wohl: ich weiß, daß Eure Niftel eine Fremde, eine Würzburgische ist, und wenn ich das dem Hühnerfaut verrate, –«

Aber Christoph Armbruster hörte nicht mehr auf ihn, sondern schritt seines Weges fürbaß.

Er stieg einen Hügel hinan in der Hoffnung, mit der freien Umschau dort oben zugleich Klarheit über das zu gewinnen, was jetzt noch nebelhaft und verworren vor seinem von Angst getrübten Blicke schwebte. Er bemühte sich, seine zerstreuten Gedanken zu sammeln und entsann sich nun, daß sein Vater öfter von dem Wildfangrecht als von etwas Schmachvollem gesprochen hatte, weil es die davon Betroffenen in ein abhängiges, erniedrigendes Verhältnis zu dem Pfalzgrafen oder einem seiner adligen Vögte brachte. Während des Dreißigjährigen Krieges, den Christoph ja von Anfang bis zu Ende mit durchlebt hatte, und auch in der darauf folgenden Zeit bis heute war aber von diesem Recht oder Unrecht nie mehr die Rede gewesen; es schien also nicht mehr ausgeübt zu werden und eingeschlafen zu sein. Wenn nun, wie er von Hammichels Meldung vermuten mußte, an die pfalzgräflichen Kanzleien der Befehl ergangen war, es wieder in Anwendung zu bringen, so fiel ihm auch die zum Opfer, die aus ihrer Würzburger Heimat geflohen war, um hier unter seinem Dache Frieden und Erlösung von einem unerträglichen Joche zu suchen. Obervogt der Vorderpfalz war sein Jugendfreund Dietrich von Remchingen, der ihm zu Liebe gewiß jede Rücksicht walten lassen würde, die in seiner Macht stand. Allein auch der Obervogt war Untergebener des Landesherrn, dessen Anordnungen er unweigerlich zu gehorchen hatte. Die arme Trudi! hörig und leibeigen müßte sie werden, hatte Hammichel gesagt, und der hämische Ränkeschmied schien von seinem Gewährsmann gut unterrichtet zu sein, jedenfalls besser als Christoph selber es war, der kaum wußte, um was es sich in diesem freiheitraubenden Gesetz eigentlich handelte.

Sollte er zum Reichsfreiherrn auf die Wachtenburg gehen, sich von ihm Rat und Trost zu holen? Nein! sobald Dietrich, dem ja die Anwesenheit Trudis bekannt war, etwas von der Sache erführe, würde er aus eignem Antrieb zu ihm auf den Abtshof kommen und ihn warnen. Aber da fiel ihm ein anderer ein, der ihm sicher die beste Auskunft geben konnte und mit dem er auch seit langen Jahren befreundet war. Das war der Schultheiß Gottfried Bofinger, ein allgemein hochgeachteter, in allen Gesetzauslegungen erfahrener Mann und ein gut Teil älter als er, mithin auch reicher an Erinnerungen. Augenblicks kehrte er um und begab sich zum Hause des Schultheißen.

Der würdige alte Herr, der still zurückgezogen in seinen vier Pfählen lebte, empfing den seltenen Besuch sehr freundlich und sah ihm sofort an, daß ihn etwas ganz Außerordentliches hergeführt haben mußte. »Ihr habt eine **cura maxima**, Bürgermeister,« begann er, nachdem beide Platz genommen hatten, »sprecht Euch aus und verschweigt mir nichts von dem, was Euch beschwert.«

»Habt recht geraten, Schultheiß; es ist keine Kleinigkeit, derentwegen ich zu Euch komme,« erwiderte Christoph und offenbarte dem Rechtsgelehrten klärlich seine Befürchtungen um Trudis Zukunft.

Gottfried Bofinger wiegte sein schlohweißes Haupt und sprach: »Das Wildfangrecht, Christoph, ist eine der malerischsten **institutiones** des Heiligen Römischen Reiches Deutscher Nation. **Generaliter** ist mir's wohl bekannt von der Zeit her, da ich vorübergehend Sekretarius beim Reichskammergericht in Speyer war, aber **in specie** bin ich nicht mehr genau informiert. Wollen mal die **acta reposita** meines Amtsvorgängers nachschlagen und sehen, was in denen Traktaten darüber geschrieben steht.«

Er nahm aus einem hohen Gestell an der Wand einen tief unten liegenden Stoß vergilbter Papiere und blätterte darin, bis er das gesuchte Aktenstück fand, das er flüchtig durchlas. »Es ist so, wie ich dachte,« sprach er dann. »Ich wollte nur meinem Gedächtnis zuhilfe kommen, damit ich Euch nichts Falsches sage. Also merket auf, was ich Euch in Kürze darüber zu notifizieren habe.

Das Wildfangrecht ist ein altes **regale** des Kaisers, das schon unter König Wenzel und dann wieder in einem Diplom Maximilians des Ersten erwähnt wird. Es verleiht dem Reichsvikarius, Pfalzgrafen bei Rhein, ein auch kleineren Dynasten übertragbares **beneficium** und beruht auf folgendem **principio**. Wenn jemand aus einem Lande, einem weltlichen oder geistlichen Fürstentum, in ein anderes übersiedelt und dort ein Jahr und einen Tag lang bleibt, so fällt er in Hörigkeit und Leibeigenschaft des Landesherrn, und ein Loskauf mit Geld oder **naturalibus** ist unstatthaft. Nur edel oder gänzlich frei Geborene sind davon ausgenommen. Ein solchergestalt untertan gewordenes **individuum**, sei es Mann oder Weib, nennt man einen Wildfang. Der Hühner- oder Außenfaut nimmt ihn im Namen seines Herrn in Besitz und zieht von ihm den Fahegulden ein. Doch kann der, aus dessen Gebiet er entwichen ist, der sogenannte nachjagende Herr, den Wildfang zurückfordern, und dieser muß ihm dann **stricte** ausgeliefert werden. Dabei körperliche Gewalt gegen ihn zu gebrauchen ist aber ohne Genehmigung des Landesfürsten streng verpönt, übrigens eine wertlose papierne Klausel, denn diese Genehmigung ist auf Verlangen des Nachjagenden immer erteilt worden.«

»Also wäre meine Niftel dem Wildfangrecht rettungslos verfallen, sobald sie ein Jahr lang hier ist?« fragte Christoph.

»Unzweifelhaft. Seit wann ist sie denn bei Euch?«

»Seit dem Tage vor Kreuz-Erhöhung.«

»Nun, da habt Ihr ja noch fast fünf Monate Zeit bis zur Entscheidung. Aber noch eins muß ich Euch mitteilen,« fuhr der Schultheiß fort, »etwas, das zwar nicht hier in den Akten steht, dessen ich mich jedoch aus einem besonderen **casu** genau erinnere. Wer einen Wildfang ehelicht, gerät dadurch selber in Knechtschaft. Unfreie Hand zieht die freie nach sich. Wenn also Euer Niftel hier heiratet, wird ihr Gatte —«

»– auch hörig und leibeigen? das ist ja empörend!« rief Christoph erregt, Trudis und Franzens heimlicher Liebe gedenkend.

»Das ist es, weiß Gott!« stimmte Bofinger zu, » **summum jus summa injuria**. Könnt Ihr sie nicht in ihre Heimat zurückschicken?«

»Nein! dort harrt ihrer eine schlimmere Leibeigenschaft als hier unter Dietrich von Remchingen.«

»Der Freiherr ist Euer Jugendfreund, Christoph. Der wird Eurer Niftel keine zu schweren Fronen aufbürden.«

»Das gewiß nicht, aber – es kommt noch etwas anderes dabei in Betracht,« erwiderte Christoph und wollte dem Schultheißen nun von Trudis Hoffnungen sagen.

Dieser fiel ihm jedoch in die Rede mit den Worten: »Ich errate, was. Es geht Euch **contra animum**, als Bürgermeister eine Hörige in der Familie und im Hause zu haben. Das kann ich Euch nachfühlen, Christoph, aber wartet doch, bis von der Obervogtei in Sachen des Wildfangrechtes etwas gegen Euch unternommen wird. Dann wollen wir ratschlagen, was sich tun läßt, seine empfindlichsten Härten nach Möglichkeit abzuschwächen.«

Darauf hielt der Bürgermeister mit seiner Mitteilung von Trudis Liebe zurück und klärte den Freund über dessen Irrtum, was da noch anderweitig in Betracht käme, nicht auf. Er selber hatte an das mißliche Verhältnis, eine Hörige in der Familie zu haben, noch gar nicht gedacht. Jetzt fiel ihm auch das noch beklemmend auf die Seele, aber er unterdrückte dieses ihn persönlich Kränkende und schwieg.

Die beiden Alten schüttelten sich treulich die Hände und sprachen weiter kein Wort mehr. Christoph Armbruster schied mit schwerem Herzen von Gottfried Bofinger und wandelte langsam dem Abtshofe zu mit dem Vorsatze, den Seinigen die Schreckensbotschaft vorläufig noch zu verhehlen, aber auch mit dem festen Entschlusse, den Kampf gegen das Ungeheuer Wildfangrecht bis zum äußersten durchzufechten, mochte für ihn daraus entstehen, was wolle.

Zu Hause in der Pergola fand er Trudi. Vor sich auf dem Tische hatte sie ein Häuflein Veilchen, die sie zu einem Sträußchen zu binden im Begriff war.

»Sieh da! Veilchen hast du?« sprach er, sich zu ihr setzend.

»Jawohl, Onkel! die ersten, die ich im Garten entdeckte. Sie standen geduckt und geschützt, unter einem Strauche; da hab ich sie gepflückt, um ein Sträußchen draus zu machen.«

»Für wen denn, Trudi?«

»Für wen? für Base Madlen natürlich,« erwiderte sie, ohne von ihrer zierlichen Arbeit abzulassen.

»Soso! für Base Madlen,« sagte er mit einem so eigenen Ton, daß sie überrascht zu ihm aufblickte. »Bist selber ein liebliches Veilchen, du mit deinen dunkelblauen Augen.«

»Geduckt und geschützt unter eurem schirmenden Dache wie die Veilchen unterm Strauch,« sprach sie schelmisch. »Wenn du's so meinst, laß ich's gelten.«

»Gib mir ein einziges davon ab,« bat er.

»Gern, Onkel, hier!«

Er steckte es sich an die Brust und sagte: »Es ist lange her, daß ich eine Blume am Wams getragen habe. Das ziemt der Jugend, die seh ich gern mit Kränzen und Blumen geschmückt. Warum niemals dich?«

»Wie darf ich denn? sie blühn doch nicht für mich, die hier wachsen.«

»Ei freilich tun sie das; nimm sie, wo du sie findest, derweilen du jung bist. Später hat man nicht oft Anlaß, mit Rosen zu stolzieren, da sind die Dornen reichlicher im Leben,« sprach er träumerisch.

»Wenn du's erlaubst, Onkel, sollst du mich von jetzt an öfter mit Blumen staffiert sehen. Grund genug hab ich dazu. Sitz' ich doch hier bei euch freudig und glücklich wie der Vogel im Hanfsamen,« sagte sie mit einem Blick voll hellem Sonnenglanz.

»Freudig und glücklich!« wiederholte Christoph leise, schmerzbewegt und erhob sich, um hinein zu gehen. Es schnitt ihm ins Herz, wie Trudi hier so heimselig, fröhlich und arglos den Faden um ihr Sträußchen wand, während er seit einer Stunde wußte, welche tief eindringenden Dornen ihrer warteten.

Dann saß er in seiner Stube am Schreibtisch, starrte finster vor sich hin und trommelte.

Achtes Kapitel.

Während Christoph Armbruster mit Sorgen und Kümmernissen Trudis wegen beladen war, schuf die nichts davon Ahnende wieder einer anderen gebranntes Herzeleid. In Jakobinen hatte sich der schon lange gehegte Verdacht, daß Trudi ihr den Franz abspenstig machen wollte, allmählich zur festen Überzeugung ausgebildet, und sie fürchtete, daß der von Rechts wegen ihr Zukommende für sie verloren ginge, wenn sie dem nicht tatkräftig vorbeugte. Sie, eine Steineckerin, bei dem einstigen Erben des größten Hofes von einer eingeschlichenen Fremden ausgestochen zu werden, das betrachtete sie als einen unerträglichen Schimpf und sann und sann, was sie wohl tun könnte, sich Franzens Neigung zurückzugewinnen.

Da fiel ihr ein, schon öfter von Liebeszaubern und Liebesträngen gehört zu haben, die selbst den Kühlsten zur Leidenschaft entflammen sollten. Aber wie sollte sie zu dergleichen Dingen, von deren Beschaffenheit und Herstellung sie keinen Begriff hatte, hier in Wachenheim gelangen, wo es eine im Ruf des Zaubernkönnens stehende Hexe nicht gab? Nein, eine Hexe nicht, aber einen Hammichel von Gimmeldingen! der war der rechte Mann dazu. Er war in allerhand wunderbaren Künsten bewandert, und so gut er dem Weine nach Wunsch und Belieben Gehalt und Geschmack zu geben wußte, verstand er sich vielleicht auch darauf, einen kräftig anregenden Liebestrank zu brauen. Ob er's aber tun würde? Ach, für Geld tat der alte Sünder alles, mischte ihr am Ende, wenn sie's verlangte und bezahlte, auch ein feines Pülverchen, das, nicht für Franz bestimmt, noch eine ganz andere Wirkung hätte als Herzensneigung zu erwecken.

Entschlossen trat sie den Gang zu Hammichels Wohnung an, wo sie deren Inhaber zu ihrer Freude allein fand und mit einem lüsternen Blicke die Gläser, Tiegel und Retorten streifte, die dort auf dem Herde oder in langer Reihe auf einem Wandbrett standen.

»Ei, ei! das schöne, reiche Steineckertöchterchen kommt zu mir armem, altem Krüppel?« begrüßte sie der Erstaunte. »Was gibt's denn? ist der Neue wieder trübe geworden? das kann doch nicht sein.«

»Nein, der Neue ist nicht trübe geworden, Hammichel,« erwiderte Jakobine, »aber ich bin zu Tode betrübt um einer Sache willen, in der du mir vielleicht helfen kannst, wenn du willst.«

»Und was wäre das für eine Sache?« fragte der Alte, sich in der Hoffnung, dabei einen fetten Bissen erhaschen zu können, schon die Lippen leckend.

»Ja, –« begann sie nun stockend, »ich – ich bin mit dem Franz in Mißstimmigkeit geraten, – weiß selber nicht wie und hab keine Schuld daran. Er hat sich ganz von mir abgewandt und behandelt mich mordsschlecht, und – da wollt ich dich angehen, ob du nicht ein Mittel wüßtest, wie ich wieder in Rück und Schick mit ihm komme.«

»Aha! soso! hm!« machte Hammichel und rieb sich überlegsam das stoppelige Kinn, –»wieder in Rück und Schick mit ihm kommst. O ja, da wüßt ich schon Rat, natürlich! Da könnt ich dir wohl helfen. Was meinst du, Jakobinchen, wenn wir ihm einen Liebestrank eingäben?«

»Ja, ja, einen Liebestrank! so dacht ich's mir grade,« rief das Mädchen frohlockend aus. »Hast du einen?«

»Haben! haben! etwas so Kostspieliges hält man sich nicht auf Vorrat,« bedeutete sie der alte Schlaufuchs wichtigtuerisch. »Was denkst du denn? ein richtiger Liebestrank muß, wenn er Sukzeß haben soll, aus vielen auserlesenen Substanzen nach verschiedenen Rezepten fein und behutsam **per magicas artes** destilliert, dispensiert und präpariert werden.« Diese hochtrabenden Ausdrücke hatte er von dem verbummelten Wandergenossen seiner Spielmannsfahrten aufgeschnappt und brachte sie gern an, um aus ihnen das Licht seiner geheimen Wissenschaften leuchten zu lassen.

»Wie lange Zeit gebrauchst du, mir den Trank zu beschaffen?« fragte Jakobine.

»Eine Woche mindestens,« erwiderte Hammichel. »Aber mein Tausendschönchen, dazu bedarf es nicht allein vieler Mühe und Geduld, sondern auch seltener und teurer Medikamente, die ich mir erst aus der lateinischen Küche, will sagen aus der großen Apotheke in Speyer besorgen muß.«

»Geduld hab ich nicht viel, aber deine Mühen und Kosten will ich dir vergüten,« sprach Jakobine und griff in die Tasche. »Hier hast du zehn rheinische Gulden, und wenn dein Mittel den gewünschten Erfolg hat, geb ich dir noch einmal so viel.«

»Allen Dank!« sagte der zu jedem Dienst Bereite, das Geld vergnügt einsteckend, »ich werde keinen Fleiß sparen und mein Bestes tun, damit du auf deine Rechnung kommst. Sobald ich das Fluidum fertig habe, schick ich's dir durch Kaschper. Davon gibst du je dreizehn Tropfen auf ein Glas deinem Ungetreuen in Wein zu trinken, und nimm einen etwas kräftigen, nicht zu jungen, auch keinen Jungfernwein. Wenn du nun merkst, daß der Trank anfängt zu wirken und Franz zärtlich und zutulich wird, darfst du nicht spröde sein, sondern mußt ihm hübsch aufmunternd entgegenkommen, verstehst du?«

»O daran soll's nicht fehlen,« versicherte Jakobine mit einem Lächeln, das schon vorausempfundene Liebeslust verriet.

»Nun noch eine Frage,« fing Hammichel wieder an. »Ist's Bürgermeisters Trudi, um derentwillen du mit Franz mißstimmig geworden bist?«

»Freilich! Die hergelaufene Würzburgische ist's, die sich zwischen mich und ihn drängt,« zischte die Eifersüchtige.

»Konnt's mir denken,« sprach Hammichel, »hab's ja in den Spinnstuben gesehen, wie er sie charmierte. Aber die soll dir den Franz nicht wegfischen, mein Püppchen, verlaß dich auf mich!«

Froh und zufrieden ging Jakobine von hinnen.

Als sie fort war, höhnte der alte Giftmischer ihr nach: »Du dummes Ding! was deine blitzenden Augen und lockenden Lippen nicht vermögen, das sollen meine Tropfen zuwege bringen? Nun, das Blut wollen wir dem Burschen wenigstens aufrühren und ihm ein Räuschlein eintrichtern, das ihn kirr und willig macht. Wenn die liebestolle Närrin dann ein bißchen nachhilft, tut er ihr vielleicht zu Gefallen, wonach sie giert. Dann kommt er nicht mehr los von ihr, und ich krieg meine rheinischen Gulden, hihi!«

Es war Wasser auf Hammichels Mühle, denen auf dem Abtshofe, wo man sich wohl schon Hoffnung auf den reichen Bauernsohn machte, einen Possen spielen zu können, und er hatte Jakobinen nicht zu viel versprochen, als er ihr gesagt hatte: die Trudi soll dir den Franz nicht wegfischen, dafür laß mich sorgen! Er hätte ihr ja mit wenig Worten einen schlagenden Beweis für die Unmöglichkeit dieser Verbindung geben können, wenn er sie in das Wildfangrecht eingeweiht hätte, denn daß sich der protzige Gersbacher eine Hörige als Schwiegertochter gefallen ließe, war ganz undenkbar. Aber diesen Trumpf wollte er für den besten Stich im Spiel noch in der Hand behalten. Vorerst wollte er die leichtgläubige Jakobine bei dem Handel mit dem Liebestranke schröpfen; genügte der erste nicht, so würde er einen zweiten und dritten brauen und sich immer höher von ihr bezahlen lassen. Nach Speyer brauchte er deshalb nicht zu wandern. Später wollte er ihr aber auch das aus dem Wildfangrecht herzuleitende Ehehindernis als eine von ihm gemachte Entdeckung hinstellen und seinen Lohn dafür fordern. Bis jetzt war er der einzige in Wachenheim, der von der bevorstehenden Wiedereinführung dieser pfalzgräflichen Gerechtsame wußte, und er hütete sich wohlweislich, seine Kenntnis davon voreilig auszuplaudern. Mit der Drohung, dies zu tun, hielt er den Bürgermeister am Bändel und konnte ihm vielleicht doch noch ein Schweigegeld abpressen, ehe der ergangene Befehl öffentlich bekannt gegeben wurde. –

Franz Gersbacher wunderte sich nicht wenig, als ihn Wilm Steinecker eines Tages bei seiner Arbeit im Weinberg aufsuchte und ihm sagte, er käme im Auftrage seiner Schwester, die ihn um eine Unterredung bitten ließe. Dieses seltsame Anliegen machte Franz stutzig, und er wußte im Augenblick nicht gleich, was er darauf erwidern sollte. »Was will Jakobine von mir?« fragte er mürrisch.

»Sie will sich mit dir über das Zerwürfnis aussprechen, das zwischen euch eingetreten ist und zu dem sie keine Ursach finden kann,« erklärte ihm Wilm.

»Ich weiß von keinem Zerwürfnis,« entgegnete Franz, »wir haben keinen Streit miteinander gehabt.«

»Sie grämt sich und behauptet, du wärest seit dem Winter so kurios gegen sie, behandelst sie geringschätzig und wegwerfend,« sprach Wilm.

»Ich bin nicht anders gegen sie als gegen alle Mädchen.«

»Nun, eine Ausnahme wirst du wohl gelten lassen müssen,« bemerkte Wilm mit besonderem Nachdruck.

Franz hob die Schultern und gab auf diese Anspielung keine Antwort.

»Du kannst es meiner Schwester nicht verdenken, daß sie wissen will, wie sie mit dir dran ist,« fuhr Wilm noch entschiedener fort.

»Welchen Zweck soll das haben?«

»Welchen Zweck?« – In Wilms dunklen Augen wetterleuchtete es, aber er hielt an sich und schlug einen sanfteren Ton an. »Franz, das Mädchen hat dir nichts zuleide getan; warum willst du ihr die Bitte verweigern? Jakobine legt großen Wert darauf, sich mit dir zu verständigen. Also komm, sprecht euch aus und einigt euch! Das wird nicht allzuschwer halten, wenn der gute Wille dazu vorhanden ist.«

Franz sah ein, daß ihm hier kein Sträuben und kein Vorwand zu einer rund abschlägigen Antwort half, und wenn er denn um eine Auseinandersetzung mit Jakobine nicht herumkommen sollte, so mochte sie auch je eher je lieber stattfinden, damit er die peinliche Erörterung so bald wie möglich hinter sich hatte.

»Wann will sie mich sprechen?« fragte er trocken.

»Heut abend, morgen abend, wann's dir paßt.«

»Wo?«

»In unserm Garten in der Laube, da seid ihr ganz allein, niemand hört und stört euch.«

»So komm ich heut, eine Stunde nach Feierabend.«

»Gut! die Botschaft wird Jakobine freuen. Soll ich ihr deinen Gruß bestellen?«

»Meinetwegen!« brummte Franz.

Wilm, schon im Begriff zu gehen, machte eine rasche Bewegung, als ob er noch etwas sagen wollte, was dem Ausdruck seines Gesichtes nach nichts Freundschaftliches war. Aber er reichte Franz die Hand und sprach: »Gehab dich wohl!«

»Danke! gleichfalls!«

Franz schaute dem Dahinschreitenden verdrossen nach. Wie wird sich das abspielen? dachte er. Was will sie von mir? mir Vorwürfe machen wegen Trudi? Dazu hat sie kein Recht. Ich habe mich ihr mit keinem Worte verpflichtet, habe mit ihr getändelt wie andere Burschen mit anderen Mädchen auch, und nun hängt sie sich an mich wie eine Klette. Das wird eine liebliche Aussprache werden! Fast reute ihn seine Einwilligung zu dem Stelldichein. Aber dann sagte er sich wieder: so kann's nicht weitergehen, einmal muß es doch zum Klappen kommen, also die Zähne zusammengebissen und durch! damit die Geschichte ein Ende hat. Ich will Trudi frei gegenüberstehen; die will ich und sonst keine! Und der Vater? ach was! verkaufen laß ich mich nicht, bin selber ein Gersbacher, Himmelkreuzdonnerwetter!

Zur festgesetzten Stunde ging er hin.

Es war ein warmer Sommerabend in der Zeit der Rebenblüte, deren köstlicher Duft weit und breit das Pfälzer Land durchströmte.

Franz schritt durch den Garten der dicht berankten Geißblattlaube zu, wo er Jakobinen fand, regungslos, mit niedergeschlagenen Augen seiner harrend. Als er ihr die Hand bot, hob sie den Blick zu ihm, halb Hoffen, halb Bangen darin. »Hab Dank, daß du gekommen bist,« sprach sie leise.

Sie war sehr leicht gekleidet, mit einem Ausschnitt am Halse und in bloßen Armen. In ihrem Haar prangte eine dunkelrote Rose.

Sie setzten sich auf eine Bank, beide befangen, jeder erwartend, daß der andere zu reden beginne. Auf dem Tische stand ein Weinkrug und ein Zinnbecher, nur einer, den Jakobine mit zitternden Händen füllte.

»Hast du keinen Becher für dich?« fragte Franz, um doch etwas zu sagen.

»Nein, ich trinke keinen Wein,« erwiderte sie mit abgewandtem Gesicht.

»Eine Winzerstochter, die keinen Wein trinkt!« lachte er gezwungen. »Seit wann denn nicht? hat ihn Hammichel dir verleidet?« Er nahm den Becher und tat einen Schluck. »Man merkt's, daß der alte Sachverständige beim Bau dieses Weines geholfen hat,« fuhr er dann fort ohne zu sehen, wie Jakobine bei diesen Worten erschrak, »aber er schmeckt gut, süß und feurig, sehr feurig. Was ist's?«

»Goldbächel, nicht mehr jung.«

Franz roch daran. »Viel Blume!« Er trank noch einmal und schüttelte den Kopf. »Merkwürdig!« Dann leerte er den Becher mit einem Zuge, als hätte er großen Durst. Das war jedoch nicht der Fall; er wollte sich Mut trinken.

Jakobine beobachtete ihn gespannt und goß den Becher schnell wieder voll. Dann rückte sie dem arglos Trinkenden näher, schob ihren Arm unter den seinen und fragte: »Franz, was hast du gegen mich?«

»Was soll ich gegen dich haben?« erwiderte er frostig.

»Wir standen früher besser miteinander, du warst sonst freundlicher zu mir, jetzt bist du kalt wie Eis.«

»War ich jemals heiß wie glühend Eisen?«

»Ach nein,« seufzte sie, »ich durfte dich immer dreist anfassen ohne mich an dir zu versengen. Aber jetzt – jetzt tust du ganz fremd mir gegenüber; warum? warum?«

Auf dieses Warum erfolgte keine Antwort.

»Franz, hast du mich gar nicht mehr lieb?«

Er schwieg noch immer. Da schlang sie den runden, weichen Arm um seinen Nacken, schmiegte sich an ihn und girrte: »Früher hast du mich manchmal geküßt, nun schon seit langem nicht mehr. – Franz! Lieber! komm her! versuche ob meine Lippen nicht noch ebenso frisch und mollig sind wie – wie damals.« Und ehe er sich dessen versah, brannte ihr Mund auf dem seinen.

Er konnte sich ihrer nicht erwehren, sie ließ ihn nicht los. Dann hob sie den Becher, nippte daran und bot ihn ihm dar: »Trink! trink auf mein Wohl! trink aus!«

Er tat nach ihrem Geheiß wie unter einem unwiderstehlichen Bann. Ihre Augen waren dicht vor den seinen und blinkten voll Sehnsucht und Verlangen. Fest drückte sie ihn an ihre Brust, die ihm aus dem Ausschnitt des Kleides voll und weiß entgegenschimmerte, und küßte ihn mit einer Inbrunst, die ihn hinriß, ihre Küsse mit gleicher Glut zu erwidern. Er wußte nicht, wie ihm geschah, er sollte sich abkühlen mit dem erquickenden Wein, griff zum Becher und trank ihn aus. Immer wieder füllte ihn Jakobine, und immer wieder leerte ihn Franz. »Recht so!« jubelte sie, »trinke dir Liebe! aus Rebenblut quillt Herzenslust!«

Ja, das Herz schlug ihm ungestüm. Er hielt die üppige Gestalt des Mädchens in seinen Armen, nicht mehr Herr seiner selbst. Nun setzte sie sich ihm aufs Knie, umwand und umstrickte ihn noch enger und fester. Ihre Wange lag an seiner, er hörte ihren fliegenden Atem, fühlte ihre schmeidigen Glieder und wie sie in lodernder Leidenschaft zitterte und bebte.

Plötzlich richtete sie sich auf, packte ihn, sah ihn durchbohrend an und flüsterte: »Franz, versprich mir, schwöre mir, daß du dir die andere – die Würzburgische aus dem Sinn schlagen und mein sein willst wie ich dein mit Leib und Seele, ganz – ganz –«

Da – »Trudi!!« schrie er in Angst und Schrecken auf. Ihm schwindelte der Kopf, ihm perlte die Stirn, und als er sich von der ihn Umklammernden befreien wollte, spürte er, daß er auf dem Sitze wankte und taumelte. Mit einem Ruck schüttelte er sie von sich ab und sprang empor. »Jakobine! was ist das?« rief er mit gewaltsamer Aufbietung seiner ihm fast entschwundenen Denkfähigkeit. »Das geht nicht mit rechten Dingen zu. Unselige, was hast du in den Wein gemischt? Du hast mich berauscht, du willst mich berücken und verführen, zu tun, was mich mein Leben lang reuen würde.« Zorn und Empörung gaben ihm die Geistesgegenwart zurück, und vor Aufregung keuchend schloß er: »Mit uns ist's aus für immer; ich verabscheue dich!«

Jakobine erwiderte kein Wort, und er konnte ihre Züge nicht mehr deutlich erkennen, weil es mittlerweile tief dämmerig in der Laube geworden war. Er sah nur noch, daß sie, wie zu einer

Bildsäule erstarrt, bewegungslos an einem Pfosten lehnte. Eilends verließ er sie und schwankte unsicheren Schrittes heimwärts. –

Auf dem väterlichen Gehöft saßen die Seinigen noch im Freien und betrachteten ihn, wie er in so haltlosem Zustande daherkam, sehr erstaunt. Scheu grüßend drückte er sich an ihnen vorbei, und in seiner Kammer schnell entkleidet, warf er sich stöhnend ins Bett, wo ihn ein bleierner Schlaf überfiel und seine quälenden Gedanken mit schneller Betäubung erstickte.

Am Morgen erwachte er mit schwerem Kopf, doch mit klarer Erinnerung. Da machte er sich die bittersten Vorwürfe über das, was er getan, wozu er sich hatte verleiten lassen, und verwünschte den Tag und die Stunde, wo er sich so schmählich vergessen hatte. Als er zum gemeinsamen Frühmahl erschien, fragte ihn sein Vater, der für einen ehrlichen Rausch Nachsicht und Verständnis hatte, mit gemütlichem Ton: »Nun erzähle mal, Fränzel, wo du dir den großen Affen gekauft hast, den du gestern abend auf runde Füß mit nach Hause brachtest.«

Sein Bruder Steffen blinzelte ihm belustigt zu, die Mutter aber schaute ernst und besorgt darein, denn ihr ahnte nichts Gutes.

»Ich will's euch sagen,« erwiderte Franz, noch immer verstört und verbissen. »Die Jakobine hatte mich zu sich bestellt, um sich – um mir einen Verspruch abzulisten. Mit gemanschtem Wein hat sie mich betrunken gemacht und –« Er stützte den Ellenbogen auf den Tisch und preßte die Faust gegen die brennende Stirn.

»Na, und –? was ist geschehen?«

»Nichts ist geschehen, nichts, als daß es nun aus ist mit uns, rein aus. Ich nehme sie nun und nimmer zum Weib.«

Gersbacher maß seinen Ältesten mit einem kalten, finstern Blick. »Ich hab's mit dem Steinecker ausgemacht, daß ihr ein Paar werden sollt, und dabei bleibt's« sprach er streng.

»Mit mir ist nichts ausgemacht, Vater! und ich denk, dabei hab ich auch ein Wort mitzureden,« entgegnete Franz gereizt. »Ein Mädchen, das sich mit verfluchten Teufelskünsten einen Mann ergattern will, taugt nicht zu einer Gersbacherfrau. Und wenn ich den Schurken, den Hammichel zwischen die Finger kriege, sollen ihm die Knochen im Leibe knacken,« fügte er wutknirschend hinzu.

»Hammichel?«

»Ja, Hammichel! wer sonst als er hat das Zeug zusammengerührt, das mir das Blut in den Adern sieden machte und mich der Besinnung beraubte? Wollt ihr euch von dem Lumpenkerl eine ins Haus schmuggeln lassen, die mit dem unter einer Decke steckt und zu solchen Mitteln greift, um eure Tochter zu werden? ich nicht! ich nehme sie nicht, und wenn sie mir alle Weinberge der Pfalz zur Mitgift brächte!«

»Du *wirst* sie nehmen, sag ich dir!« tobte Gersbacher und schlug mit der flachen Hand auf den Tisch.

»Und ich sage dir: ich nehme sie *nicht*.«

»Willst du dich gegen mich auflehnen, Bursch?« schrie der Alte mit drohenden Augen.

»Ja, das tu ich! beim Freien geh ich meinen eigenen Weg und lasse mir von niemand einen andern vorschreiben, auch von dir nicht, Vater!« schleuderte ihm der Sohn trotzig ins Gesicht.

Gersbacher erhob sich und stampfte, die Hände auf dem Rücken, mit hochrotem Kopf in der Stube heftig auf und nieder. Auch Agnete stand auf, ging an ihren Mann heran und sagte beschwichtigend: »Nur gemach, lieber Alter! wir wollen unsern Sohn doch nicht drängen, eine zu heiraten, die er nicht mag. Hättest du dir statt meiner eine andere aufzwingen lassen?«

Gersbacher stutzte bei dieser verfänglichen Frage, blieb mitten im Zimmer stehen und stierte schweigend vor sich hin.

Eine dumpfe Stille herrschte. Die andern drei wagten kaum zu atmen und hingen bei stockendem Herzschlag an den Lippen des mit einem Entschluß ringenden Bauern. Endlich kam kurz und hart aus seinem Munde der Bescheid: »Ich hab mein Wort gegeben und nehm's nicht zurück.«

Franz schnellte vom Stuhle empor und stieß wild heraus: »Ich hab keins gegeben und geb auch keins!«

Dann stürzte er hinaus und warf die Tür krachend hinter sich zu.

Neuntes Kapitel.

Jakobine war tief niedergeschlagen von dem schmählichen Mißerfolg ihres Stelldicheins, wobei das Gegenteil von dem geschehen war, was sie ersehnt und erhofft hatte, statt eines unwiderruflichen Verlöbnisses ein vollständiger, unheilbarer Bruch mit Franz, der ihr in der unverhohlensten Weise den Laufpaß gegeben hatte.

Hammichel, ihrem heimlichen Helfer bei dem Eroberungsversuche, konnte sie nicht zürnen, denn der hatte getan, was sie von ihm begehrt hatte. Sein Mittel hatte ja auch einen bedenklich hohen Wärmegrad der beiderseitigen Zärtlichkeiten erzeugt, aber zu noch einem Schritt weiter hatte die Stärke der Mischung nicht gelangt und war nicht wirksam genug gewesen, um der liebelechzenden Verführerin einen alles erreichenden Sieg über den sich kaum noch Sträubenden zu verschaffen. Einen zweiten, kräftigeren Trunk konnte sie ihm aber nicht beibringen, denn niemals würde Franz wieder einen von ihr kredenzten Becher an die Lippen setzen.

Trotz des qualvollen Gefühls verschmähter Liebe bemühte sich Jakobine standhaft, den Ihrigen zu verbergen, wie ihr zumute war, und zeigte sich in ihrer Gegenwart unbekümmert und heiter. Aber ihr Bruder Wilm, der ja, ohne von dem Liebestrank etwas zu wissen, Franz zu ihr entboten hatte, beobachtete sie scharf, und ihm schwante, daß da noch nicht alles in Ordnung war. Nachmittags stellte er sie und fragte nach dem Ergebnis der Zusammenkunft. Jakobine wurde dunkelrot vor Zorn und Scham, schlug sich die Hände vors Gesicht und rief, mit dem Fuß aufstampfend: »Frage nicht! frage nicht!«

»Ach so! so steht die Sache,« sprach Wilm mit einem vielsagenden Lächeln, das Jakobine nicht sah. »Na, nur ruhig Blut, Schwesterlein! macht jetzt nur bald Hochzeit, dann wird schon alles gut werden.« Damit ging er lachend davon.

Wenn der wüßte, sagte sich die gekränkte Unschuld, wie weit sie gestern abend von der Gefahr entfernt gewesen war, zu sehr geliebt zu werden! Aber mochte Wilm doch denken, was er wollte; daß Franz sie mit ihrem heißen Liebeswerben schroff zurückgewiesen hatte, würde sie nie einem Menschen eingestehen.

Nur rächen wollte sie sich, an beiden sich rächen, an Franz und an Trudi. Das war jetzt ihr einziger Gedanke; damit schlich sie umher, im Hause, im Garten, auf einsamen Pfaden und brütete darüber in der Geißblattlaube.

Als sie nun wieder einmal so vergrämt und verärgert auf derselben Bank saß, wo sie neulich mit Franz gesessen hatte, vernahm sie plötzlich unweit der Laube ein leises Räuspern, das wie ein Zeichen, wie ein Ruf und Wink klang, der doch nur ihr gelten konnte. Wer war dort? sollte *er* es sein, sich anders besonnen haben und ihrer dort harren, um sie in seine liebenden Arme zu schließen und alles wieder gut zu machen? Ihr klopfte das Herz, atemlos lauschte sie. Das Geräusch klang noch einmal und diesmal lauter. Nun zweifelte sie nicht mehr, sprang auf und flog zu der Buchenhecke hin, von wo es kam und wo draußen im Freien ein Weg entlangführte. Als sie aber, das Gesträuch im Garten auseinanderbiegend, herantrat, grinste ihr zu ihrer bitteren Enttäuschung Hammichels Spitzbubengesicht neugierig über den Zaun entgegen.

»Nun, mein Goldschätzchen, hab ich die andern zehn rheinischen Gulden verdient?« zwitscherte der Alte. »Oder muß ich noch einmal zu der Apotheke nach Speyer gehen?«

»Nein, ich mag keinen Liebestrank mehr von dir,« fauchte Jakobine. »Der ihn getrunken hat, ist im bösen von mir geschieden.«

Hammichel sprach: »Dann bist du nach dem Trunke gewiß nicht liebevoll, nicht hingebend genug gegen ihn gewesen.«

»Meinst du? nun, das weiß ich besser,« erwiderte sie schnippisch.

»So probier' s noch einmal! ich kann noch viel stärkere Tränke brauen,« sagte Hammichel. »Kannst dann auch einen Schluck davon nehmen, damit du ein bißchen in Feuer kommst und dich nicht zierst und spröde tust.«

Jakobine krauste die Stirn, antwortete jedoch nicht.

»Wenn du aber nichts von Liebesträuken hältst, können wir's ja auch auf andere Weise versuchen, dir deinen Liebsten wieder zugetan zu machen, mit der sogenannten kabbalistischen Sympathie oder –«

»Ich will nichts mehr von ihm wissen,« schnitt sie kratzbürstig dem Aufdringlichen das Wort ab, blieb aber doch stehen, um seine neuen Vorschläge zu hören.

Nichts mehr von ihm wissen wollte sie? Das paßte dem alten, geriebenen Erpresser nicht, der sich gern noch weiter für seine Kuppelei bezahlen lassen wollte. Er blickte sich achtsam nach allen Seiten um, ehe er wieder anfing: »Jakobinchen, – ich wollt es dir eigentlich noch nicht sagen, weil es noch nicht die rechte Zeit dazu ist, aber du jammerst mich, und ich bin von weicher Gemütsart, kann's nicht mit ansehen, wie du dich in Sehnsucht verzehrst, also höre mal zu! Ich habe einen guten Freund in sehr reputierlicher Stellung beim pfalzgräflichen Kammerschreiberamt in Kaiserslautern; der weiß ein unfehlbares Mittel, dir die Fremde, die Trudi – denn das ist ja doch der Haken, an dem das Herz deines Abtrünnigen gegenwärtig hängt – aus dem Wege zu räumen.«

»Was? einen Mord? nein, nein! einen Mord will ich nicht auf meine Seele laden,« rief Jakobine entsetzt.

»Mord! wer spricht denn von Mord? aus dem Wege räumen heißt doch nicht gleich morden,« beruhigte sie Hammichel. »Der Würzburgischen soll an ihrem Leibe kein Schade geschehen, sie soll nur dem Franz so verleidet werden, daß er sich ganz von ihr abkehrt und gar nicht mehr an sie denkt, verstehst du. Aber der Mann, der das ins Werk richten kann, will gespickt und gesalbt sein, wenn er helfen soll, und billig tut er's nicht.«

»Was will er denn machen?« fragte Jakobine immer aufmerksamer werdend.

»Was er machen will? Ja, Jakobinchen, wenn ich wüßte, daß du schweigen könntest –, kannst du das? willst du mir das hoch und heilig versprechen?«

»Jaja! versteht sich! nur weiter!« drängte sie ungeduldig.

»Nun dann paß auf! Die Sache hängt nämlich mit der Stellung, mit dem Amte meines Freundes zusammen, da hat er Gelegenheit –«

In diesem Augenblicke kläffte draußen am Zaune ein Hund, und Hammichel brach jäh ab. Patz war es, der mit Schneckenkaschper des Weges daherkam, den im Gebüsch halb versteckten Alten erspürt hatte und ihn, von dem er schon manchen Fußtritt erhalten hatte, heftig anbellte. Jakobine zog sich schnell zurück, während ihr Kaspar noch grüßend zunickte. Er hatte sie also mit Hammichel zusammen am Zaune gesehen, was sie sehr verdroß, weil sie wußte, ein wie häufiger Gast er bei Bürgermeisters auf dem Abtshofe war, wo er gewiß alles anbrachte, was er sah und hörte. Vom Garten aus erhorchte sie noch, daß der Alte zornig auf den Jungen einschalt, was er sich hier herumzutreiben habe.

Kaspar trollte sich mit seinem Schnauzerl von dannen, und als er leise vor sich hinpfeifend den Wingerten zuschlenderte, stieg dem über seine Jahre geweckten Jungen die Frage auf: Was hat denn Großvater mit der Steineckerdirn zu schaffen, daß sie sich heimlich am Zaun treffen und wie gescheuchte Spatzen auseinanderfuhren, als sie meiner ansichtig wurden? Das war doch sehr auffällig, dahinter mußte was Besonderes stecken. Um in Bequemlichkeit und Ruhe darüber nachzusinnen, warf er sich auf einen Grasrain in das frisch gemähte Heu und schaute zu den dunklen Wolken empor, die sich über die Haardt her, Regen verheißend, zusammenzogen. Patz legte sich neben ihn und äugte seinen Schützer und Gönner unverwandt an, als ob auch er in seiner ehrlichen Hundeseele über die seltsame Begegnung seine eigenen mißtrauischen Gedanken hätte. Der Junge streichelte seinem Liebling das zottige Fell, der dafür dankbar das Schwänzchen pendeln ließ. Das Rätsel lösen konnte jedoch keiner von beiden.

Unterdessen hatte Hammichel die dem Abgange seines Enkels entgegengesetzte Richtung eingeschlagen. Er war über die durch diesen verursachte Störung seines Paktierens mit Jakobine sehr ärgerlich und bewegte die dünnen Lippen in lebhaftem, übellaunigem Selbstgespräch. Auf einmal aber blieb er wie gebannt stehen, als wäre er in seinen Betrachtungen vor etwas innerlich erschrocken. »Hammichel, alter Esel!« murmelte er, »da hat dich dein Bankert mit seinem verdammten Köter vor einer großen Dummheit bewahrt. Warst wahrhaftig drauf und dran, dem heißblütigen Frauenzimmer dein kostbares Geheimnis vom Wildfangrecht auszuschwatzen, das dir noch ein schönes Stück Geld einbringen kann, wenn du's so lange einkapselst, bis dir der Bürgermeister in seiner Angst vor dem Hörigwerden seiner Niftel von selber nachläuft und dir für dein Schweigen mehr bietet als dir das eifersüchtige Mamsellchen für's Reden zahlen kann. Also Maul halten und abwarten! – Wenn sie dir aber nun nächstens mit Fragen auf den Hals kommt, was das mit dem Kaiserslauterer auf sich hat? was dann?« spann er im langsamen Dahintrotteln weiter. – »Ah bah! läßt dich nicht vor ihr blicken, und wenn sie dich von ungefähr einmal erwischt, lügst du ihr die Jacke voll. Der Freund wollte nicht mit der Sprache heraus, machte große Schwierigkeiten, forderte eine Unsumme für sein Eingreifen. Und dann, nach Kaiserslautern ist's ein weiter Weg, – den du natürlich nicht unternimmst, ihr aber gehörig ankreidest – mit dem Hin und Her vergeht viel Zeit, und kommt Zeit, kommt Rat.«

Auch Jakobine verwünschte den Schneckenkaschper, daß er ihr Gespräch mit Hammichel unterbrochen hatte, gerade als ihr der gute Alte den sicheren Beistand seines Freundes erläutern wollte. Die Würzburgische sollte dem Franz dermaßen verleidet werden, daß er sich gänzlich von ihr abkehrte, hatte Hammichel gesagt, und nun brannte sie vor Neugier, zu erfahren, wie der in Kaiserslautern das fertig bringen wollte. Beim Lohn dafür wollte sie wahrlich nicht feilschen und knausern, und wenn sie's ihrer Mutter aus der Wirtschaftskasse stehlen müßte! Die hatte ja genug und zählte nicht nach; nur nicht zaghaft, wenn's um Lieb und Leben ging! Aber wie sollte sie Hammichels sobald wieder habhaft werden? wieder zu ihm zu schleichen schien ihr gewagt und konnte, wenn es bemerkt wurde, Verdacht erregen, denn der Alte stand in zu schlechtem Geruch. Und wenn der überall herumschnüffelnde Junge sie noch einmal mit jenem allein erwischte und das bei Armbrusters oder Gersbachers erzählte, so lief sie Gefahr, daß man ihrer Verschwörung gegen Trudi auf die Spur kam. Sie mußte es also dem Zufall überlassen, daß ihr Hammichel einmal unverhofft begegnete, falls er sie nicht in ihrem elterlichen Hause aufsuchte, wo er ja des Weines wegen zuweilen vorsprach und dann wohl Gelegenheit zu einer unbelauschten Fortsetzung der ihr höchst wertvollen Mitteilung fand.

Nun wurde sie wieder guten Mutes und nahm sich auch vor, ihren Bruder Wilm durch ein nicht mißzuverstehendes Wort aus seinem vorwitzigen Irrtum zu reißen, daß er sie nicht immer so spottlustig anguckte, als wenn er Wunder was von ihr wüßte. –

Ein sehr schweres Herz trug, wo er ging und stand, Franz mit sich herum. Er kannte den harten, unbeugsamen Sinn seines Vaters, gegen den mit gütlichem Zureden und vernünftigen Vorstellungen selten etwas auszurichten war, am wenigsten nach einem so heftigen Auftritte, wie es neulich Jakobinens wegen zwischen ihnen gegeben hatte. Seitdem lebten sie beide maulend und muffig nebeneinander her und gingen sich so viel wie möglich aus dem Wege. Das Seinige zu tun, um wieder ein besseres Verhältnis zwischen ihnen anzubahnen, fiel Franz nicht ein oder gewann er in seinem angestammten pfälzischen Bauerntrotz nicht über sich. Er glaubte, daß seine Mutter ein gutes Wort zum Frieden beim Vater einlegen würde und gewiß schon eingelegt hatte, aber daß dies in den Wind gesprochen war, schloß er aus dem ganzen Wesen und Gehaben des in seiner Unzugänglichkeit beharrenden Familienhauptes. Da sagte er sich wohl, daß, wenn die Vermittlung der Mutter nichts fruchtete, sein eigenes Einlenken und Entgegenkommen erst recht keine Wirkung haben würde und war nun ratlos, was er in seiner überaus schwierigen Lage tun sollte. Nur das stand in seiner Seele so unausrottbar fest wie die starken Wurzeln einer Eiche im Waldboden, daß er nie und nimmer von Trudi lassen wollte, und schon war ihm der Gedanke gekommen, mit ihr auf und davon zu gehen und sich anderswo eine Heimstatt zu gründen, nur so groß, daß darauf eine Wiege stehen könnte, mit einem Kinde und ein Stuhl zum Sitzen für die, so das Kind wiegte. Aber er konnte dem lieben Mädchen nicht zumuten, heimlich mit ihm zu fliehen und ohne den Segen der Eltern und Verwandten ohne Hab und Gut, bei hartem Mühen und knappem Tagelohn sich kümmerlich durchs Leben zu schlagen.

Seit länger als einer Woche hatte er Trudi nicht gesprochen und dies auch gar nicht versucht. Denn seines Stelldicheins wegen mit Jakobinen schämte er sich vor ihr, weil er die ihn listig Umgarnende in der Laube geküßt hatte, wenn es auch nur in einem auf schändliche Weise ihm beigebrachten Rausche geschehen war. Darum wagte er nicht, ihr mit seinem schlechten

Gewissen unter die Augen zu treten. Aber ebenso groß oder wohl noch größer als seine Reue war seine Sehnsucht nach der Geliebten. Ihm deuchte, ein Wort, ein Handdruck, ein Blick von ihr würde ihn von dem entsühnen, dessen er sich selbst wie einer gegen sie begangenen Treulosigkeit beschuldigte. Was aber mochte sie von ihm denken, daß er sich auf dem Abtshofe gar nicht sehen ließ? mußte sie nicht an seiner Liebe zweifeln, ihn für unstät und wetterwendisch halten? Diese Bangnis überstieg alle anderen Sorgen, die ihn bedrückten.

Aber Trudi erklärte sich sein Fernbleiben mit der verständigen Einsicht, daß ihm die große Wirtschaft seines Vaters alle Hände voll zu tun geben und alle seine Zeit in Anspruch nehmen müsse, so daß er abends, todmüde von der Arbeit, nicht mehr zum Plaudern und Scherzen aufgelegt und fähig sei.

Statt seiner trachtete ein anderer danach, ihre Wege zu kreuzen, einer, dessen Begegnung ihr stets unangenehm war, – Junker Ulrich von Remchingen. Schon ein paarmal und so auch jüngst wieder hatte er sie in Gesellschaft Ammeries draußen vor dem Tore getroffen und eine Unterhaltung mit ihr angeknüpft, die er in der ihm sehr unerwünschten Gegenwart der Bürgermeistertochter in einem leidlich anständigen Tone führte. Was aber seine Worte nicht ausdrückten, das verrieten desto deutlicher seine Augen, die des schönen Mädchens blühende Gestalt mit so dreisten, lüsternen Blicken verschlangen, daß Trudi, äußerst peinlich davon berührt, das Gespräch möglichst schnell abbrach und sich, was nicht leicht war, des Junkers anschließende Begleitung unter einem mehr oder weniger durchsichtigen Vorwande alsbald entledigte. Wenn sie dann über seine Zudringlichkeit, vor deren bedrohlichen Weitergehen ihr schauderte, empört war und ihre Angst davor nicht verhehlte, beruhigte sie Ammerie und suchte sie dadurch aufzuheitern, daß sie den kecken Galan hinter seinem Rücken mit anzüglichen und witzigen Bemerkungen gründlich verspottete. Dann aber brachte sie die Rede auf Franz, und das war das beste Mittel, Trudis gute Laune flugs wieder herzustellen. Bald strich sie Franzens Vorzüge und Tugenden über die Maßen stark heraus, was der gern Zuhörenden wie liebliche Musik klang, bald griff sie ihn an irgendeiner Seite seines Wesens scharf an, und dann erfolgte, was sie eben damit bezweckt hatte, ein sehr entschiedener Widerspruch von Trudi und eine überströmend warme Verteidigung des Getadelten. Das dauerte so lange, bis Ammerie endlich in ein schallendes Gelächter ausbrach, Trudi nun die Absicht der Hinterlistigen erkannte und über die unbedachte Offenbarung ihrer Gefühle für Franz, die jedoch ohnehin kein Geheimnis für Ammerie waren, errötend in das triumphierende Lachen der Freundin einstimmte.

Als die zwei Mädchen dann mit von Frohsinn strahlenden Gesichtern von ihrem Ausgange nach Hause kamen und der Bürgermeister sie verwundert fragte, was sie denn in solche Lustigkeit versetzt hätte, antwortete die Schelmin Ammerie: »O wir haben uns tüchtig um einen gezankt, in den wir beide bis über die Ohren verliebt sind. Weißt du das nicht, Väterle?«

Ja, Christoph Armbruster wußte, was in einem der Mädchenherzen unter seinem Dache lebte und webte, und war der festen Überzeugung, daß nur der zähe Wille Florian Gersbachers seinen Sohn noch von der Werbung um Trudis Hand zurückhielt.

Wie er nun seine Nichte so heiter und vergnügt sah, erfüllt von der beseligenden Hoffnung auf ein baldiges Liebesglück, erfaßte ihn ein tiefes Weh, weil er, er allein, auch wußte, daß diese mit allen Segeln fahrende Hoffnung hilflos scheitern würde. Zwar Gersbachers schrullenhafte Verstocktheit, seinen Sohn mit der fahrigen Jakobine verkoppeln zu wollen, glaubte er in einer günstigen Stunde unter vier Augen, vielleicht bei einem guten Tropfen, besiegen zu können. Wenn aber der hochmütige Großbauer erst einmal Witterung vom Wildfangrechte bekam, so war an seine Zustimmung zu einem Ehebunde der beiden sich Liebenden gar nicht zu denken.

Diese trostlose Gewißheit war die schwere, bittere Sorge, mit der Christoph Armbruster Trudis wegen in verzweifeltem Kampfe lag. Doch er hielt sie in seiner Brust verschlossen und verschwieg sie selbst seinem treuen Ehegespons. Es war genug, daß einer daran zu würgen und darunter zu leiden hatte; die anderen, die Seinigen wollte er so lange wie möglich damit verschonen. Aber wie lange konnte er das noch? Jetzt war schon Hochsommer, der Kreuz-Erhöhungstag also nicht mehr fern, und damit war die Frist verstrichen, nach deren Ablauf Trudi ihrem

Schicksal verfiel, das von ihr abzuwenden der Bürgermeister in mancher schlaflosen Nacht auf Mittel und Wege sann.

Zehntes Kapitel.

Als nun auch ein arbeitsfreier Sonntag nach dem andern verging, ohne daß Franz den Hof betrat, fing Trudi doch allmählich an, sich über sein Ausbleiben zu beunruhigen und nach anderen Gründen dafür zu suchen als in seiner anstrengenden wirtschaftlichen Tätigkeit. Sie hatte ihn einmal in der Kirche gesehen und dort einen fest auf sie gerichteten traurigen Blick von ihm aufgefangen. Was hatte der zu bedeuten? eine ihr aus seinem Herzen von fern zugesandte Anklage? aber um welcher ihr unbewußten Schuld willen? Hatte sie ihn durch ein von ihm mißverstandenes Wort oder durch ein ungewollt kühles Benehmen verletzt? Aber wann und wo sollte das geschehen sein? sie konnte sich auf etwas dem Ähnliches durchaus nicht besinnen. Oder – – Ammerie hatte ihr einmal gesagt, daß sein und Jakobinens Vater einen Pakt geschlossen hätten, ihre Kinder dermaleinst miteinander zu verheiraten. Sollte das nun zur Tat werden und Franz sich dem Willen seines Vaters gefügt haben? Dann freilich – und es dünkte sie die wahrscheinlichste ihrer Mutmaßungen – dann mußte sie hinter der für ihn Auserkorenen zurückstehen und ihm auf immer entsagen. Daheim unter der lieblosen Behandlung ihres Stiefvaters war sie an Entbehrungen und Entsagungen vollauf gewöhnt; hier aber, wo sie im Schoß der Armbruster'schen Familie über alles Wünschen und Erwarten wie ein Kind des Hauses gehalten wurde, mußte ihr der aufgedrungene Verzicht gerade auf das höchste Glück, das ihr die Zukunft noch bescheren konnte, einen unermeßlichen Schmerz bereiten.

Daß sie, statt von äußeren Umständen und ihr feindlichen Einflüssen um ihre Hoffnung betrogen zu werden, sich in ihren düsteren Ahnungen täuschen könnte und ihre Befürchtungen nur vorübergehend schattende Wolken wären, die ein Windhauch aus Sonnenaufgang her vom wieder blauenden Himmel verscheuchen würde, diese Möglichkeit kam ihr gar nicht in den Sinn. Sie vergrub sich in ihr Leid und schaffte mit verdoppeltem Eifer in Haus und Hof, um nicht immerfort nur ihren trüben Gedanken nachzuhängen, aber ihre jugendliche Frohheit war in die Brüche gegangen und hatte einem schwermütigen Ernste Platz gemacht.

In Gegenwart der Hausgenossen beherrschte sie sich und zwang sich zu einer Heiterkeit, an der ihr Inneres keinen Anteil hatte. Nur Ammerie gegenüber gab sie sich keine Mühe, zu scheinen, was sie nicht war, und der in ihrer Heimlichkeit zwar durch kein offenes Geständnis, aber durch manches auf neckische Anspielungen ihr zufällig entschlüpfte Wort schon ziemlich Eingeweihten blieb Trudis bedrückter Gemütszustand nicht lange verborgen. Endlich hielt die ein rückhaltloses Vertrauen unter Freundinnen Verlangende das hartnäckige Schweigen der anderen nicht mehr aus und wollte wissen, was es zwischen Franz und Trudi gegeben hatte. Denn daß nur Franz der Urheber von Trudis Kummer war, stand für sie so fest wie daß fließendes Wasser und eine rollende Kugel nicht bergauf, sondern bergunter laufen.

Als die beiden Mädchen einmal, mit einer Handarbeit beschäftigt, in ihrem Zimmer allein saßen und Trudis Brust ein hörbar tiefer Atemzug hob und senkte, fing Ammerie unvermittelt an: »Wie lange ist es denn her, daß du ihn nicht gesehen und gesprochen hast?«

Trudi ließ die Hände in den Schoß sinken und starrte die ihre Sorgen Erratende verdutzt an, aber die heuchelnde Frage: wen meinst du denn? brachte sie nicht über die Lippen: »Ach, es können Wochen her sein,« sprach sie traurig.

»Und warum kommt er nicht?«

»Ich weiß es nicht,« hauchte Trudi.

»Ihr habt also keinen Streit miteinander gehabt?«

»Nein, niemals.«

»Ja, hast du denn gar keine Vermutung, weshalb er sich von dir zurückhält?«

»Doch, eine, und die stützt sich auf eine Mitteilung, die du mir früher einmal gemacht hast.«

»Nun?«

»Er wird die Jakobine heiraten wollen oder müssen.«

»Wollen sicher nicht!« behauptete Ammerie mit aller Entschiedenheit. »Du hast es doch oft genug mit angesehen, wie wegwerfend er Jakobine behandelte. Und von müssen kann auch keine Rede sein. Wer will ihn dazu zwingen? Das kann auch sein Vater nicht.«

»Vielleicht bedarf es dazu keines großen Zwanges,« erwiderte Trudi bitteren Tones. »Jakobine ist ein reiches Mädchen, und ich bin bettelarm.«

»So!« versetzte Ammerie, »was du doch für Grillen fängst! Ob reich oder arm, liebe Trudi, das ist Franz keinen Pfifferling wert. Dem darfst du eine so niedrige Gesinnung nicht zutrauen, daß er nur nach Geld freien sollte. Das täte er nun und nimmermehr, auch wenn nicht das Bild einer gewissen anderen in seinem Herzen wohnte.«

»Bist du dessen so gewiß, daß mein Bild in seinem Herzen wohnt?«

»Du etwa nicht?« fragte Ammerie.

»Hab's auch einmal geglaubt, – jetzt kann ich es nicht mehr,« sprach Trudi mit Tränen in den Augen.

»Aber Trudi!« rief Ammerie, »soll ich dir die Beweise dafür an den Fingern herzählen? Erinnere dich doch an die Lesen in den Wingerten, an unsere Tanzstunden hier oben auf dem Söller, an die lustigen Spinnstuben, an Franzens Besuche hier bei uns, wo er manchmal mit pochendem Herzen wie ein verängstigter Schulbube vor dir stand und kaum einen vernünftigen Satz hervorstottern konnte. Wie du da noch an seiner Liebe zweifeln kannst, begreif ich nicht.«

Diese Vorhaltungen verfehlten ihres Eindruckes auf Trudi nicht, und schon viel gefaßter sagte sie: »Ja, dann gib du mir doch einen Beweggrund für sein Ausbleiben an, wenn du einen finden kannst.«

»Ich weiß freilich auch keinen,« mußte Ammerie bekennen. »Möglich, daß bei Gersbachers etwas vorgefallen ist, was Franz nötigt, unser Haus eine Zeitlang zu meiden, vielleicht eine Mißhelligkeit zwischen dem alten Grobian und meinem Vater, die erst beigelegt werden muß, ehe sie wieder freundschaftlich mit uns verkehren können. Soll ich mal hingehen zu ihnen und mit meiner berühmten Schlauheit leise auf den Busch klopfen, um zu sehen und zu hören, wie Hase da läuft?«

»Nein, das sollst du nicht!« fiel Trudi schnell ein. »Dein leises Aufdenbuschklopfen, das ich mir lebhaft vorstellen kann, würde die Spannung nur noch verschärfen, und ich will nicht, daß du dir meinetwegen Ungelegenheiten in deiner Verwandtschaft machst.«

»Ach was, Ungelegenheiten! da frag ich den Kuckuck danach,« wetterte Ammerie. »Macht denn Franz dir keine Ungelegenheiten mit seinem dummen Mucken und Bösetun? Aber nimm ihn dir doch selber vor, daß er mit der Sprache herausrückt.«

»Nein, das kann ich nicht, und das tu ich nicht, um alles in der Welt nicht,« erklärte Trudi.

»Nun dann werd ich ihn fragen; ich kann das sehr gut, und mich soll er nicht mit Ausflüchten und leeren Redensarten abspeisen. Ich halt ihn am Schlafittchen und laß ihn nicht eher los als bis er mir alles ehrlich gebeichtet hat,« sagte Ammerie.

»Er würde denken, du kämest in meinem Auftrage,« wandte Trudi ein.

»Laß ihn doch in seinem Dickkopfe denken, was er Lust hat,« erwiderte Ammerie heftig. »Du mußt unter allen Umständen wissen, wie du mit ihm dran bist, entweder oder! so oder so!«

»Es wäre mir doch erwünschter, wenn du es auf andere Weise erfahren könntest, was Franz gegen mich hat,« bat Trudi.

»Na, ich werd's versuchen, und sollt' ich dazu in ganz Wachenheim herumtappen und Blindekuh spielen müssen,« versprach Ammerie. »Aber darauf gebe ich dir meinen Kopf zum Pfande, daß Franz nicht zu Kreuze kriecht, und wenn die beiden alten Brummbären, der Gersbacher und der Steinecker, sich noch so klotzig vor ihm auf die Hinterbeine stellen. Und wenn's Not an Mann geht, bin ich auch noch da und springe Knall und Fall dazwischen, daß sie ihr blaues Wunder haben sollen.«

Ammeries mutiges Draufgängertum hatte etwas sehr Ergötzliches und richtete Trudi aus ihrer Verzagtheit einigermaßen auf; lächelnd reichte sie der unerschrockenen Freundin die Hand.

Nun schwiegen sie beide. Nach einer Weile aber fing Trudi wieder an: »Sage mal, Ammerie, glaubst du, daß deine Eltern von meiner – von meinem Geheimnis etwas wissen?«

»O bewahre! nicht das geringste,« versicherte Ammerie überzeugungsvoll. »Meinen Vater kenn ich durch und durch, der denkt an so was gar nicht. Und Mütterle? – ach nein! die noch weniger.«

»Das ist mir sehr lieb; ich glaub's auch nicht,« sprach Trudi. –

Die Tage schwanden ohne neues zu bringen dahin, und mit ihnen verblich auch wieder mehr und mehr der schwache Schimmer von Hoffnung, den Ammerie mit ihrer festen Zuversicht zu Franzens Treue und Standhaftigkeit in Trudis Herzen entfacht hatte. Sie hatte der einer tröstlichen Kunde Harrenden nichts über die Meinung im Gersbacher'schen Hause melden können, weil sie infolge von Trudis Verbot gar nicht dort gewesen war und ihr das sachte Herumhorchen im Städtchen nichts genutzt hatte.

Da wollte die abermals Enttäuschte von dem aufreibenden Hangen und Bangen ablassen und sich in ihr Los schicken, zeitlebens hier auf dem Abtshofe zu bleiben, wenn die lieben Alten sie dauernd bei sich behalten wollten, die sie dann, selber alternd und verblühend, in unauslöschlicher Dankbarkeit für die erwiesene Wohltat hüten und pflegen wollte wie sie nur wüßte und könnte.

Schon hatte sie sich bei der Ausmalung dieses bescheidenen Zukunftsplanes eine gewisse Ruhe erkämpft, als einmal gegen Mittag Ammerie der in der Küche Hantierenden von außen durch das offene Fenster zurief: »Trudi, komm flink in den Garten! ich hab eine Spur!«

Trudi lächelte ungläubig zu der nicht viel verheißenden Botschaft. Da sie aber bei der Küchenarbeit entbehrlich war, so folgte sie lässig und doch nicht ganz ohne Neugier der Vorauseilenden in den schattigen Laubgang, wo sie vor dem Belauschtwerden sicher waren.

Dort berichtet nun Ammerie: »Ich habe den Schneckenkaschper gesprochen, und denke dir, was mir der erzählt hat! Er hat neulich seinen Großvater, den Hammichel, mit Jakobinen in vertrauter Zwiesprach am Steineckerschen Gartenzaun abgefaßt. Patz hat die beiden im Gebüsch aufgestöbert. Jakobine ist sofort in größter Bestürzung und Verwirrung davongelaufen, und der Alte hat den Jungen fürchterlich ausgeschimpft, daß er ihm nachgeschlichen ist und ihn bei der Unterredung gestört hat. Was sagst du dazu?«

»Ist das alles?« fragte Trudi.

»Alles? alles?« äffte ihr Ammerie nach. »Ist das etwa nichts? kannst du dir das weitere nun nicht von selber zusammenklauben?«

»Nein, daraus kann ich mir gar nichts zusammenklauben.«

»Ja, siehst du denn nicht ein, was daraus zu folgern und zu schließen ist?« fuhr Ammerie ungeduldig werdend und sich mit dem Zeigefinger an die Stirn tupfend fort.

»Nein, ich bin leider nicht so schlau wie du,« lachte Trudi.

»Nun, daraus folgt doch sonnen-, mond- und sternenklar, daß, wie Hammichels Einmischung zeigt, die Hindernisse und Schwierigkeiten, mit denen man Franzens Verbindung mit dir hintertreiben will, nicht bei Gersbachers, sondern bei Steineckers ausgeheckt und zu Schlingen und Stricken für euch gedreht werden, und endlich, daß noch nichts entschieden ist, denn sonst hätte Jakobine keine Ursach, sich in eine Verschwörung mit dem alten Ränkespinner, dem Hammichel, einzulassen.«

»Also du hast nichts Geringeres als eine höchst bedrohliche Verschwörung gegen mich entdeckt. Ammerie, da hast du eine großartige Spur gefunden,« mußte Trudi wieder lachen.

»Auch noch Spott?« schmollte Ammerie. »Ist das der Dank für meine Umsicht, daß ich – daß –«

»Daß dir der Schneckenkaschper zufällig begegnet ist, der von den gefährlichen Abmachungen der beiden Verschwörer kein Sterbenswort gehört hat.«

»Das ist kein Zufall, das ist Schickung, die wir nicht unbeachtet lassen dürfen,« sprach Ammerie, sich gekränkt von Trudi abwendend.

»Sei nicht böse!« lenkte Trudi begütigend ein. »Komm her und laß uns jetzt einmal ernsthaft darüber reden.« Sie schob ihren Arm unter den der schnell Versöhnten, und so schritten sie beide den Gartenweg entlang. »Was meinte denn Kaschper zu der von ihm auseinandergesprengten Zusammenkunft?«

»Er meinte, wo Hammichel seine Spürnase hineinsteckte, das könnte niemals etwas Gutes sein, und bei seiner Feindschaft gegen uns Armbrusters handelte es sich in seinen heimlichen Abmachungen mit Jakobinen sicher um einen uns zugedachten bösen Streich. Darum hätte er,

Kaschper, dir und mir aufgelauert, um uns diese Mitteilung zu machen und uns zu warnen. Mehr konnte er nicht sagen, aber er hat mir versprochen, scharf aufzupassen und uns sofort zu benachrichtigen, wenn er etwas uns Nachteiliges aufschnappen würde.«

»Der liebe Junge!« sprach Trudi. »Ich glaube, der ist schon viel klüger und gewitzter als die meisten von ihm annehmen.«

»Freilich ist er das,« stimmte Ammerie zu. »In dieser Beziehung ist er ja bei dem Alten in der besten Lehre. Uns ist er sehr anhänglich und ergeben und wird uns immer gern zu Diensten sein. Wir können ihn vielleicht noch gut gebrauchen, um dies und jenes aus dem feindlichen Lager zu erfahren.«

»Wenn ich nur wüßte, was die beiden am Gartenzaun gegen uns angezettelt haben!« sagte Trudi.

»Ja, das auszuspintisieren bin ich doch noch nicht schlau genug,« lachte Ammerie.

Sie sannen nun schweigend darüber nach, was sie tun sollten, um eine Klärung der wie ein schwül drückendes Gewitter in der Luft schwebenden Beziehungen zwischen Franz und Trudi herbeizuführen. Aber sie grübelten vergeblich, keiner von beiden kam ein erleuchtender Gedanke.

»Es hilft uns alles nichts, Trudi, als mit Franz selber zu reden,« nahm Ammerie das Gespräch endlich wieder auf. »Und das gescheiteste wäre, wenn du das tätest mit der einfachen Frage: Franz, wie stehen wir zwei miteinander?«

Trudi erwiderte: »Dazu bin ich zu stolz und auch zu demütig ihm gegenüber. Du wirst mich schon verstehen, was ich damit sagen will.«

Ammerie nickte stumm und drückte leise der Freundin Arm. »Ich wollte, es fiele mir etwas ein, wie man Franz einmal auf die Probe stellen könnte,« hub sie bald wieder an, »auf eine entscheidende, alle Zweifel lösende Probe, der er nicht ausweichen könnte und bei der er unzweideutig Farbe bekennen müßte.«

Trudi blieb auf dem Flecke stehen, sah Ammerie überrascht an und sprach: »Ja! – das ist ein guter Vorschlag. Aber,« fuhr sie nach kurzer Überlegung fort, »so recht will mir das doch nicht gefallen; es kommt mir unwürdig und nicht ehrlich vor, es sieht aus, als wollten wir Franz eine Falle stellen, und überlisten mag ich ihn nicht; freiwillig muß er sich zu dem entschließen, was ihm sein Herz gebietet. Ein durch einen Überfall, einen Handstreich errungener Sieg hat in meinen Augen keinen großen Wert. Nein, nein, keine Probe! Geduld müssen wir haben, Ammerie! und wenn es mit der Geduld zu Ende geht, – bei mir ist es schon so weit – so bleibt nichts übrig als Entsagung auf Liebe und Liebesglück,« schloß Trudi in tiefer, innerer Bewegung.

Ammerie wollte darauf noch etwas erwidern, aber da läutete es Mittag auf dem Turme.

»Komm!« sagte Trudi nun in ruhigem Ton, »dein lieber Vater verlangt Pünktlichkeit von uns.«

Sie verließen den Garten und schritten dem Hause zu.

Elftes Kapitel

Der Sommer thronte mit seiner strahlenden Pracht im Lande und wirkte mit allen Kräften, das Wachsen und Reifen zu fördern, um seinem Nachfolger, dem Herbst, die Erzeugnisse seines Schaffens als tausendfältiges, kostbares Erbe zu hinterlassen. Dabei halfen ihm die Menschen mit rührigem Fleiß, denn die winkenden Schätze sollten ja doch zu Genuß und Gebrauch in ihre Hände gelangen und ihnen zum Segen gedeihen.

Die Pfälzer, auch die in Wachenheim, sahen der Ernte vertrauensvoll entgegen. In den Weinbergen schwollen die Trauben, auf den Feldern wogten die Ähren, und an den Bäumen bogen sich die Zweige mit den dicht hängenden Früchten. Was noch an Arbeit getan werden konnte und mußte, geschah Tag für Tag, und nach Feierabend herrschte Ruh' und Zufriedenheit in den Häusern, und in den Straußwirtschaften gab es oft ein lautes, lustiges Dischkurieren und ein dauerhaftes Trinken.

Unter diesem und jenem Dache freilich schlug auch ein Herz in Angst und Qual und schickte Wunsch und Gebet zum Himmel um Stillung eines Leids oder Erfüllung eines heißen Begehrens. In zweien der reichsten Bauernhöfe nisteten Sorgen, von denen die nächsten Nachbarn nichts wußten und nicht einmal alle Insassen etwas erfuhren.

Wer war im Abtshofe, außer Ammerie, in Trudis marternde Zweifel eingeweiht? wer vollends ahnte Christophs stumm und einsam getragene Pein über Trudis herannahendes trauriges Schicksal? Und im Gersbacherhofe preßte Franzens Brust der harte Willenszwang seines Vaters wie mit eisernen Klammern. Auch davon drang keine Kunde nach außen; nur seine Mutter und sein Bruder Steffen blickten ihm ins Herz hinein und erkannten den eigentlichen, tiefuntersten Grund seines verhaltenen Grames.

Die beiden, Franz und Trudi, wußten selber einer vom andern nichts. Sie sehnten sich nach einander, trafen sich jedoch nicht, sahen sich nicht, konnten sich nicht gegenseitig aussprechen. Jeder schleppte das, was in ihm bohrte, an ihm zehrte, durch endlos lange Tage und halb schlummerlose Nächte wie eine ihn zu Boden drückende Last von Jammer und Elend, an deren Verwandlung in himmelhoch hebende Freude er nicht mehr glaubte.

Aber der Mensch denkt und Gott lenkt. Dieser alte Spruch, der schon manchem von Not und Furcht gebeugten Erdenkinde zum Troste gereicht, aber auch vielen zu ihrem Schrecken gezeigt hat, daß menschliches Hoffen und Planen eitel und nichtig ist, sollte auch den zwei Liebenden seine Wahrheit erweisen.

Es trat ein Ereignis ein, das die Lage der Dinge im Handumdrehen veränderte.

Eines Nachts, in der Morgendämmerung, wurden die Bewohner Wachenheims durch Feuerlärm aus dem Schlafe geschreckt. Niklas, der Türmer, stieß mit Macht in sein Horn und läutete Sturm. Männer, Frauen und Mädchen fuhren aus den Betten und stürzten, notdürftig bekleidet, auf die Gasse. Viele hatten sich mit Eimern versehen, andere Äxte, Hacken und Hauen ergriffen oder schafften Leitern herbei. Ihnen schloß sich eine große Anzahl Neugieriger an, zu denen auch Trudi, Ammerie und, diese zwei ängstlich meidend, Jakobine gehörten. Alles schrie wie toll durcheinander und fragte: wo ist's? wo brennt's? Bald wußten sie's, bei Merten Fachendag war's.

Bei Fachendag? wo Hammichel wohnte? Hat der etwa nächtlicher Weile seinen berüchtigten Mischmasch gekocht und ist dabei unvorsichtig mit dem Feuer umgegangen? dachten manche, aber sie eilten doch hin, um löschen zu helfen.

Da sahen sie denn, daß nur ein einzeln stehendes Nebengebäude brannte, das als Schuppen und Stallung diente und unter dessen hohem Dache sich der Heuboden befand. Es war schon nicht mehr zu retten, und man versuchte dies auch gar nicht, obwohl sich Fachendag gebärdete, als ob ihm ein Vermögen damit zugrunde ginge.

Dagegen war es nötig, das Wohnhaus zu schützen, damit es nicht durch hinüberfliegende Funken auch in Brand geriet und die Nachbarhäuser gefährdete. Dies taten nun unter Aufsicht des Bürgermeisters einige jüngere Männer, indem sie das strohgedeckte Haus von angelegten Leitern aus mit Wasser begossen und bespritzten. Die meisten der Herzugeströmten schauten müßig dem Umsichgreifen der Flammen zu und wurden sich darüber einig, daß das Feuer durch Selbstentzündung des noch feucht eingebrachten Heues entstanden sein müsse.

Hammichel ließ sich nicht blicken, und auch Kaspar konnte keine Auskunft über ihn geben. Als aber die Sonne ihre ersten Strahlen über den Rhein auf die bewaldeten Höhen des Haardtgebirges warf, tauchte der Alte plötzlich auf. Er war bis jetzt in seinem sogenannten Laboratorium gewesen, um seine Büchsen, Flaschen und Schachteln mit ihrem mühsam gesammelten und zubereiteten Inhalt zu bergen. Nun die Gefahr für das Haus vorüber war, verließ er es und mischte sich kaltblütig zuschauend unter die Menge, die seiner nicht achtete.

Auf einmal ergellten durchdringende tierische Jammerlaute, und – »Patz! mein Patz! im Ziegenstall!« schrie Kaspar auf und jagte schnurstracks dahin. »Halt, Kaschpar! zurück!« rief ihm Trudi zu; er hörte jedoch nicht. Da sprang sie ihm nach, um ihn zu greifen. In dem Augenblick aber, als er, von Trudi schon erfaßt, den Stall aufriegelte und der eingesperrte Hund daraus entschlüpfte, stürzte vielleicht durch den starken Ruck beim Aufreißen der von der Hitze eingeklemmten Tür erschüttert, der brennende Dachstuhl mit dem Heuboden ein und begrub beide, Trudi und Kaspar, unter glimmenden Sparren und Balken.

Ein Schreckensruf erscholl aus dem Munde aller, die das sahen und, vor Entsetzen starr, sich nicht vom Flecke rührten. Einer aber brach sich mit wildem Ungestüm Bahn, alles umrennend, was ihm im Wege war. Franz Gersbacher raste dahin, die Verschütteten zu retten, und als sich Jakobine ihm entgegenwarf, um ihn zurückzuhalten, stieß er sie so heftig von sich, daß sie zu Boden fiel. Dann räumte er in bebender Hast die größten Bruchstücke soviel wie nötig beiseite und zog Trudi mit zum äußersten angestrengter Kraft aus dem schwelenden, rauchenden Trümmerhaufen heraus. Die jetzt zu seinem Beistand Herzueilenden wies er mit einem Blick und einer Bewegung zurück, die etwas Herrschsüchtiges und Leidenschaftliches hatten. Auch Kaspar erhob sich schnell und scheinbar nur wenig beschädigt, denn Trudi hatte ihn, halb kniend, halb liegend über ihm, mit ihrem Leibe gedeckt.

Franz trug die Bewußtlose, deren Kleidung stellenweise versengt und durchlöchert war, auf seinen Armen von der Brandstätte weg. Ihr Haupt lag an seiner Schulter, ihr Gesicht war still und bleich. Alle machten ihm schweigend Platz, daß er wie durch eine Gasse schritt, und niemand wagte, ihm seine Hilfe anzubieten und Hand an die zu legen, die er allein einem grauenvollen Tode entrissen hatte und nun auch allein wie eine erkämpfte Siegesbeute in Sicherheit bringen wollte. Ammerie und Kaspar folgten ihm, sich angstvoll durchdrängend. Ammerie schickte den Jungen zum Bader, und da er an den Beinen unversehrt geblieben war, flog er wie der Wind mit seinem muntern Schnauzerl dahin. Sie selber lief, so schnell sie konnte, nach Hause voran, um die Mutter zu benachrichtigen, damit diese nicht zu sehr erschrak, wenn Franz mit seiner lieben und wahrlich nicht leichten Bürde dort ankam.

Jakobine, die im Augenblick der höchsten Gefahr der fürchterliche Gedanke durchzuckt hatte, jetzt vielleicht von der Nebenbuhlerin durch deren Untergang in Flammen befreit zu werden, sah der Geretteten und ihrem Retter mit von Haß entstellten Zügen nach. –

Unweit des Abthofes schlug Trudi die Augen auf und blickte den, in dessen Armen sie sich wie aus einem Traum erwachend wiederfand, erst verwundert, dann aber, trotz heftiger Schmerzen, beseligt an.

Da – es war ganz einsam hier – konnte sich Franz nicht enthalten; er bog sich zu ihr hin und küßte sie auf den Mund.

»Franz!« flüsterte sie mit einem Lächeln voll überschwenglichen Glückes. Und »Trudi! Trudi!« jubelte er, als er den Gegendruck ihrer Lippen gefühlt hatte, wohl wissend, wie sie körperlich leiden mußte.

Im Abtshofe, wo ihn Madlen, Elsbeth und Ammerie schon erwarteten, setzte er die bis hieher Getragene auf die Stufen des Wohnhauses behutsam nieder, und beide waren so erregt, daß sie nicht sprechen konnten; weder Dank noch Frage tauschten sie.

Von den drei Frauen gestützt, vermochte Trudi die Treppe hinaufzugehen und wurde oben in ihrem Zimmer von ihnen entkleidet und zu Bett gebracht. Sie hatte an Nacken, Schultern und

Rücken Brandwunden und Beulen, die ihr entsetzliche Qualen bereiteten. Die Sache war indessen verhältnismäßig noch glimpflich abgelaufen, denn keiner der schwersten brennenden Balken hatte Trudi getroffen, und vor dem Ersticken in Rauch und Qualm hatte Franz sie bewahrt.

Bald erschien der Bader, besichtigte die Wunden und erklärte sie für in kurzer Zeit heilbar. Er kühlte sie mit frischen Lattichblättern und Gilgenöl und strich dann eine schmerzlindernde Salbe darauf, was er alles auf Kaspars eiligen Bericht mitgebracht hatte.

Franz und Kaspar blieben unten in der Diele, bis der Bader herabkam, sie von dem Zustand der Leidenden unterrichtete und dann auch den Jungen untersuchte, bei dem er ein paar leichte Quetschungen und einige unbedeutende Brandmale entdeckte, die er gleichfalls mit seiner Salbe behandelte. Franz war vom Anfassen der glimmenden Holzstücke an den Händen verletzt, machte aber nicht viel daraus, und auch Kaspar klagte nicht, sondern war ganz aus dem Häuschen; er hatte ja seinen lieben Patz gerettet, und ihn, ihn hatte Trudi gerettet. Hätte ihn der eine bepflasterte Arm nicht gehindert, so hätte er vor Freuden Rad geschlagen, was er so gern tat, oft gefolgt und umschwärmt von einem ganzen Rudel junger Radschläger, welche dieses wie manches andere Kunststück von ihm gelernt hatten.

Zwei Menschen aber, Franz und Trudi, waren, wenn auch getrennt voneinander, ein Herz und eine Seele, denn nun wußten sie beide, daß sie sich liebten. Franz hatte die Probe, auf die ihn Ammerie, allerdings nicht auf eine solche, bei der's ums Leben ging, stellen wollte, glänzend bestanden; es war eine Feuerprobe gewesen. –

Die aufopferungsvolle Tat Trudis bildete nun den Gegenstand des allgemeinen Stadtgespräches, und Franzens entschlossenes Eingreifen, ohne welches Trudi und Kaspar verloren gewesen wären, kam erst in zweiter Reihe zur Geltung. Daß ein baumstarker Mann einem schönen Mädchen in Todesnot beisprang, verstand sich ja von selbst, obschon ihn manche darum beneiden mochten, daß er als erster und einziger aller Augenzeugen das Wagestück unternommen und es so unerschrocken durchgeführt hatte. Aber daß ein Mädchen, die Nichte des Bürgermeisters, einen vierzehnjährigen Jungen, den Enkel eines alten Landstreichers, mit ihrem Leibe vor Flammen und stürzenden Balken deckte und ihm damit das Leben rettete, das war gar nicht hoch genug anzuschlagen Und das hatte die Fremde getan, die Würzburgische! ihr Lob und Preis verkündeten alle Zungen, pfiffen die Spatzen von allen Dächern. Alt und jung fragte nach ihrem Ergehen, und später, als sie wieder fähig war, Besuche zu empfangen, kamen fast alle die Frauen und Mädchen, die sie in den Spinnstuben kennen gelernt hatten, und drückten ihr mit freundlichen Worten ihre Teilnahme und Bewunderung aus.

Auch Schneckenkaschper hatte sich in der Stadt viel Freunde erworben durch seine Gutherzigkeit, daß er, um sein armes, liebes Hundel nicht jämmerlich umkommen zu lassen, furchtlos auf den brennenden Stall losgerannt war.

Trudis sorglichste Pflege nahm natürlich Ammerie in die Hand, dabei von Kaspar auf jede ihm mögliche Weise unermüdlich bedient. Und Patz mußte auch immer mit dabei sein, so wollte es Trudi. Denn er war ja der unschuldige Anstifter der grausigen Gefahr, in der zwei Menschenleben geschwebt hatten, und mithin auch der sich daraus ergebenden Folgen. Wenn Patz nicht eingesperrt gewesen wäre, hätte Kaspar nicht den Ziegenstall gestürmt, wäre Trudi dem Tollkühnen nicht nachgesprungen, hätte Franz sie nicht retten müssen; dem Patz verdankte sie Franzens ersten Kuß.

Ammerie hatte sie einmal, auf dem Rande ihres Bettes sitzend, gefragt, ob sie denn nun an Franzens Liebe glaube. Da hatte ihr Trudi stumm die Hand gedrückt, und ihrer Brust war ein tiefer, großmächtiger Seufzer entquollen, mit dem sich ein ganzer Himmel voll Seligkeit aufgetan hatte. Das war Antwort genug für Ammerie; nun war sie fest überzeugt, daß die beiden sich herzenseinig waren. Es mußte auf dem Wege von der Brandstätte nach dem Abtshofe, während Franz die Gerettete in seinen Armen hatte, eine Verständigung zwischen ihnen stattgefunden haben, bei der wahrscheinlich auch jedes Wort überflüssig gewesen war.

Auch Madlen, die das Bild nicht vergessen konnte, wie Franz die Verwundete getragen brachte, deutete sich deren ruhige Heiterkeit, die sie bei den gewiß noch argen Schmerzen nie verließ, richtig und knüpfte daran die schönsten Hoffnungen auf eine glückliche Zukunft der liebenswürdigen Dulderin an der Seite des Gersbachersohnes, auf den die Bürgermeisterin große Stücke hielt.

Nur einer in der Familie gab den Seinigen etwas zu raten auf, und das war Christoph. Er besuchte Trudi täglich, war gut und freundlich gegen sie, aber auffallend schweigsam und betrachtete sie manchmal mit einem trübsinnigen Blick, als hätte er dabei Hintergedanken, die er nicht aussprechen wollte. Ihn nach der Ursache dieses seltsamen, ihnen unerklärlichen Wesens auszuforschen versuchten sie nicht, weil sie wußten, daß sie mit Fragen nichts aus ihm herausbringen würden, was er ihnen freiwillig zu eröffnen nicht geneigt schien.

Als das Wundfieber längst überstanden war und auch die Schmerzen beträchtlich nachgelassen hatten, verlangte Trudi, Franz zu sprechen, um ihm endlich danken zu können, und bat, ihn herzubescheiden.

Schneckenkaschper wurde mit der Botschaft betraut, lief mit Patz um die Wette, sie auszurichten, und konnte nicht umhin, unterwegs mindestens ein dutzendmal Rad zu schlagen.

Franz, der feinfühlig sich bis jetzt zurückgehalten hatte, kam mit einem schönen Blumenstrauß, und beiden schoß das Blut in die Wangen, als sie sich nach jener Feuerprobe zum ersten Male wiedersahen. Ammerie, die bei dem Besuch zugegen war und die zwei doch gern allein lassen wollte, gebrauchte dazu einen so täppischen, unglaubwürdigen Vorwand, daß sie sich selber kaum das Lachen verbeißen konnte, wie sie so schnell entwich, als wäre sie aus dem Zimmer Hals über Kopf hinausgeworfen worden.

Nun kniete Franz an Trudis Lager nieder. Beide umschlangen sich so fest, wie es Trudis verbundene Schulter erlaubte, und küßten sich nach Herzenslust. Endlich sagte Trudi mit ihrem innigsten Ton: »Franz, ich danke dir!«

»Danken? wofür denn?« sprach er. »Wenn Hammichel das Haus in Brand gesteckt hätte, so würd ich ihm danken, daß er mit dem ruchlosen Streich mir dazu verholfen hätte, dich auf meine Arme nehmen und tragen zu dürfen. Trudi, das war bis heute die glücklichste Stunde meines Lebens. Nun gehörst du mir und ich dir, nicht wahr?«

»In alle Ewigkeit!« gab sie ihm liebetrunken zur Antwort.

Viel Worte wechselten sie nicht, hielten sich bei den Händen gefaßt und blickten sich nur tief in die Augen hinein.

Auf Trudis Lippen schwebte die Frage: Warum bist du so lange nicht hergekommen? Doch ehe sie sie aussprechen konnte, trat Ammerie wieder ins Zimmer. Franz wollte sich sofort erheben, aber Ammerie sagte: »Bleib' nur ruhig liegen, wo du liegst! ich setze mich ans Fenster, zähle die Blätter an den Bäumen und seh mich nicht um. Mutter hat mich wieder heraufgeschickt; ich sollte Trudi nicht allein lassen, weil sie irgend etwas verlangen könnte,« fügte sie fast schmollend hinzu. »Trudi, verlangst du was?«

»Nein!« erwiderte diese lachend, »nichts anderes, als was ich jetzt hier habe und halte.«

Die beiden flüsterten noch eine Weile miteinander, dann verabschiedete sich Franz mit dem Versprechen, bald einmal wiederzukommen. –

Während auf dem Abtshofe Friede und Freude waltete, sah es bei Steineckers ganz anders aus. Jakobine wollte vor Neid und Bosheit bersten. Damit war das Maß ihres Unglücks voll, daß sich die Würzburgische mit Ruhm bedeckt, weil sie dem dummen Jungen, dem Schneckenkaschper, blindlings nachgelaufen war, und daß Franz die Fürwitzige auf seinen Armen aus Rauch und Flammen getragen, sie selber aber mit roher Gewalt von sich gestoßen und zu Boden geschleudert hatte. Jetzt war das Spiel für sie verloren, wenn nicht die Wirkung des einzigen Mittels, an das sie sich noch mit der letzten Hoffnung einer Verzweifelnden wie der Ertrinkende an einen Strohhalm klammerte, zu ihrem Heile ausschlug. Das war das Einschreiten von Hammichels einflußreichem Freunde in Kaiserslautern. Nun mußte sie vor allen Dingen den Alten sprechen und ihm für seine schleunige Vermittlung zahlen, was er forderte. Seiner habhaft zu werden war jetzt ihr ganzes Dichten und Trachten.

Wieder anders als da und dort standen die Dinge auf dem Gersbacherhofe. Frau Agnete ging in berechtigtem Mutterstolz erhobenen Hauptes einher und nickte dem in ihren Augen heldenhaften Sohne zuweilen mit einem Lächeln zu, das wohl heißen sollte: Laß mich nur machen!

ich weiß, was ich weiß. Selbst der Bauer hatte Franz auf die Schulter geschlagen und gesagt: »Alles, was recht ist, das war brav, Junge, was du da bei dem Feuer getan hast, das gefällt mir!« Und das war schon viel, sehr viel aus dem Munde des mit Anerkennung äußerst Sparsamen. Es wollte den Seinen überhaupt so scheinen, als wären seine Stimmung im allgemeinen und seine Gesinnung gegen Franz im besonderen andere geworden, ja, als wäre sein Widerstand gegen dessen Herzenswunsch ins Wanken geraten, vielleicht innerlich schon gebrochen. Wenn nun auch diese Annahme wohl nicht ganz auf einer Täuschung ihrerseits beruhte, war Florian Gersbacher doch, sich eine Umkehr zur Nachgiebigkeit deutlicher merken zu lassen oder sie gar einzugestehen, zu halsstarrig und bockbeinig.

Franz hatte selber einen Wandel im Benehmen seines Vaters empfunden und sich zu seinen Gunsten ausgelegt, bald aber sollte ihm ein greifbarer Beweis für dessen veränderte Auffassung der Verhältnisse zukommen.

Sein Bruder Steffen zog ihn eines Tages sehr vergnügt beiseite und begann: »Du, Franz, ich habe eine gute Nachricht für dich. Ich habe heute – nicht gehorcht, wenigstens nicht die Absicht gehabt, das zu tun, aber nachher konnt' ich's doch nicht lassen, denn ich hörte zufällig einen lauten Wortwechsel zwischen Vater und Mutter. Mutter sprach erregt: Er hat sie sich aus dem Feuer geholt. – Das hätte er jede andere auch, erwiderte der Vater. – Darauf Mutter: Na, die Jakobine nicht! – Ach, laß mich mit euren Liebesgeschichten in Ruh'! begehrte Vater auf, es wird alles so kommen, wie Gott will, und damit holla! – Verstehst du, Franz?« fuhr Steffen fort. »Wie *Gott* will, hat er gesagt, früher sagte er immer: wie *ich* will. Das ist doch schon ein Schritt zur Besserung, deine Aussichten steigen; meinst du nicht?«

»Ja, Steffen, das ist eine gute Nachricht,« sprach Franz freudig überrascht. »Daß Mutter für mich eintreten würde, wußt' ich ja. Wenn sie aber den Vater schon so weit herum hat, daß er meine Sache nicht nach seinem eigenen harten Sinn lenken, sondern Gott anheimstellen will, so kann ich frohen Mutes sein und bin es auch. Ich dank' dir für deinen brüderlichen Wink.«

Dieses von Steffen erlauschte Zwiegespräch seiner Eltern war aber nicht das einzige, was Franzens Hoffnung auf einen glücklichen Ausgang seiner Herzensangelegenheit erhöhte. Als er wieder einmal bei Trudi war, erzählte ihm diese, daß seine Mutter sie besucht, sich sehr liebevoll nach ihrem Befinden erkundigt und ihr sogar einen Gruß von seinem Vater bestellt hätte, der ihr sagen ließ, er bilde sich nicht wenig darauf ein, daß sein Trotzkopf von Sohn zum Rettungsengel an ihr geworden wäre. Das war Oberwasser für Franz, und ein etwas stürmischer Kuß war Trudis Lohn für diese höchst wichtige Mitteilung.

Endlich sollte den Armbrusters oder eigentlich Trudi noch eine besondere Auszeichnung zuteil werden. Der Reichsfreiherr von Remchingen kam in Seidenwams und Federhut auf den Abtshof geritten, stieg aber von seinem langgeschweiften Schimmel nicht ab, sondern ließ sich den Bürgermeister herbeirufen. Dieser erschrack nicht wenig, als ihm der Besuch gemeldet wurde. Jetzt naht sich das Unheil, dachte er. Dieter wird durch die Brandgeschichte erfahren haben, daß wir eine Fremde beherbergen, und nun Trudi als Wildfang in Anspruch nehmen. Aber der Ritter, eine Reckengestalt von kriegerischem Aussehen mit herrisch blickenden Augen und grauem Schnurr und Knebelbart, empfing ihn mit einem heiteren Gesicht, reichte dem Jugendfreunde vom Sattel aus die Hand und sprach zutraulich: »Chrischtoph, ich salutiere dir und deiner jungen Verwandten, die, wie ich hörte, eine so glorreiche Tat vollbracht hat. Kann ich sie nicht sehen und sprechen, um ihr mein Kompliment zu machen? Denn dazu bin ich hergekommen.«

Christoph fiel ein Stein von der Seele, und erfreut antwortete er: »Großen Dank, Dieter! aber sehen kannst du sie leider nicht, denn sie liegt an ihren Wunden noch zu Bett, ist jedoch auf dem besten Wege zur Genesung. Darf ich ihr sagen, daß du hier warst?«

»Natürlich sollst du das, ich bitte darum,« versetzte der Freiherr, »und ihr meine Gratulation bestellen zu ihrer Bravour. Ich reite bald wieder bei euch ein, denn diesem Mirakel von Frauenzimmer muß ich einmal die Wange streicheln. Auch deiner lieben Hausehre, Frau Madlen, und dem Blitzmädel, der Ammerie, meine Reverenz! vergiß es nicht! und damit für heute Gott befohlen, mein Alter!«

»Grüß Gott, Dieter!« erwiderte Christoph und begleitete den Freund, neben dem Pferde hergehend, bis zum Hoftor. Dort schüttelten sie sich nochmals die Hände, und der Freiherr sagte nun: »Aber Christoph, ich kenn dich gar nicht wieder, hast mir nicht mal einen Trunk angeboten, läßt mich zum erstenmal im Leben durstig vom Hofe ziehen.«

»Komm, sitz ab! ich hol dir einen frisch aus dem Faß,« sprach Christoph schnell.

»Nein, jetzt will ich keinen, du alter Geizkragen!« muckte der andere, worauf beide laut lachten.

Dietrich von Remchingen ritt ab, während Christoph langsam seinem Hause zuschritt.

Dieser herzliche und fröhliche Abschied hatte einen heimlichen Zeugen gehabt. Hammichel war es, der dem Bürgermeister mit einem wahren Raubtierblick nachschaute und murmelte: »Der Herr Obervogt scheint noch nicht zu wissen, daß hier im Haus ein Wildfang steckt. Desto besser! aber wer da noch ein bißchen im Trüben fischen will, muß sich sputen.« –

Als Christoph den beiden Mädchen den Auftrag des Freiherrn wörtlich ausrichtete, sprach Ammerie: »Nun fehlt weiter nichts, als daß auch Junker Ulrich noch hier antritt und dir seine – Reverenz macht, Trudi.«

»Dann sag' ihm nur, ich wäre nicht zu Hause,« erwiderte Trudi lachend.

Zwölftes Kapitel.

Hammichel kam der Brand des schon ziemlich baufälligen Schuppens mit dem Heuboden und dem Ziegenstall, in dem aber keine Ziegen mehr gehalten wurden, sehr ungelegen. Nicht den Brand an sich bedauerte er, denn er hatte dabei keines Hellers Wert eingebüßt, und Fachendag konnte den geringen Schaden leicht verschmerzen. Nur das, was sich dabei zugetragen hatte, ärgerte ihn. Daß Trudi durch ihre unerhörte Keckheit in der ganzen Stadt nun erst recht allbeliebt geworden war und es gerade der Gersbachersohn sein mußte, der sie rettete, das paßte ihm nicht in den Kram und machte ihm einen Strich durch seine Rechnung. Denn erstens hatte vielleicht Jakobine nun alle Hoffnung auf Franz aufgegeben und stand von jeder weiteren kostspieligen Unternehmung, ihn durch seine, Hammichels, Künste zu gewinnen ab, und zweitens war nun die Wahrscheinlichkeit näher gerückt, daß der Freiherr von dem Fremdsein Trudis Kunde erhielt und den Bürgermeister darüber zur Rede stellte, bevor Hammichel diesem noch etwas abzwacken konnte. Und das alles um den verfluchten Bengel, den Schneckenkaschper! Dem hätte er keine Träne nachgeweint, wenn er mitsamt seinem Hundevieh zu Asche verbrannt wäre.

Der Gimmeldinger besaß eine Eigenschaft, die ihm bei allen seinen Anschlägen und Kniffen sehr zustatten kam, – eine große Geduld. Er hatte warten gelernt, bis die Früchte, nach denen ihn gelüstete, reif wurden und ihm bei leisem Schütteln des Baumes in den Schoß fielen. Auch zu der geplanten Ausbeutung des Bürgermeisters hatte er bis jetzt immer noch auf eine besonders günstige Gelegenheit gewartet. Das durfte er nun nicht mehr, jetzt mußte er ohne Verzug handeln, ehe es zu spät und die einzige noch vorhandene Möglichkeit, bei Armbruster noch einen baren Vorteil für sich herauszuschlagen, verpaßt war. Und vielleicht hatte die Geschichte mit dem bißchen Feuerwerk doch auch ihr Gutes für ihn. Vielleicht war der Bürgermeister, von dem dummdreisten Rettungsversuch seiner Niftel tief gerührt, jetzt geneigter, seine Hand zu öffnen und die Hammichels mit einem annehmbaren Sümmchen zu füllen, um sich das ihm ins Haus geschneite sogenannte Prachtmädel unangefochten und frei zu erhalten.

Was er tun wollte, wußte er längst, verhehlte sich nicht, wieviel er dabei wagte, zweifelte aber auch nicht, daß Armbruster unter den obwaltenden Umständen sich zu einem außerordentlichen Schritte entschließen und die ihm angebotene Hilfe annehmen würde.

Nachdem er lange vergeblich danach gestrebt hatte, den Bürgermeister allein zu sprechen, sah er ihn endlich einmal auf seinem Hofe unter dem großen Nußbaum sitzen und machte sich wie der Versucher an den zu Verführenden leisetretend an ihn heran.

Christoph Armbruster, der ihn nicht hatte kommen hören und sehr unangenehm überrascht war, den boshaften Schleicher plötzlich vor sich zu haben, erwiderte seine katzbucklige Verbeugung kaum mit einem verdrießlichen Kopfnicken.

»Herr Bürgermeister, verzeiht, wenn ich störe,« begann der Alte. »Ich komme mit einer neuen Proposition in der Sache, von der ich Euch die erste Mitteilung gemacht habe. Heut' aber treibt mich die Dankbarkeit, sie noch einmal auf's Tapet zu bringen.« Um Christophs Mundwinkel spielte ein Zug verächtlichen Spottes, und er hatte eine scharfe Abfertigung auf der Zunge. Doch Hammichel kam dem zuvor und sprach: »Hört mich an, Herr Bürgermeister, eh' Ihr mich kurzer Hand abweist; ich meine es gut mit dem, was ich Euch zu sagen habe.« Und gleißnerisch fuhr er fort: »Eure Niftel, Jungfer Trudi, hat dem Kasper, dem mir von Kind auf herzlieben Sprößling meiner armen Tochter, bei der Feuersbrunst das Leben gerettet, und zum Dank dafür möcht' ich, soviel ich vermag, sie davor bewahren helfen, hörig und leibeigen zu werden. Mit dem bloßen Schweigen ist das nicht getan, denn man wird auch ohne mich an den machthabenden Stellen erfahren, daß sie eine Fremde ist, und wird das Wildfangrecht gegen sie gebrauchen, wenn dem nicht ein Riegel vorgeschoben wird. Das kann ich, und das will ich, Herr Bürgermeister. Ich will beschwören und noch einen sicheren Kumpan als Eideshelfer stellen, daß Jungfer Trudi keine Fremde ist, sich nur eine Zeitlang im Würzburgischen aufgehalten hat, aber aus meiner Heimat im Westrich auf der Haardt stammt, also eine geborene Pfälzerin ist. Dann kann ihr kein Pfalzgraf, kein Vogt und kein Faut was anhaben.«

Christoph hatte strengen, unbeweglichen Gesichtes den Alten ohne Unterbrechung ausreden lassen. Jetzt erhob er sich von der Bank unter dem Nußbaum und sagte: »Wenn ich dich recht verstanden habe, willst du in aller Form vor Vogt und Schultheiß beschwören, daß meine Niftel eine geborene Pfälzerin ist.«

»Ja! dazu bin ich erbötig und bereit,« erklärte Hammichel bestimmt, sich schon der Hoffnung hingebend, daß der Bürgermeister, da er so ruhig blieb, geneigt sei, auf den Vorschlag einzugehen.

»Hm!« machte Christoph, innerlich kochend, »und diesen Eid soll ich dir natürlich mit blankem Silber und Gold aufwiegen, nicht wahr? so meinst du's doch?«

»Ja! so dacht ich's mir,« erwiderte Hammichel unverfroren.

»Hier meine Antwort, du Schuft!« donnerte ihn der Bürgermeister an, und eine fürchterliche Ohrfeige klatschte auf Hammichels Wange, daß er ein paar Schritte seitwärts taumelte.

»Feste, Chrischtoph! immer feste druf!« rief einer laut vom Hoftor her, und Lutz Hebenstreit kam gelaufen, fuhr auf Hammichel los und gab ihm mit den Worten: »Wo Chrischtoph Armbruschter hinhaut, da hau' ich auch hin« noch eine Ohrfeige, welche die des Bürgermeisters noch an Wucht übertraf.

Der Alte heulte vor Schmerz und Wut wie ein mißhandeltes Tier und erhob ein schreckliches Geschimpf in den gröbsten, beleidigendsten Ausdrücken. Lutz wollte noch einmal über ihn herfallen, aber Christoph hielt den an derbes Zuschlagen gewöhnten Böttchermeister zurück, der nun aus Leibeskräften lachte, wie der Schiefgewachsene auf seinen trippelnden, wackligen Spinnenbeinen die Flucht ergriff und außerhalb des Tores drohende Verwünschungen gegen seine Vergewaltiger ausstieß, von denen sie das meiste nicht verstanden.

»Nu sag' mir aber, Chrischtoph, was hattest du mit dem alten Lumpen für ein Hühnchen zu pflücken, daß euer Streit einen so herzerquickenden Ausgang nahm?« fragte Lutz, als der Geprügelte außer Sicht war.

Der Bürgermeister verschnaufte sich erst ein wenig nach der starken seelischen und körperlichen Bewegung, reckte dann seine hohe Gestalt und sprach: »Ah! das war mal ein Labsal, Lutz! am liebsten hätt' ich den Kerl in Grund und Boden geschlagen.«

»Ja, ums Himmels willen, was ist denn geschehen?« fragte Lutz noch einmal.

»Komm, komm herein!« erwiderte Christoph. »Sollst alles erfahren, ich trag's ohnehin nicht länger mehr allein.«

Sie begaben sich zusammen ins Haus und in des Bürgermeisters Schreibstube, deren Tür Christoph hinter ihnen abschloß, um von niemand in ihrer Unterredung gestört zu werden.

»Da setz' dich hin und höre zu!« sprach er, auf den alten, wurmstichigen Lehnstuhl weisend, in dem schon sein Vater und sein Großvater als Bürgermeister ihres Amtes gewaltet hatten. »Ich hab' zum Sitzen noch nicht Ruhe genug.«

Als aber Lutz Hebenstreit Platz genommen hatte, der Dinge gewärtig, die da kommen sollten, schwieg Christoph noch und schritt in der Stube auf und ab, als wüßte er nicht, wie er beginnen sollte. Endlich setzte auch er sich und enthüllte nun dem Freunde seine schweren Sorgen um Trudis Zukunft. Wie ihm Hammichel, der es aus unanfechtbar sicherer Quelle hätte, schon kurz nach Ostern die Mitteilung gemacht habe, daß in der Pfalz das Wildfangrecht wieder auf die Bahn kommen sollte, das er dem Hochaufhorchenden dann mit allen Einzelheiten erklärte, wie sie ihm der Schultheiß aus den alten Verordnungen demonstriert hatte.

»Chrischtoph!« rief Hebenstreit, der in seinem Schrecken dem Freunde schon ein paarmal ins Wort fallen wollte, »was ist das? Die Trudi soll, bloß weil sie eine Zugewanderte ist, hörig und leibeigen werden? das ist ja haarsträubend, davon hab' ich in meinem ganzen Leben noch nichts gehört.«

»Weil du noch zu jung bist, Lutz,« erwiderte Christoph. »Aus meiner frühen Jugend erinnere ich mich, daß mein Vater selig davon als von etwas Unwürdigem, Schmachvollem sprach, aber mehr wußte ich bis jetzt nicht davon. Während der unruhvollen, wilden Zeiten des dreißigjährigen Krieges ist es in Abgang und Vergessenheit geraten, und nun will es der Pfalzgraf wieder einführen, um sein Land wieder mehr zu bevölkern.«

»Aha! wer von außen 'reinkommt, soll auch sein Leben lang drinbleiben, – sehr landesväterlich gedacht!« höhnte Lutz. »Aber ist es denn dazu nötig, auch gleich leibeigen zu werden? Was wirst du nun tun?«

»Nichts kann ich tun,« sagte Christoph achselzuckend.

»Ja, du wirst dir doch die Trudi nicht wegnehmen lassen!«

»Sie werden schon kommen und sie holen,« versetzte Christoph bitter.

»Sie sollen uns mal kommen!« rief Lutz rasch aufspringend. »Allesamt, Mann bei Mann stehen wir zu unserem Bürgermeister und jagen den Faut wie einen Wolf, der in die Hürde brechen will, zum Tor hinaus. Und wenn sie mit Spießen und Muschketen kommen, so liefern wir ihnen eine regelrechte Schlacht und schicken sie mit blutigen Köpfen heim. Hol' mich der Deibel, Chrischtoph! das tun wir.«

Christoph schüttelte am Tische das schwer auf den Arm gestützte Haupt und sprach: »Dann wären wir Rebeller, Lutz, und es würde unserer Stadt übel ergehen.«

»Was sagt denn dein alter Freund, der Wachtenburger, dazu?« fragte Lutz.

»Er scheint noch nicht zu wissen, daß Trudi eine Zugewanderte ist,« erwiderte Christoph. »Neulich war er hier und wollte sie sprechen, um sie für ihre hochherzige Tat bei dem Brande zu belobigen, war sehr aufgeräumt und sagte kein Wort von dem, was mich wie ein Schreckgespenst auf Schritt und Tritt verfolgt. Dieter würde mir gewiß gern helfen, wenn er könnte, aber er kann nicht, Lutz!« stieß er, sich vom Sitz erhebend, mißmutig heraus. »Er muß als Obervogt den Befehlen des Pfalzgrafen ebenso gehorchen wie wir es müssen.«

»Fällt uns gar nicht ein!« schrie Lutz. »Befehlen gehorchen, die ein so liebes, braves Mädel hörig und leibeigen machen? fällt uns im Traume nicht ein! Sei ruhig, Chrischtoph! sei ganz ruhig! wir Wachenheimer lassen dich nicht im Stich.«

»Hab' Dank!« sagte der Bürgermeister nun und wandelte sorgenvoll und erregt wieder auf und ab. Lutz Hebenstreit trat ans Fenster und glotzte mit grimmiger Miene in den Garten.

Nach einer Weile drehte er sich um und fing wieder an: »Nun weiß ich aber immer noch nicht, was Hammichel mit der ganzen Sache zu tun hat.«

»Eigentlich gar nichts,« erwiderte Christoph. »Er mischt sich nur hinein, um mich zu drangsalieren, daß ich mich aus Angst vor dem Wildfangrecht in einen ehr- und gewissenlosen Handel mit ihm einlassen sollte. Um Ostern verlangte er ein Schweigegeld von mir, und jetzt eben hier machte er mir, weil die Frist für Trudis Freiheit bald abgelaufen ist, einen so unverschämten Vorschlag, daß ich darauf keine andere Antwort hatte als die du mit eigenen Augen gesehen hast. Denke dir, der alte Schuft erbot sich, vor Gericht zu beschwören, daß unsere Niftel keine Fremde, sondern eine eingeborene Pfälzerin wäre. Und diesen für mich geleisteten Meineid sollte ich ihm natürlich teuer bezahlen.«

»Was? nein, so ein Halunke, so ein Galgenstrick und gottvergessener Schurke! das Fell bei lebendigem Leibe über die Ohren ziehen sollte man ihm dafür,« wetterte Lutz fuchsteufelswild. »Na, eine kleine Abschlagszahlung hat er ja heut' schon gekriegt, und nun wird das elende Knochengerippe wenigstens im Gesicht hübsch rund und wohlgenährt aussehen mit seinen zwei dick geschwollenen Backen, denn jeder von uns hat ihn auf eine andere gehauen. Ich bin nämlich auch mit meiner linken Hand ganz leidlich bei Wege,« fügte er lachend hinzu und hielt dem Freunde seine wurfschaufelgroße Tatze mit gespreizten Fingern recht anschaulich entgegen.

»Glaub's schon, hab's gesehn,« mußte nun auch Christoph Armbruster lachen. »Übrigens, Lutz,« sprach er dann ernsthaft, »was ich dir hier mitgeteilt habe, bleibt unter uns, nicht wahr?«

»Selbstverständlich! Auf meine Küferehre, Chrischtoph! ich schweige so mausestill wie ein fünfjähriger Wachenheimer Riesling im Fuder,« gelobte Lutz Hebenstreit. »Weiß es Trudi schon?«

»Nein!«

»Und deine Frau?«

»Auch nicht.«

»Auch deine Frau nicht? das ist nicht recht, Chrischtoph! der mußt du's sagen,« meinte Lutz.

»Ich möchte sie noch damit verschonen.«

»Nichts da! Madlen muß es wissen,« wiederholte Lutz.

Christoph sah ihn still überlegsam an und nickte dann wie zustimmend mit dem Kopfe.

»Und Chrischtoph, wenn sie kommen und die Trudi holen wollen, dann läßt du zuerscht mich rufen,« fuhr er die Fäuste schüttelnd fort. »Ich sage dir, – ich – ich – na du verstehst mich schon. Nun schließ auf, ich muß zu Hause noch ein paar Bände antreiben.«

Christoph erschloß die Tür, und Lutz ging eilig davon.

»Alte, treue Seele!« sprach der Zurückbleibende. »Der Reifen möcht' ich nicht sein, auf den der jetzt aus purer Freundschaft für mich in seiner Wut loshämmert.«

Dem Bürgermeister war fast leicht und wohl ums Herz, daß er sich endlich einmal einem anvertraut hatte, der ihm die Last tragen half. Alle für einen, für ihn würden sie einstehen, hatte Lutz gesagt. Und auf den war Verlaß, der brachte auch die anderen in Trab, seine Stimme wog viel im Rate, und er hatte das Zeug dazu, ganz Wachenheim in Aufruhr und Empörung zu hetzen.

Dreizehntes Kapitel.

Während der nächsten Tage hielt sich Hammichel still in seinem Losament, weil er sich nicht dem Gespött von Freund und Feind über die Verunstaltung seines Gesichtes aussetzen wollte, die jedem, der ihm begegnete, sofort auffallen mußte. Vor Merten Fachendag und Kaspar konnte er seine vertrackte Visage freilich nicht verbergen. Der Junge betrachtete seinen lieben Großvater verwundert, traute sich jedoch nicht, ihn zu fragen, von wem er denn so sonderbar gezeichnet wäre. Er dachte sich aber sein Teil, denn er wußte aus Erfahrung, auf welche Weise man zu einer dick aufgequollenen Backe kommen konnte. Fachendags Hohn dagegen mußte der Geschlagene über sich ergehen lassen, als ihn sein Hauswirt bei Tische hänselte: »Aber, Hammichel, was ist denn das mit dir? hast du dich etwa beim Kochen und Probieren deiner Mixturen krank gemacht, daß dir all dein bißchen Blut in den Kopf gestiegen ist? Siehst ja merkwürdig gedunsen aus; ich könnte mich beinahe um dich ängstigen.«

»Kümmere dich nicht um mein Aussehen!« schnauzte ihn Hammichel an. »Das Gesöff, das *du* kelterst, wäre ohne mein heilsames **mixtum compositum** so lebensgefährlich, daß man dran krepieren könnte. Im übrigen bin ich für dich noch lange schön genug.«

»Ja, meinetwegen kannst du vorn und hinten geschwollen sein, alte Giftkröte!« gab ihm Fachendag grob zurück. »Ich gönne dir deine Pausbacken und noch mehr das, wovon sie herrühren. Hast dich wohl mit Lutz Hebenstreit bei einer freundschaftlichen Unterredung auseinandergeeinigt? der hat so 'ne ähnliche Handschrift.«

»Scheinst sie ja gut zu kennen,« knurrte der also Gefoppte.

Anzüglichkeiten wie die, mit denen ihm Fachendag hier das kärgliche Mittagessen würzte, hätte Hammichel noch mehr herunterschlucken müssen, wenn er sich jetzt auf die Gasse hinausgewagt hätte. Darum blieb er zu Hause und benutzte die unfreiwillige Muße dazu, sich seine Pläne gegen Christoph Armbruster auszuspinnen.

Endlich war für ihn die Zeit und Gelegenheit zur Vergeltung gekommen, auf die er jahrelang gewartet hatte. Jetzt wollte er mit dem Bürgermeister abrechnen für den großen Schaden, den ihm dieser durch die Schmälerung seines Verdienstes beim Panschgewerbe zugefügt hatte. Seine beiden Versuche, ihm Geld abzupressen, waren fehlgeschlagen, aber sie waren ja nur ein kleines Vorspiel zur eigentlichen Hauptaktion gewesen. Und auch wenn sie gelungen wären, hätte das an seinem Racheplane nichts geändert, denn auch nach Empfang des geforderten Schweigegeldes würde er nicht geschwiegen haben, und den angebotenen Falscheid hätte er sich natürlich vorher bezahlen lassen und ihn nachher aus Furcht vor der schweren Strafe vielleicht doch nicht geschworen. Daß er zu dem Mißerfolg auch noch zwei Riesenohrfeigen hatte in den Kauf nehmen müssen, wurmte ihn gewaltig und spornte ihn, das Hereinbrechen des Unheils über die Armbruster'sche Familie nach Kräften zu beschleunigen.

Doch seltsam! Während er über der Art der Ausführung seiner Entschlüsse brütete, regte sich auch in dieser hartgesottenen Sünderseele noch eine Spur von Mitgefühl mit Trudi, die ihm nichts zuleide getan hatte. Diese Regung kam aus dem tief verborgenen Winkel seines Innern, wo noch ein Stück vom alten Spielmann wohnte. Spielleute sind meist gute Menschen, nicht klug wie die Schlangen, aber ohne Falsch wie die Tauben. Und Hammichel, der heute noch in den Spinnstuben und auf Kirchweihen Lieder der Liebe und Sehnsucht auf seiner Fiedel begleitete und in seinen jüngeren Jahren selber gesungen hatte, der wollte jetzt gegen ein holdes, anmutiges Mädchen, das in wahrer großer Liebe an einem braven Burschen hing, feindlich vorgehen, denn Trudi war es ja doch, die das unschuldige Opfer seines Verrates wurde. Allerdings, auch wenn er auf ihrer Seite gestanden hätte, ihr helfen, sie vor ihrem Schicksal bewahren hätte er auch beim besten Willen nicht gekonnt. Aber er wühlte und wirkte ja noch in anderer Weise gegen sie, dafür bestochen und bezahlt von Jakobinen, deren Liebe zu Franz – das hatte der Laurer längst erkannt – nicht so lauter und innig war wie die Trudis. Was bewog ihn dazu? Nichts anderes als sein nie schlummerndes, ihn stets prickelndes Begehren nach Geld und immer wieder Geld. Davon kam er nicht los, das war die starke und, außer seiner Rachsucht, einzige Triebfeder all seines Handelns, die ihn auch jetzt nicht rasten und ruhen ließ, bis er Jakobinen noch vor dem öffentlichen Bekanntwerden des Wildfangrechtes einen beträchtlichen Lohn für gar nicht geleistete Dienste abgeschwindelt hatte.

Aber wie und wo sollte er mit ihr zusammenkommen? wie ihr Nachricht senden, daß er sie sprechen müßte und sie Geld mitbringen möchte? Seinen Enkel, dem Trudi das Leben gerettet hatte, in diesem Falle als Boten zu gebrauchen, deuchte ihm nicht ratsam, und doch wußte er niemand, der ihm dazu so geeignet schien wie Kaspar. Den Jungen mit einer List über die wahre Bedeutung seines Auftrages zu täuschen, konnte ihm nicht schwer fallen, und so nahm er ihn sich eines Nachmittages vor und sprach zu ihm: »Kaschper, ich habe eine sehr wichtige Besorgung für dich, von der du keinem Menschen ein Wort sagen darfst als der, zu der ich dich schicke. Geh' hin zu Jakobine Steinecker und melde ihr ganz geheim, ich hätte das neue Mittel zur Verbesserung des Weines, über das ich vor einiger Zeit am Gartenzaune, wo du ja damals dazukamst, mit ihr gesprochen hätte, nun zurecht gemacht, wollte es ihr aber selber einhändigen, damit sie es erst einmal allein, ohne Wissen des Vaters, ausprobiere. Sie sollte morgen gleich nach Mittag wieder an derselben Stelle des Zaunes sein und sich mit Geld versehen, denn ich hätte erhebliche Auslagen dafür gehabt. Hast du verstanden?«

»Ja, Großvater, werd's ausrichten,« versprach Kaspar.

»Gut! so lauf' und bring mir Bescheid. Und daß du mir vor allen anderen das Maul hältst, Junge! sonst wehe dir!« schärfte ihm Hammichel noch einmal ein.

Abends berichtete Kaspar, es wäre sehr schwierig gewesen, Jakobinen allein zu sprechen. Er hätte jedoch mit seiner Vogelscheuchklapper so lange am Zaune gerasselt, bis sie im Garten erschienen wäre, aber in Begleitung ihres Bruders. Er hätte dann, von diesem ungesehen, den Finger auf den Mund gelegt zum Zeichen, daß er ihr etwas im geheimen zu sagen hätte. Darauf wäre sie mit Wilm ins Haus gegangen, bald aber allein wiedergekommen, und da hätte er die Bestellung bei ihr angebracht. Jakobine würde morgen gleich nach Mittag am Zaune sein.

»Das hast du gut gemacht, Junge!« belobte ihn der Alte und dachte: der Bengel ist doch brauchbarer als ich ihm zugetraut hatte.

Zur verabredeten Stunde begab sich Hammichel an den bezeichneten Ort, wo er Jakobinen schon seiner harrend fand.

Sie empfing ihn mit den Worten: »Endlich, Hammichel! wie lange hast du dich nicht vor mir sehen lassen! wo hast du denn nur gesteckt?«

»Wo ich so lange gesteckt habe?« erwiderte er. »Ja, was meinst du wohl, wo ich gewesen hin, Jakobinchen? In Kaiserslautern war ich; ja, mach nur Augen! den weiten Weg nach Kaiserslautern zu meinem großgünstigen Freunde bin ich gewandert bei der sengenden Augusthitze. Siehst du, so plag' ich und schind' ich mich für dich. Aber nun sind wir auch gerüstet und gewappnet; wirst deine Freude haben über das, was ich dir nun mitteilen kann.«

»Nun? laß hören, laß hören, Hammichel!« sprach sie in fiebernder Erwartung.

»Nur Geduld, mein Herzchen! eins nach dem andern! erst – hier!« versetzte er mit einem süßlichen Lächeln und hielt ihr wie ein Bettler die offene Hand über den Zaun hin. »Ich habe von dem Besuche große Unkosten gehabt, denn ich mußte meinen Freund, den Herrn Sekretarius, in der besten Wirtschaft der Stadt freihalten und mit sehr guten Weinen traktieren, um ihm die Zunge zu lösen. Und je mehr er trank, desto höher schraubte er seine Forderung für die Offenbarung seines Geheimnisses. Fünfzehn Gulden habe ich ihm dafür bezahlen müssen, und dazu kommt noch die teure Zeche und meine Wegzehrung hin und her. Zweiundzwanzig Gulden mußt du mir geben, eh' ich dir sage, was ich weiß.«

»Hammichel! auf soviel war ich nicht gefaßt,« seufzte die Erschrockene. »Siebzehn Gulden hab' ich im ganzen, und damit könntest du wohl zufrieden sein, mein' ich.«

»Nein, Jakobinchen, ich kann nichts ablassen,« erwiderte der geriebene Knicker; »soll ich denn dabei noch Schaden machen? Könntest mir wohl fünfundzwanzig Gulden geben, damit ich auch ein bißchen was dabei verdiene.«

»Ich kann dir nicht nachrechnen, Hammichel, wieviel du dabei verdienst,« sagte sie. »Hier nimm die siebzehn Gulden, und drei will ich dir noch nachzahlen, sobald ich kann. Das macht zwanzig, damit mußt du dich begnügen.«

»Nun, weil du's bist, Jakobinchen, will ich mich für diesmal bescheiden; einer anderen gegenüber tät ich's nicht,« entgegnete er. »Also gib her! und fünf Gulden krieg' ich dann noch.«

»Drei, Hammichel, drei!«

»Ach ja, drei! Wenn du aber erst weißt, was ich weiß, wirst du aus freien Stücken noch dreimal drei zulegen,« sprach er und sackte den ergaunerten Lügenlohn vergnügt ein.

» *Wenn* ich's nur erst wüßte!« sagte Jakobine. »Dein Geld hast du; nun fang' endlich an, deine Weisheit auszukramen.«

»Kommt schon, kommt schon,« sagte Hammichel. »Kann uns hier auch niemand hören?«

»Du lieber Himmel – nein!« rief sie in heller Verzweiflung.

»Also knöpf' die Ohren auf!« begann er. Dann sprach er leise, noch leiser als bisher: »Wenn deine Herzensfeindin, die Würzburgische, ein Jahr lang hier in Wachenheim ist, – und das ist sie nun bald – so wird sie ein Wildfang. – Was das ist? das bedeutet: so jemand, Mannsbild oder Weibsbild, von auswärts in ein Land, wo er nicht geboren ist, einwandert und sich Jahr und Tag dort aufhält, so wird er hörig und leibeigen, und das nennt man einen Wildfang.«

Jakobine sah den Alten noch immer verständnislos an.

Dieser fuhr fort: »Das ist nämlich ein uraltes Königsrecht, ein sogenanntes Regale, stammt schon von Karl dem Großen her oder von Kaiser Rotbart oder sonst so einem, hat lange Jahre geruht, ist aber jetzt von unserm gnädigen Kurfürsten und Pfalzgrafen Karl Ludwig wieder eingeführt und anbefohlen worden. Begreifst du nun? – noch nicht? Dann also kurz mit einem Worte: Bürgermeisters Trudi muß hörig und leibeigen werden.«

»Wem leibeigen?« fragte Jakobine, der plötzlich ein Licht aufzugehen schien.

»Dem Pfalzgrafen oder vielmehr unserm Obervogt, dem Reichsfreiherrn auf der Wachtenburg.«

»Auf der Wachtenburg? da muß sie leibeigen werden? muß da hausen und dienen wie die geringste, niedrigste Magd?« fragte Jakobine weiter mit flackernden Augen.

»Muß sie, gewiß, mein Schmeichelkätzchen!« sprach der Alte. »Und nun, – glaubst du, daß Franz Gersbacher eine Leibeigene heiraten wird?«

»Hammichel! Hammichel!« jauchzte das Mädchen in unsinniger Freude. »Das ist – das ist eine Botschaft, – ich kann's noch gar nicht fassen. Ist das auch wirklich wahr? kein Trug und Irrtum dabei?«

»Kein Trug und Irrtum, alles so wahr wie daß du mir für diese Botschaft nicht mehr als siebzehn Gulden gegeben hast,« sagte Hammichel vorwurfsvoll.

»Weiß es Trudi?« fragte Jakobine aufs neue.

»Schwerlich,« erwiderte Hammichel, »es ist noch Geheimnis. Vielleicht weiß auch der Freiherr noch nicht genug, um gegen sie einschreiten zu können.«

»Weiß es Junker Ulrich?« flog jetzt von Jakobinens Lippen die Frage wie ein schwirrender Pfeil.

Hammichel zuckte die schiefen Schultern. »Mir scheint die Sache so zu liegen: der Freiherr weiß jedenfalls vom Wildfangrecht, aber nicht, daß Trudi eine zugewanderte Fremde ist. Dies weiß Junker Ulrich, aber vielleicht noch nichts vom Wildfangrecht. Wenn beide beides wüßten, wäre das Schicksal der Würzburgerin beschlossen und besiegelt.«

»Sie müssen's erfahren,« fiel Jakobine schnell ein.

»Richtig!« sprach Hammichel, »aber wie? ich kann's ihnen nicht stecken und du auch nicht, Jakobinchen.«

»Warum nicht ich?«

»Weil du, wenn du danach gefragt würdest, nicht sagen darfst, von wem du's hast. Denn ich will mit der Angelegenheit nichts zu tun haben, will mich in keiner Weise, mit keinem Worte hineinmischen. Das merke wohl, Jakobinchen! mich darfst du nicht verraten.«

»Nein, nein, das will ich auch nicht, aber dem Junker könnt' ich doch einen vertraulichen Wink geben,« meinte sie.

»Hm!« machte Hammichel bedenklich, »das wäre ja allerdings das Geschickteste, aber ich rate dir davon ab, denn es wäre gefährlich für dich. Mit Junker Ulrich ein Stelldichein unter vier Augen mit vertraulichen Zuflüsterungen, – Jakobinchen, Jakobinchen, nimm dich in acht! Der braucht nicht erst einen Liebestrank, um zärtlich zu werden.«

»Ach, davor fürcht' ich mich nicht,« warf sie leichtfertig hin. »Wann ist es so weit, daß die Würzburgische hörig werden muß?«

»Am Kreuz-Erhöhungstag wird es ein Jahr, daß sie hier ist, dann ist's mit ihrer Freiheit Matthäi am letzten.«

»Also ist keine Zeit zu verlieren, sonst macht sie sich noch vorher auf und davon,« sprach Jakobine fast ängstlich.

»Und was dann? – dann wärst du die Nebenbuhlerin ein für allemal los, du Glückskind!« lachte Hammichel. »Franz wird ihr nicht nachlaufen und sie zurückholen, und tät er's, so würde sie doch hier hörig werden müssen. Ihrer ledig wirst du auf jeden Fall, ob sie nun als Leibeigene auf die Wachtenburg muß oder vorher die Flucht ergreift.«

»Ja, du hast recht, Hammichel! ich werde sie los, so oder so, sie kann mir den Weg zu meiner Versöhnung mit Franz nicht mehr versperren,« frohlockte Jakobine.

»Siehst du, das ist's, was ich dir zu wissen geben wollte, wozu ich dich durch Kaschper hier an den Zaun bestellen ließ,« sprach Hammichel.

»Der Junge hat das sehr pfiffig angefangen,« sagte Jakobine, »ich werde ihm nächstens einmal was dafür zugute tun.«

»Dem Jungen? das hast du gar nicht nötig,« winkte Hammichel ab. »Aber meine sieben Gulden vergiß nicht, die ich noch von dir kriege!«

»Sieben? woher denn sieben?« fragte sie im Abgehen, schon einige Schritte vom Zaun entfernt.

»O es dürfen auch zehn sein, Jakobinchen!« rief ihr der alte Spitzbube nach. –

»Nun geht der Tanz los,« kicherte er auf dem Heimwege. »Die Jakobine kann nicht lange schweigen, und das soll sie auch nicht; ich hör' es und seh' es, wie sie dem Junker die Neuigkeit im Dunkeln beibringt; na, wohl bekomm's! Jung Ulrich spitzt sich dann nicht schlecht auf das hübsche, appetitliche Schätzchen, als hätt' er's schon in den Armen oben auf der Burg. Der Bürgermeister aber ist als Hüter und Hehler eines Wildfangs ein geschlagener Mann und muß Amt und Würden niederlegen. Das wird einen Spektakel geben, wie ihn die lieben Wachenheimer seit Menschengedenken nicht erlebt haben,« schloß er sein Selbstgespräch und ließ spielend seine siebzehn Silberlinge so lustig in der Tasche klimpern, daß ihm das Herz im Leibe dabei lachte.

Vierzehntes Kapitel.

Christoph Armbruster saß in seiner Amtsstube und regierte, wie es Ammerie nannte, wenn sich ihr Vater der Besorgung städtischer Geschäfte widmete, wobei ihn keiner der Seinigen stören durfte.

Es war ein geräumiges Gemach im Erdgeschoß des Hauses mit zwei rebenumsponnenen Fenstern nach dem Garten zu, durch die jetzt die Morgensonne freundlich hereinschien. Nur mit schlichtem, altväterischem Hausrat war es ausgestattet, der seine mehr als hundertjährige Dienstzeit nicht verleugnen konnte. Seitlich auf einer Ecke des großen Tisches waren Schriftstücke gehäuft, ein schwerfälliges Tintenfaß und eine hölzerne Streusandbüchse standen bequem zur Hand, und daneben lag kaum ein halbes Dutzend Gänsefedern, die Ammerie stets in guter, nicht zu spitz geschnittener Verfassung hielt. Das machte ihr geringe Mühe, denn einen starken Verbrauch von Federn konnte man dem Bürgermeister nicht nachsagen. Viel Schreibereien verursachte ihm seine Gemeindeverwaltung nicht oder vielmehr, er machte sich deren so wenig wie möglich, weil er die ›Tintenklexerei‹ haßte und öffentliche Angelegenheiten lieber mündlich verhandelte. Ganz konnte er allerdings auch schriftliche Arbeit nicht vermeiden, und wenn er sich hin und wieder einer ihm lästigen ›Federfuchserei‹ wohl oder übel unterziehen mußte, so geschah dies gewöhnlich nicht in der besten Laune.

Heute hatte er es mit einer Rechnungssache zu tun, in deren Prüfung er schon so weit vorgeschritten war, daß er sie nun bald mit seiner genehmigenden Unterschrift versehen konnte. Daher war er auch diesmal durchaus nicht unwirsch, als sich die Tür öffnete und Madlen hereintrat.

»Altechen, du?« sprach er, seine Frau verwundert anblickend. »Du hast was auf dem Herzen; also heraus damit!«

»Ja, Chrischtoph, ich hab' was auf dem Herzen,« erwiderte sie, indem sie sich ihm gegenüber am Tische niederließ. »Ich bange mich um dich. Seit Wochen, seit Monden schon zeigst du ein ganz verändertes Wesen, bist nicht mehr heiter und zufrieden wie sonst, gehst mit finsterem Gesicht herum und simelierst, als drückten dich Sorgen, von denen ich nichts weiß. Mit Haus und Hof, mit Kindern und Enkeln kann das nicht zusammenhängen, denn da ist alles in tadelloser Ordnung, wir sind alle gesund, und es fehlt uns an nichts. Nur du bist nicht mehr der Alte, trägst dich mit gewiß unerfreulichen Heimlichkeiten. Ich glaubte bisher, du hättest Schwierigkeiten und Verdrießlichkeiten mit der Gemeinde, die sich sehr in die Länge zögen. Als ich aber neulich zufällig hörte, wie hier in deiner Stube Lutz Hebenstreit so laut und heftig auf dich einschrie, da sagt ich mir: wenn sich Chrischtoph mit dem zankt, der stets sein Freund und Helfer war, dann muß es sich um Dinge drehen von so mißlicher Beschaffenheit, –«

Der Bürgermeister, der schon aus den ersten Worten seiner Frau herausgehört hatte, daß sie ihn wegen seiner grämlichen Stimmung zur Rede stellen wollte, war ihren Klagen nur mit halbem Ohre gefolgt und hatte, während sie sprach, sich überlegt, ob er ihr, nach Lutz Hebenstreits Rat, nun alles sagen solle oder nicht. Auf falscher Spur wollte er sie jedoch mit ihren Vermutungen nicht lassen. Darum unterbrach er sie jetzt: »In der Gemeinde habe ich keinen Verdruß gehabt, und Lutz Hebenstreit ist auch heut' noch mein Freund, wie ich mir keinen zuverlässigeren wünschen kann.«

»Nun, was ist's dann?« fragte sie. »Ich verlange, daß du mir von deinen Sorgen mein mir zukommendes Teil abgibst, damit ich sie dir tragen helfe.«

Er sah seine Frau in immer noch wägenden Gedanken an, und nach einem letzten Zaudern sprach er langsam und nachdrücklich: »Madlen, wir werden unsere liebe Trudi verlieren.«

Da hellten sich Madlens Züge auf, und mit einem frohen Lächeln sagte sie: »Das ist's, was dich bekümmert? Aber Chrischtoph! wenn sie auch vielleicht bald von unserem Hofe abzieht, so bleibt sie doch hier in der Stadt und kann jeden Tag auf ein Stündchen oder ein Viertelstündchen zu uns gesprungen kommen, uns von ihrem jungen Glück zu erzählen. Du meinst doch natürlich,« fügte sie, als ihr Mann schwieg, hinzu, »wir verlieren Trudi, weil Franz Gersbacher sie heiraten will?«

» *Könnt'* er sie nur heiraten!« stöhnte Christoph und trommelte mit den Fingern auf der Tischplatte.

» *Könnt'* er nur?« fragte Madlen. »Glaubst du, daß Florian immer noch dagegen ist?«

»Wie er jetzt darüber denkt, weiß ich nicht,« erwiderte Christoph. »Wenn er aber erfährt, was ich dir nun leider mitteilen muß, ist jede Hoffnung auf Trudis Verheiratung ausgeschlossen.«

»Chrischtoph, du sprichst in Rätseln, die mich ängstigen,« rief Madlen mit erschrockenem Blick. »Um Gotteswillen! sag', was ist geschehen?«

»Wenn Trudi ein Jahr lang bei uns ist, muß sie hörig und leibeigen werden,« klang es hart wie Hammerschläge aus des Bürgermeisters Munde.

Stumm und steinern saß Madlen, wie überwältigt von dem, was sie gehört hatte. »Sprich! sag' mir alles!« preßte sie heraus.

Christoph sagte ihr alles, verschwieg ihr nichts.

»Und keine Hoffnung? keine Rettung?« fragte Madlen, in tiefster Seele ergriffen.

»Keine!«

»Das arme, arme Kind! ihr ganzes Leben mit einem Schlage zerstört!« sprach Madlen, die Hände ringend. »Und sie ist so glücklich in ihrer Liebe zu Franz, du mußt ihr's ja angesehen haben.«

Christoph nickte. »Sind die beiden sich einig?« fragte er.

»Vollkommen; Ammerie hat mir's gestanden, als ich in sie drang. Chrischtoph! Chrischtoph! was soll daraus werden?«

»Ich weiß es nicht.«

»Und das konntest du mir so lange verheimlichen?«

»Ich hab's gekonnt; 's ist mir schwer genug geworden.«

»Kann uns der Freiherr nicht helfen?«

»Nein, sonst tät er's wohl.«

»Hast du mit ihm gesprochen?«

»Nein, er weiß es wahrscheinlich noch gar nicht.«

»Weiß es sonst jemand?«

»Lutz Hebenstreit hab' ich's neulich gesagt, und du hast ja vernommen, wie er schimpfte und tobte. Und noch einer weiß es, – Hammichel.«

»Hammichel?«

»Ja, er war es, der mir die erste Nachricht davon gab.«

»Der wird's schnell genug herumbringen.«

»Gewiß! aber was nützt da alles Verschweigen noch?«

»Was sagt Lutz?«

»Er will ganz Wachenheim zum Widerstand mit offener Gewalt aufwiegeln und den Faut totschlagen, wenn er kommt, seine Hand auf Trudi zu legen!«

»Der liebe, wackere Mensch!«

»Ja, eine alte, treue, grundehrliche Haut!«

»Und Florian, meinst du –«

»Eine Hörige läßt er seinen Sohn nicht freien, und das ist auch nicht von ihm zu verlangen, auch von Franz nicht, denn damit würde er selber hörig werden, hat mir der Schultheiß gesagt, den ich um Rat gefragt habe; er wußte keinen,« sprach Christoph.

»Aus ihrer Heimat ist sie vor Verfolgung und Schande geflohen, Schutz und Frieden bei uns zu suchen, und nun naht ihr auch hier das Verderben,« jammerte Madlen.

»O es ist zum Rasendwerden!« rief Christoph mit dröhnender Stimme. »Welcher Mensch auf Gottes Erdboden darf sich vermessen, einen andern mir nichts dir nichts seiner Freiheit zu berauben! das ist ein Verbrechen, eine gewissenlose, Sinn und Verstand empörende Willkür. Man tut seine Pflicht als Untertan, zahlt seine Steuern, steht seinen Mann in Not und Gefahr, und dann soll man auch das Letzte noch hergeben, was man hat, das Beste, was man seinen Kindern vererben kann, seine Freiheit! Wer das vor Jahrhunderten ersonnen hat, der sollte dafür verdammt sein in alle Ewigkeit!«

Noch niemals hatte Madlen ihren Christoph in einer so furchtbaren, Leib und Seele durchschütternden Erregtheit gesehen. Wie er, der Schweigsame, der Schweres am liebsten in sich allein verarbeitete, seinem Groll und Grimm Luft machte, war es das urwüchsig in ihm lebende Selbstgefühl des sich seiner eigenen Unabhängigkeit bewußten Mannes, was sich stolz dagegen aufbäumte.

Madlen, selber einer ehrbaren, altangesessenen Pfälzerfamilie entsprossen, war über die ihre Nichte treffende Ächtung ebenso entrüstet wie Christoph, aber das Mitleid mit Trudi überwog in ihr den Abscheu gegen die allgemein verletzende und schädigende Unbill, die in dem Wildfangrechte lag und ihren Mann so in Harnisch brachte. Sie hatte sich schon darauf gefreut, der geliebten Pflegetochter eine gebührliche Ausstattung zu besorgen und eine große, fröhliche Hochzeit auf dem Abtshof auszurichten, und nun – nun sollte die Reine, Schöne, statt den Myrtenkranz auf der jungfräulichen Stirn zu tragen, eine Leibeigene werden, die auf Liebes- und Lebensglück keinen Anspruch mehr erheben durfte.

Das waren die ihrem echt weiblich und mütterlich empfindenden Herzen nächstliegenden Gedanken, denen sie nach der peinlichen Eröffnung, ebenso wie Christoph den seinigen, schweigend nachging. Dann fragte sie: »Hältst du es nicht für besser, Trudi auf ihr entsagungsvolles Schicksal vorzubereiten, statt es ihr noch länger zu verheimlichen?«

»Nein,« erwiderte Christoph, »ein Unglück erfährt man immer noch früh genug; es langsam, aber sicher herankommen zu sehen ist eine nutzlose Qual. Trifft sie der vernichtende Schlag unerwartet, so wird Trudi gewiß sehr erschrecken, aber sie muß sich in das Unabänderliche finden, sei es heut, sei es später. Also schieben wir's noch auf und gönnen ihr den kurzen Traum von künftigem Glück.«

»Du hast mich zwar von der Ersprießlichkeit einer solchen Verzögerung nicht überzeugt, aber es gehe nach deinem Willen, Chrischtoph,« sprach Madlen. »Nun eine andere Frage. Wollen wir nicht Gersbachers von dem unterrichten, was uns bevorsteht und an dem sie doch, nicht bloß der Verwandtschaft wegen, sondern auch aus anderen Gründen beteiligt sind? Ich weiß von Agnete, daß seit geraumer Zeit ein viel besseres Verhältnis zwischen Vater und Sohn, dagegen ein sehr schlechtes, fast feindliches zwischen ihnen und Steineckers eingetreten ist. Es muß da etwas vorgefallen sein, was Gersbachers schwer beleidigt hat, so daß von einer Verbindung Franzens mit Jakobinen keine Rede mehr sein kann.«

»An eine Verbindung Franzens mit Trudi ist noch weniger zu denken,« flocht Christoph ein.

»Florian könnte dir doch vielleicht einen Rat geben, seine Unterstützung in Aussicht stellen, wie es Lutz getan hat,« meinte Madlen.

»Das wäre dann der dritte, dem ich das alles des langen und breiten auseinandersetzen müßte, und das widerstrebt mir,« sprach Christoph.

»Aber wir sind es ihnen schuldig, sie aufzuklären, damit sie nicht Pläne machen, die nach Lage der Dinge unausführbar sind. Auch find' ich es schicklicher, sie hören die Misere von uns als daß sie ihnen durch ein böswilliges Stadtgeklätsch hinterbracht wird,« hielt Madlen ihrem Mann weiter eindringlich vor. »Und wenn du dich nicht dazu entschließen kannst, so will ich zu Agnete gehen und ihr unsere Sorgen anvertrauen. Sie ist eine verständige Frau, und wir stehen sehr gut miteinander.«

»Nein, dann muß ich schon selber mit Florian reden,« entschied Christoph. »Ich verspreche dir noch nicht, es zu tun, aber ich will mir's überlegen.«

»Möge dir eine gute Eingebung kommen, Chrischtoph!« schloß Madlen den gegenseitigen Herzenserguß, erhob sich und verließ das Gemach in Trübsal und Unruh und doch noch nicht völlig verzweifelnd.

Der Bürgermeister ließ die Kämmereirechnung, die er beim Eintritt seiner Frau zur Seite geschoben hatte, liegen, wo sie lag, blieb aber am Tische sitzen und fing wieder an zu trommeln. Bald aber stand er auf und nahm Hut und Stock, um einen einsamen Gang durch Feld und Flur zu machen.

Ammerie, die ihn so gerüstet aus dem Allerheiligsten seiner Amtsstube kommen sah, bot ihm wanderlustig ihre Begleitung an. Er lehnte diese jedoch ab: »Kann dich nicht brauchen, Grashupf! muß über wichtige Dinge mit mir zu Rate gehen.«

»Du weißt ja nicht, Väterle, ob ich nicht auch sehr wichtige Dinge mit dir zu bereden habe,« sagte sie.

»Du? na na! will etwan einer kommen und bei mir um dich anhalten?« scherzte er.

»Das wollt' ich ohne meine Erlaubnis keinem geraten haben,« lachte sie, »und bis jetzt hat mich leider noch kein Junggesell' um diese Erlaubnis gebeten.«

»Pressiert's dir denn so damit?«

»Ei, ich warte schon lange darauf.«

»Bilde dir doch nichts ein, Grashupf! so'n naseweises Balg wie du nimmt ja kein vernünftiger Mensch,« sprach er gutmütig, gab seinem Liebling einen leisen Klaps auf die runde Pfirsichwange und ging seines Weges.

»Naseweises Balg?« plapperte Ammerie ihrem Vater trotzig nach, drehte sich kurz auf dem Absatz um und lief zu Trudi, die in der Wohnstube am Fenster saß und nähte.

»Trudi, bin ich ein naseweises Balg?« fragte sie.

»Wer sagt das?«

»Väterle.«

»Wenn's Väterle sagt, so ist's auch wahr, und ich bin ganz seiner Meinung,« sprach Trudi lachend.

»Ich naseweis? und du? Du hast ja eine *schwarze* Nase,« sagte Ammerie, »halt mal still!« Sie leckte mit der Zunge an ihren Zeigefinger, als wollte sie der anderen einen Fleck von der Nase wegwischen.

Trudi bot gehorsam ihr Antlitz dar und – kriegte von dem Kobold einen festen Nasenstüber. »Ätsch! da hast du's!« neckte Ammerie.

»I du Racker!« rief Trudi, sprang auf und wollte die Verwegene packen und abstrafen. Die ließ sich aber so leicht nicht fangen, und sie jagten sich in der Stube hin und her, bis Trudi die Jüngere erwischte. Da faßten sie sich beide um, tanzten wie besessen und wirbelten sich jauchzend im Kreise herum.

»Wie du gewachsen bist!« sprach Trudi, als sie atemlos einhielten, »bist fast so groß wie ich.«

»Ja, und auch wohl ebenso stark. Wollen wir mal miteinander ringen? komm an!« sagte Ammerie und nahm eine Kampfstellung ein.

»Nein, was würde deine Mutter sagen, wenn sie uns beim Raufen überraschte!«

»Prügeln würde sie uns alle beide,« lachte Ammerie, »aber das schadet ja nichts.«

»Nein, nein, ich fürchte mich vor deiner geschwinden Kraft.«

Nun küßten sie sich, und Fried und Freundschaft waren wieder hergestellt. –

Die Mitteilungen, die Madlen in mehr andeutender als bestimmter Form von Frau Agnete erhalten hatte, daß auf dem Gersbacherhofe jetzt ein ganz anderer Wind wehe, beruhten auf Tatsachen, die Madlen nicht bekannt waren.

Nach dem Brande bei Fachendag war Gersbacher immer freundlicher gegen Franz geworden, denn seit dessen kühnem Rettungswerk hatte er einen gewissen Respekt vor seinem ältesten Sohne. Die von ihm Gerettete hatte er bis dahin noch wenig beachtet, fühlte aber nun das Verlangen, sich die einmal näher anzusehen, die um eines vierzehnjährigen Jungen willen sich in eine so große Gefahr gestürzt hatte. Dazu war er zu Armbrusters gegangen, hatte die beiden Alten beglückwünscht und zu Trudi sehr herzliche Worte gesprochen, wobei ihr bescheiden zurückhaltendes Wesen wie auch ihre blühende Erscheinung einen so gewinnenden Eindruck auf ihn gemacht hatte, daß er dies seiner Frau gegenüber rühmen mußte.

Agnete war darüber hoch erfreut. Sie hatte sich unablässig bemüht, ihm eine gute Meinung über Trudi beizubringen und in klug berechneter Weise manchmal Vergleiche zwischen dieser und Jakobinen angestellt, die sehr zu Ungunsten der letzteren ausgefallen waren und bei denen Florian um so mehr dem Urteil seiner Frau zugestimmt hatte, als er ohnehin schon seit einiger Zeit gegen die Steinackertochter stark eingenommen war. Er hatte nicht vergessen, was ihnen

Franz an jenem Morgen, da sie so heftig aneinander geraten waren, in seinem jach aufflammenden Zorn offenbart hatte, nämlich, daß Jakobine ihn mit einem von Hammichel schrecklich vermanschten Wein berauscht hätte, um ihn zu einem Verlöbnis mit ihr zu verleiten. Dieses zucht- und schamlose Unterfangen konnte er dem Frauenzimmer nicht verzeihen.

Zu alledem hatte ihm Agnete kürzlich noch den unzweifelhaften Beweis geliefert, daß diese Durchstechereien zwischen Hammichel und Jakobine noch immer ihren Fortgang nahmen.

Schneckenkaschper hatte ganz aus sich heraus den Argwohn geschöpft, daß der ihm von seinem Großvater erteilte Auftrag, Jakobinen an den Gartenzaun zu bestellen, wo er die beiden schon einmal in einem ihm sehr verdächtigen Geflüster betroffen hatte, einem anderen Zwecke dienen sollte als ihm der Alte aufgebunden hatte. Er wußte, daß Franz und Trudi sich liebten, und witterte in der Zusammenkunft am Zaune einen tückischen Anschlag der eifersüchtigen, auf Franzens Besitz erpichten Jakobine, vor dem er das Paar warnen wollte. Darum hatte der schlaue Junge dem Gersbachersohne sowohl von seiner früheren Überraschung jener zwei als auch von ihrer neuen Verabredung Mitteilung gemacht. Das hatte Franz seiner Mutter berichtet und diese die Geschichte ihrem Manne erzählt.

»So! das sind ja feine Praktiken,« hatte Florian geantwortet. »Was da wieder eingefädelt wird, ist noch nicht zu übersehen, aber es läuft doch nur auf das eine hinaus, daß sich die Jakobine durch eine Hintertür bei uns einschleichen will, und da muß ich mit Franz sagen: Eine, die mit dem alten Schuft, dem Hammichel, unter einer Decke steckt und es durch nichtswürdige Kuppelei versucht, eine Gersbacherin zu werden, die soll mir nicht ins Haus, nun gerade nicht! möcht' nur wissen, ob ihr Alter dabei die Hand im Spiele hat.«

Als sie bald danach einmal beim Schoppen zusammen gesessen hatten und Adam Steinecker mit einer ziemlich plumpen Anspielung auf die hoffentlich bald eintretende Schwägerschaft herausgeplatzt war, hatte ihn Gersbacher so gründlich abgefertigt und so sackgrob angegröhlt, daß sowohl Steinecker wie die übrigen Gäste Mund und Augen aufgesperrt hatten. Von Stund an war es mit der Freundschaft der beiden aus.

Nun erschien eines Nachmittags Christoph Armbruster auf dem Gersbacherhofe, wo ihn Florian warm willkommen hieß. »Was bringst du, Chrischtoph?« fragte er vergnügt, »und was sollen wir trinken?«

»Ich will dir selber reinen Wein einschenken, aber er wird sehr sauer schmecken,« antwortete der Bürgermeister bedrückt.

»Oho, Chrischtoph! das glaub' ich dir nicht,« lachte Gersbacher. »Soll ich Hammichel rufen lassen mit seinen Versüßungsmitteln?«

»Laß den Spaß!« erwiderte Christoph, »es ist verflucht ernst, was ich dir zu sagen habe.«

Und nun zum dritten Male mußte er all sein Leid und seine Not aus seinem Herzen in ein anderes schütten. Er tat es trotz seiner inneren Aufregung mit Ruhe und Gefaßtheit und schloß seine rückhaltlose Darstellung mit den Worten: »Du wirst dir's wohl denken können, warum ich's selber dir mitteile. Gerade euch durften wir's nicht länger verschweigen, weil wir nicht wollten, daß ihr's erst hinten herum von klatschsüchtigen Lästerzungen hörtet.«

Gersbacher reichte dem alten Freunde die Hand und sprach: »Hast recht getan, Chrischtoph, ich danke dir. Von der Hauptsache, die eure arme Niftel allein betrifft, wollen wir nachher reden, jetzt zunächst von dem, was da noch so drum und dran hängt; was ich damit meine, weißt du so gut wie ich. Franz liebt die Trudi und will um sie freien. Ich war anfangs dagegen aus Gründen, die dir nicht verborgen geblieben sein werden. Längst aber bin ich anderen Sinnes geworden und würde den beiden zu ihrem Eheverspruch meinen besten Segen geben, wenn das nicht wäre, was ich soeben mit Schrecken und Abscheu aus deinem Munde vernommen habe. Aber Chrischtoph, ich frage dich auf dein Gewissen: würdest du deinem Sohn erlauben, eine Hörige zu heiraten und damit zugleich selber hörig zu werden?«

»Nein, das würd' ich niemals zugeben, und ich denke nicht daran, dich dazu überreden zu wollen,« erklärte der Bürgermeister.

»Dann sind wir einig, Chrischtoph,« sagte Gersbacher. »Die beiden jungen Menschen tun mir in der Seele leid, oder hast du noch Hoffnung, Trudi frei zu kriegen?«

»Nicht die geringste. Dieses schandbare Unrecht ist stärker als alles Recht auf Freiheit, Lieb und Glück,« sprach Christoph.

»Und das sollen wir mit sehenden Augen und gebundenen Händen über uns ergehen lassen?« brauste Gersbacher auf.

»Was bleibt uns anderes übrig? Ich als Bürgermeister darf den Gesetzen des Landes nicht Trotz bieten.«

»Der Deibel soll's holen, dies Gesetz vom Wildfang, das an den Grenzen unserer Pfalz wie eine Mausefalle aufgestellt wird, daß jeder, der über den Rhein zu uns herein wandert, darin gefangen wird, um zeitlebens hier zu dienen und zu fronen in unlösbarer Leibeigenschaft! Weißt du was? laß die beiden heiraten, sofort! dann möcht' ich den sehen, der es wagte, mir auf den Hof zu kommen und meines Sohnes Weib zu pfänden.«

»Man würde dich nicht erst fragen, Florian,« erwiderte Christoph. »Dagegen hilft uns kein Stemmen und Sperren und auch nicht der Ring am Finger. Du kennst mich, daß ich nicht einer bin, der allweg fügsam klein beigibt; aber was das Schicksal bringt, muß ich hinnehmen wie Frost und Hagel in meinem Wingert. Es trifft mich hart, doch niederwerfen soll's mich nicht. Ich werde Trudi schützen, so gut ich vermag, und leichten Herzens geb' ich sie nicht her, auch nicht ohne Widerstand, den zu leisten in meiner Macht steht; darauf verlaß dich!«

Hand schlug fest in Hand; so schieden sie.

Florian Gersbacher schaute dem Bürgermeister nach, wie er straff und stramm mit etwas gesenktem Haupt über den Hof dahinschritt, aber nicht wie ein unter schwerer Last Gebeugter, sondern wie ein Wanderer, der gegen den daherbrausenden Sturm auf seinem Wege, ihm die Stirn bietend, mutig ankämpft.

Fünfzehntes Kapitel.

Ein so heiterer Sonnenschein auch in den ersten Septembertagen über der Pfalz gebreitet lag, die Rebengelände vergoldete, unten auf dem Rheine sich spiegelte und oben in den Fenstern der Wachtenburg funkelte und blitzte, als stünden dort Reisige mit blinkendem Stahlhelm und Harnisch – Steineckers Haus, das er wie alle anderen außen umwob, konnte er innen nicht aufhellen und durchwärmen und fand dort keine fröhlichen Gesichter, die ihm sein wohlmeinendes Lächeln erwiderten. Wie hängendes, verstaubtes Spinnweb an nicht gesäuberten Wänden, so nisteten Unzufriedenheit und Verdrossenheit in den Stuben und Kammern und ließen die Gemütsverfassung, den Verkehr untereinander, das ganze Dasein der Bewohner grau in grau erscheinen.

Sie fühlten sich vereinsamt, vernachlässigt, beinah gemieden von so manchen, die sich früher zu ihnen gehalten hatten. Vor allem war das ehemals freundschaftliche Verhältnis zwischen ihnen und den Gersbachers mehr und mehr ein widerhaariges, feindliches geworden, und der Grund davon lag klar auf der Hand. Der einst beiderseitig gefaßte Plan einer Verheiratung von Sohn und Tochter der zwei Familien zerschlug sich oder hatte sich vielmehr bereits zerschlagen. Gersbacher löste sein Wort, das er Adam Steinecker für das Zustandekommen dieses Ehebundes gegeben hatte, nicht ein, denn obgleich er es noch nicht ausdrücklich zurückgenommen hatte, war doch an eine Erfüllung nicht mehr zu denken. Sie müßten ja blind gewesen sein, um nicht zu sehen, daß sich Franz mit Wissen und Billigung seiner Eltern von Jakobinen völlig losgesagt und so zu Armbrusters Trudi hingeneigt hatte, daß die öffentliche Kundgebung des Verspruches täglich zu erwarten war. Und war ihnen bis in die jüngste Zeit noch ein Zweifel daran geblieben, so hatte ihn Gersbachers grobe Abfertigung, die er dem Vater Jakobinens beim Schoppenglase hatte zuteil werden lassen, in nicht mißzuverstehender Weise endgültig beseitigt. Diese in Gegenwart anderer Gäste ihm zugefügte Beleidigung, auf die er die Antwort schuldig geblieben war, konnte Steinecker nicht verwinden.

Die Entstehung des Zerwürfnisses, besonders die Vereitelung des Heiratsplanes schrieb er dem, wie er glaubte, überall ihm entgegenarbeitenden Einflusse des mit Gersbacher sehr vertrauten Bürgermeisters zu, der, wie er behauptete, schon seit Jahren, sein entschiedener Widersacher wäre, weil er die Geschäftsverbindung mit Hammichel nicht abbrechen wollte. Aber auch seine Tochter Jakobine bekam bittere Vorwürfe von ihm zu hören, daß sie sich töricht und ungeschickt benommen, sich den fürsorglich für sie festgemachten reichen Bauernsohn entgehen lassen und nichts getan hätte, ihn festzuhalten, so daß ihn nun Armbrusters für ihre hergelaufene, habelose Niftel geangelt hätten.

Dazu schwieg die Gescholtene, weil sie das besser wußte als ihr Vater, ihn aber nicht darüber aufklären wollte. Außer dem, nicht einmal verdienten, väterlichen Zorn hatte sie aber auch bei vielen Wachenheimern großes Ärgernis dadurch erregt, daß sie sich bei dem Brande leidenschaftlich auf Franz geworfen hatte, um ihn an der Rettung Trudis zu hindern, weil er ja selber dabei verloren, d. h. *ihr* verloren gehen konnte. Das deuchte ihnen unweiblich und obendrein gefühllos gegen die in Lebensgefahr Schwebende, und manch einer und eine ließ das sie und ihre Familie deutlich empfinden.

Daraus machte sich Jakobine nicht viel, war überhaupt von allen im Hause am wenigsten bekümmert und schien sich über das Mißgeschick verschmähter Liebe merkwürdig leicht hinwegzusetzen. Die anderen begriffen ihre fast nie getrübte Heiterkeit nicht, weil sie deren geheime Ursache nicht kannten. Diese war das schmeichelnde, kitzelnde Gefühl, sich an der rächen zu können, wenigstens deren noch tieferen Sturz aus allen Himmeln nahe vor Augen zu haben, die sie ihrer Meinung nach aus einem Herzen verdrängt hatte, das sie selber in Wahrheit nie besessen hatte. Das Wildfangrecht war die Waffe, die sie zwar nicht geschmiedet hatte, mit der sie aber ihre Feindin tödlich treffen wollte.

Wie sie diese Waffe handhaben mußte, hatte Hammichel sie gelehrt, nicht durch eine Gebrauchsanweisung, sondern durch ein um so mehr reizendes Gebrauchsverbot.

Ihr Bruder Wilm traute seinen Ohren nicht, als sie ihm in fast befehlerischem Tone auftrug, ihr eine Zusammenkunft mit dem Junker Ulrich von Remchingen zu verschaffen. »Was willst du von dem?« fragte er.

»Ist *meine* Sache,« gab sie ihm kurzweg zur Antwort.

»Aber wie soll ich denn das in die Wege leiten?«

»Ist *deine* Sache,« lautete ihre ebenso kurze zweite Antwort.

Es behagte Wilm eigentlich nicht recht, sich von Jakobinen als Gelegenheitsmacher benutzen zu lassen. Einmal hatte er ihr Franz in die Laube bestellen müssen, und nun sollte er ihr auch den Junker heranholen. Da sie ihm jedoch auch öfter kleine Gefälligkeiten erwies, ihm z. B. in seinen häufigen Geldklemmen aushalf, so wollte er ihr den Spaß nicht durch seine Weigerung verderben, zumal er sich nicht dazu berufen fühlte, ihr Tugendwächter zu sein. So fügte er sich denn in die seltsame Laune seiner oft unberechenbaren Schwester und veranstaltete das von ihr gewünschte Stelldichein so schnell, daß es ihr selber rätselhaft war, auf welche Weise er das fertig gebracht hatte.

Es fand im Steinecker'schen Hause statt zu einer Stunde, wo der Vater gewöhnlich und so auch diesmal nicht daheim war. Die Mutter aber ließ ihre verhätschelte Tochter in allem gewähren, was sie wollte.

Wilm, so neugierig er auf den Zweck des schwesterlichen Begehrens war, versuchte nicht, die beiden zu belauschen, wußte es jedoch einzurichten, daß er sie gleich nach ihrem Beisammensein zu Gesicht bekam.

Der Junker verließ das Haus mit einem triumphierenden Lächeln, und Jakobine hatte einen hochroten Kopf und etwas zerzaustes Haar, schaute aber ebenfalls sehr vergnügt drein. Wilm sprach zu ihr: »Zur Belohnung dafür, daß ich dir den Junker so fix herbeigezaubert habe, könntest du mir doch nun wohl sagen, was du mit ihm angebandelt hast, denn bloß um dich von ihm abküssen zu lassen, hast du seinen Besuch doch wohl nicht so dringend verlangt.«

»O, ich könnte es dir schon sagen, Wilm,« erwiderte sie, »aber es ist nicht mein Geheimnis allein; darum mußt du dich noch ein wenig gedulden.«

»Also doch ein Geheimnis.«

»Jawohl, ein großartiges Geheimnis. Deine Überraschung wird blendend sein, wenn der Schleier davon fällt,« fügte sie mit freudeblitzenden Augen hinzu und sprang von ihm weg die Treppe hinauf.

Jakobine war in der Tat mit dem Verlauf ihres junkerlichen Abenteuers überaus zufrieden; es hatte ziemlich lange gedauert und war für die keineswegs Spröde sehr belustigend gewesen.

Seine von ihr beabsichtigte Wirkung hatte es einige Tage später auf der Wachtenburg.

Dort stand eines Morgens der Hühner- und Außenfaut Lippert Wallmann, der seinen Wohnsitz in Deidesheim hatte, vor dem Reichsfreiherren in dessen Zimmer und ließ sich also vernehmen: »Wir Faute sind neuerlich angewiesen worden, auf zugewanderte Fremdlinge in der Pfalz zu ahnden, und nun hab ich Euer Gnaden submissest zu melden, daß sich in Wachenheim ein Wildfang befindet.«

»Nun, hast du die Hand auf ihn gelegt?« fragte der Freiherr.

»Nein, noch nicht,« erwiderte der Faut. »Ich wollte in diesem Falle erst die Erlaubnis von Euer Gnaden einholen.«

»Dazu bedarf es doch nicht erst meiner Erlaubnis, sondern du hast ohne weiteres zu tun, was deines Amtes ist,« sprach der gestrenge Herr.

»Jawohl, aber dieser Wildfang ist die nahe Verwandte eines guten, alten Freundes von Euer Gnaden, des Bürgermeisters Armbruster.«

»Was? des Bürgermeisters? wen meinst du denn?«

»Seine Niftel, die Trudi, die aus dem Würzburgischen eingewandert ist.«

»Die Trudi, das junge Mädchen, das sich bei dem Brande so wacker benommen hat, das ist eine Fremde?« fragte der Freiherr verwundert.

»Ganz recht, Euer Gnaden, dieselbige.«

»Lippert, woher weißt du das?«

»Das, Euer Gnaden, bitte ich mir zu erlassen,« entgegnete Lippert verlegen; »ich soll's verschweigen.«

»Was fällt dir ein, Mensch? komm mir nicht mit so dummen Ausflüchten! Du hast zu antworten, wenn ich frage,« herrschte ihn der Gebieter an. »Von wem weißt du's?«

»Junker Ulrich hat mir's gesagt und darauf gedrungen, den Wildfang als Hörige und Leibeigene für den Herrn Reichsfreiherrn in Anspruch zu nehmen,« mußte der Faut nun gestehen.

»So! – Junker Ulrich!« sprach der Freiherr gedehnt. »Wie lange ist das Mädchen schon hier?«

»Zu Kreuz-Erhöhung wirds ein Jahr; also nur noch wenige Tage fehlen, dann soll ich die Fremde hier aufs Schloß bringen,« erwiderte Lippert.

»Hm!« machte Herr von Remchingen. »Nun, du hast wohlgetan, mich diesmal erst um Erlaubnis zu fragen. Vorläufig läßt du das Mädchen ungeschoren, bis ich dir den Befehl erteile, sie zu fahen. Ich will erst mit dem Bürgermeister Rücksprache nehmen, ob die Sache ihre Richtigkeit hat. Verstanden?«

»Zu Befehl, Euer Gnaden!«

»Gut! Dabei bleibt's. Du kannst abtreten. Und schreib dir's ins Achtbuch: Du hast nur mir zu gehorchen, niemand sonst!«

Der Faut verbeugte sich stumm und ging.

Das Zimmer des Freiherrn war ein gewölbtes, mit allerlei Schmuck und Zierrat reich ausgestattetes Gemach. An den Wänden hingen Waffen und Rüstungen, Jagdtrophäen, Geweihe und Gehörne, auf den Kandelbrettern prunkten Schüsseln und Trinkgeschirre von Silber, von blank gescheuertem Zinn oder bunt gebranntem Ton in den seltsamsten Formen. Dazu war es wohlbestellt mit geschnitzten Schreinen und Truhen, einem großen, schweren Eichentisch und hochlehnigen Armstühlen.

In einen solchen ließ sich Herr Dietrich nieder, schlug ein Bein über das andere und stützte den Kopf in die Hand.

»Verfluchte Geschichte, das mit dem Wildfangrecht!« hub er zu sich selber an. »Wird einen harten Strauß geben mit Chrischtoph Armbruster. Das brave Mädel soll ich ihm bannen lassen, statt es zu ehren und zu feiern für seine beherzte Tat. Was wird der alte Freund sagen, wenn ich ihn mit der Nachricht überfalle und als Friedensbrecher den Arglosen aus seiner stillen Behaglichkeit aufstöre! Aber ich kann's ihm nicht ersparen. – Und Ulrich? hübsch muß die Dirne sein, daß er sie hier aufs Schloß, in seinen Bereich haben will, der Junker Schürzenjäger. Wenn seine gute Mutter noch lebte, würde er auf diesen frechen Gedanken nicht kommen, aber auch so mag er sich hüten, das Mädchen anzurühren; ihm soll sie nicht leibeigen werden. Muß sie denn hörig werden? Ja, sie muß. Der Pfalzgraf befiehlt, und der Vogt hat zu gehorchen.« Unwillig erhob er sich vom Sessel und trat hinaus auf den kleinen Altan, der sich an der Außenwand des Gemaches befand und dort wie ein Schwalbennest hoch über dem Burggraben schwebte.

Ein freier Umblick bot sich ihm von hier oben über das rebengrüne Land vom Gebirge bis zum Rheine hin und noch darüber hinaus. Da hinten, weit rechts, ragte auf einem Bergvorsprunge der Haardt die Maxburg, nur noch die Ruine der einstigen alten Reichsfeste, die später den Bischöfen von Speyer zu eigen war. Dort gradaus schaute ihr herrlicher Dom mit seinen Türmen herüber, wo die mächtigen Kaiser im ewigen Schlafe ruhen. »Ja, Speyer!« sprach der Freiherr vor sich hin. »Unser unruhiger Nachbar, der Bischof, verlangt seinen ihm verbrieften Anteil an den Einkünften des Wildfangrechtes, und stopfen wir ihm nicht den Hals, so geht die Fehde wieder los, denn er lauert ja nur darauf, mit uns wieder anbinden zu können, dieser dreimal Gesiebte – wollte sagen Gesalbte des Herrn. Und da, wo in duftiger Ferne das Schloß von Heidelberg schimmert, da sitzt Herr Karl Ludwig, der Pfalzgraf, und lockt wie ein Vogelsteller die Gimpel arme Wildfänge ins Netz, um mit den Fahegulden und Steuerpfennigen seine Kassen zu füllen. Gern helf' ich ihm nicht dabei, das weiß Gott!« Er stampfte mit dem Fuß auf, daß der Sporn am Stiefel klirrte, ging in das Zimmer zurück und befahl, ihm sein Leibroß zu satteln. –

Als der Reichsfreiherr auf dem Abtshofe einritt, fand er die beiden Unzertrennlichen, Trudi und Ammerie, in der Pergola vor dem Hofe, aus der sie schnell herauskamen, den Ritter zu begrüßen.

Wohlgefällig musterte er Trudis anmutige Gestalt und fragte: »Ist das die Trudi?«

»Jawohl, Euer Gnaden!« antwortete Ammerie. »Das ist meine Muhme, die berühmte Trudi, von Geburt Würzburgerin, von Beruf Lebensretterin und außerdem vorzügliche Tänzerin, weil ich sie diese schöne Kunst gelehrt habe.«

Von Geburt Würzburgerin, – also wirklich eine Fremde! »Ich habe von deiner Tat gehört, du liebes Mädchen,« wandte er sich an sie, »und bezeuge dir meine größte Achtung und Freude darüber.« Dann stieg er ab und fragte: »Sagt mal, Kinder, ist kein Knecht da, der meinen Gaul in den Stall bringt? ich werde wohl einigen Aufenthalt beim Herrn Bürgermeister haben.«

»Dazu ist kein Knecht nötig, das kann ich auch besorgen,« sprach Ammerie. »Darf ich Euren Schimmel in den Stall *reiten*, Herr Reichsfreiherr? eins, zwei, drei bin ich oben.«

»In Trab und Galopp!« erwiderte der Freiherr belustigt und half ihr, wie sie sich behend in den Sattel schwang, natürlich quer, wie Frauen reiten.

Trudi erschrak über die Kühnheit, faßte das Pferd am Zügel und führte es, obwohl Ammerie das nicht leiden wollte. So zogen sie, auf dem Wege dahin einen Bogen über den Hof machend, mit dem geduldigen Tiere dem Stalle zu.

Da erschien Christoph Armbruster in der Haustür, übersah mit einem Blicke, was hier vorging, wußte aber auch sofort, was ihm nun bevorstand. »Aber Mädchen!« rief er.

»Laß sie doch!« lachte der Freiherr, »mein alter Pascha geht mit deinem Grashupf nicht durch.« Dann reichten sie sich die Hände.

Ammerie sprang vor dem Stalle vom Pferde und überließ es dem nun herzueilenden Knechte.

Den beiden Mädchen erteilte Christoph den Auftrag, einen Krug Wachenheimer Gerümpel und Gläser in seine Stube zu schaffen.

»Aha! hast's also doch nicht vergessen, Chrischtoph, was ich dir bei meinem vorigen Besuche sagte, als du mich mit meinem pfälzer ›Dorscht‹ ungetränkt abreiten ließest,« sprach Herr Dietrich in absichtlich scherzhaftem Tone, um nicht gleich von vornherein die trübklingende Saite anzuschlagen. »Nun, ich nehm's mit Dank an, und dein köstliches Gerümpel kommt mir sehr gelegen; es weht ein trockner Wind, der einem den Staub in die Kehle treibt. – Ein schönes Mädchen, deine Niftel! hab' ihr schon meine Anerkennung ausgesprochen über das, was sie getan hat,« fuhr er fort, während ihn der Bürgermeister ins Haus und in seine Amtsstube geleitete.

»Da setz' dich in meinen Sorgenstuhl,« sagte Christoph mit gedämpfter Stimme, denn ihm war schwer ums Herz.

»Im Sorgenstuhl hab' ich heut' auch schon gesessen. – deinetwegen,« erwiderte der Freiherr, dem auch nichts weniger als leicht zumute war, und sie nahmen einander gegenüber an dem großen Schreibtische Platz.

Jetzt brachten die Mädchen den Wein, und Ammerie schenkte die Gläser voll. Der Freiherr redete Trudi wieder an: »Also, liebe Trudi, gib mir noch einmal deine Hand, die so tapfer zuzugreifen versteht, wo's not tut. Das will ich dir gedenken, und wenn ich dir mal helfen kann, soll's gern geschehen; kannst auf mich bauen.«

Tief knicksend dankte Trudi und verließ das Zimmer mit Ammerie, die ihr draußen zuflüsterte: »Du, das gibt heut trotz Gerümpel einen Krach zwischen den beiden. Hast du dir ihre Gesichter angesehen? – gräßlich! Woll'n wir mal ein bißchen horchen?«

»Nein, gehorcht wird nicht!« lehnte Trudi ab. »Sind ja gute Freunde; was sollte sie denn entzweien?« –

Schweigend tranken die beiden Alten sich zu und stellten schweigend die Gläser nieder.

»Chrischtoph,« begann endlich Herr von Remchingen ernst, fast feierlich, »wir sind von Kindesbeinen an zusammen durchs Leben gewandert, und unsere Freundschaft hat in Freud' und Leid standgehalten. Drum zweifle auch heut' an der meinigen nicht, wenn ich dir ein Wort sagen muß, das, falls es dir nicht völlig fremd ist, dich ein wenig erschrecken wird. Chrischtoph, das Wildfangrecht klopft an das Tor des Abtshofes.«

»Ich weiß es, Dieter,« sprach Christoph. »Du kommst Trudis wegen und willst sie hörig machen.«

»So ist es. Kennst du das Wildfangrecht?«

»Ja! vom Schultheißen hab' ich's mir erklären lassen. Nun rate du mir, wie ich mich dagegen verhalten soll.«

»Wüßt' ich nur Rat, mein Alter! dann wollt' ich's wahrlich nicht daran fehlen lassen,« versetzte der Freiherr. »Du hast gehört, was ich eben Trudi gesagt habe.«

»Gerade aus deinen Worten schöpf' ich die Hoffnung, daß du das Mädchen mit der Hörigkeit verschonen könntest, wenn ich – wenn ich dich darum bitte.«

»Bitten, Chrischtoph! Du mich bitten! als ob ich darauf wartete!« sprach der Freiherr. »Ich habe den Faut bereits angewiesen, vorläufig noch nicht die Hand auf Trudi zu legen. Aber der Aufschub nützt nichts, dauernd kann ich's nicht hindern.«

»Du könntest nicht verhindern, daß mir eine solche Schmach zugefügt wird?« fragte Christoph erstaunt und zugleich bestürzt.

»Nein, das kann ich nicht; sonst tät ich's, Chrischtoph.«

»Das will mir nicht in den Kopf.«

»Mir will manches nicht in meinen grauen Kopf, was ich doch tun muß, ob gern oder ungern. Da bleibt nichts übrig als gehorchen und schweigen.«

»Dazu schweig' ich nicht, Dieter!« rief Armbruster erregt, »du wirst mich doch nicht im Stich lassen in meiner Bedrängnis, wirst mich von dieser malefizischen Gewalttätigkeit, die mir an die Ehre meines Namens und meiner Familie geht, nicht widerstandslos knechten und knebeln lassen?«

»Mach deinem Herzen Luft! das kann ich verstehen, aber helfen kann ich dir nicht,« erwiderte Remchingen.

»Ich halte mich an dich. Wer will dich zwingen, ein himmelschreiendes Unrecht zu begehen? wer mich zwingen, es mir gefallen zu lassen? Wenn du die Hand dazu bietest, wenn du dich dazu hergibst, es über mich zu verhängen, so machst du dich zum Mitschuldigen daran,« kam es heftig aus des Bürgermeisters Munde.

»Chrischtoph, vertrau mir!« sprach der Freiherr mit nicht geringer Selbstüberwindung gegenüber diesem harten Vorwurf. »Ich kam als dein Freund, um dir in Ruhe eine Maßregel anzukündigen, die ich mir nicht ausgedacht habe, die ich aber **nolens volens** auch gegen dich durchführen muß ohne Ansehen der Person.«

»So! dann – ich will dirs nicht verhehlen, Dieter – dann gibt's hier in der Stadt einen allgemeinen Aufstand, den ich auch nicht verhindern kann, selbst wenn ich's wollte, und ich werd' es nicht wollen.«

»Du *mußt* wollen, du *mußt* ihn unterdrücken, denn du bist dafür verantwortlich,« hielt ihm der Freiherr streng entgegen. »Eine offene Rebellion wäre eine Unbesonnenheit, die ihr blutig zu büßen haben würdet.«

»Würdest du zum Kampf bis aufs Blut gegen uns anrennen?« fragte Christoph.

»Wenn' s sein muß, – ganz gewiß!«

»Das willst du auf dein Gewissen nehmen?«

»Ohne Zaudern und mit allen Konsequenzen!« sprach der Freiherr gereizt, kaum noch an sich haltend.

»Nun, um den Mut beneid' ich dich nicht!« ließ sich Christoph hinreißen, höhnisch zu erwidern. »Wie denkst denn du über dieses infame Wildfangrecht? wagst du's, es mir ins Gesicht hinein zu verteidigen?«

Das war dem stolzen Burgherrn zu viel. Mit dem schneidenden Kommandoton des alten Reiteroberstens fuhr's ihm heraus, als ob er blank zöge: »Darüber bin ich Euch keine Rechenschaft schuldig, Bürgermeister!«

»Aber Gott dem Allwissenden, Herr Reichsfreiherr!«

»Dem werd' ich einst Rede stehen, aber nicht Euch. Als pfalzgräflicher Obervogt verlang ich auch beim Wildfangrecht unbedingten Gehorsam.«

»Den ich Euch verweigere, Herr pfalzgräflicher Obervogt!«

»Bürgermeister!!«–– Der Freiherr war aufgesprungen und sofort auch Christoph Armbruster. Zornbebend, schwer atmend standen sie sich gegenüber und bohrten Blick in Blick; der Tisch war zwischen ihnen. Allmählich aber trat in des Freiherrn Zügen ein Wechsel ein wie von Gewitterdrohen zu Sonnenschein; ein halb gutmütiges, halb überlegenes Lächeln glitt darüber hin, und ruhig sprach er: »Chrischtoph, wollen wir zwei alten Kerle uns hier beim Wein über Dinge zanken, an denen wir beide nichts ändern können? Komm' her! stoß an, **pax nobiscum!**«

Damit war der Bürgermeister entwaffnet; nicht eine Sekunde lang zögerte er. Glas klang an Glas, und jeder tat einen kräftigen Zug. »So! nun laß uns vernünftig miteinander reden.«

Sie setzten sich wieder, und Remchingen behielt das Wort: »Deine Niftel muß hörig werden, das ist nicht abzuwenden, aber ich kann die Zügel straff ziehen oder am Boden schleifen lassen. Wenn nur der vorgeschriebenen Form genügt wird, in der Sache läßt sich manches mildern.«

»Wie denn? womit denn mildern?« fragte Christoph.

»Der Faut legt die Hand auf Trudi, spricht sie in meinem Namen hörig und fordert den Fahegulden. Den wirst du doch zahlen?«

»Zehnfach, hundertfach!« rief Christoph, »wenn ich sie damit frei kriegte.«

»Das nicht, ablösbar ist das Wildfangrecht nicht,« belehrte ihn der Freiherr. »Dann ist sie also meine Leibeigene, und ich kann mit ihr schalten und walten nach meinem Belieben, kann ihr in Dienst und Fron große Erleichterungen gewähren, kann sie hier auf dem Abtshofe bei euch wohnen lassen –«

»Mit dem unauslöschlichen Makel der Hörigkeit wie mit einem ihr vom Henker aufgebrannten Schandmal gezeichnet,« fiel der Bürgermeister wieder heftig werdend ein.

»Ein unsichtbares, nur eingebildetes,« sagte der Freiherr. »Es ist keine Strafe und keine Schande, wie auch eine alte Narbe von einem Schwerthieb kein Schimpf ist, sondern eine Ehre.«

»Dieter, du bist ein freier Herr, und ich bin ein freier Bauer,« sprach Christoph. »Wir haben beide für unser Vaterland mit dem eingedrungenen Feinde gekämpft und können von ehrenvollen Narben reden. Wunden, die das Wildfangrecht schlägt, verharschen niemals.«

»Ja, Chrischtoph, – mehr, als ich gesagt habe, kann ich nicht tun,« erwiderte der Freiherr achselzuckend.

»Das seh ich noch nicht ein,« sprach der Bürgermeister. »Wozu hast du deine fast unbeschränkte Vollmacht?«

»Am Gesetz findet sie ihre unübersteigbare Schranke.«

»Du nennst das ein Gesetz; ich nenn es eine frevelhafte Willkür, eine unerhörte Tyrannei.«

»Ich habe dir schon versprochen, Chrischtoph, die Willkür zu mäßigen soviel ich nur irgend vermag.«

»Wohl! das weiß ich dir Dank, Dieter! aber ––«

»Noch ein Aber?«

Christoph nickte. »Das traurigste muß ich dir nun noch offenbaren.«

Dietrich von Remchingen blickte den Freund erwartungsvoll an.

»Unsere Trudi und der älteste Sohn Gersbachers lieben sich und wollten sich heiraten. Das ist nun nicht möglich, Franz Gersbacher kann keine Hörige freien. Das Wildfangrecht macht alle ihre Hoffnungen jämmerlich zunichte, sie müssen ihrem Glück entsagen.«

»Chrischtoph, wenn ich ein junger Bursch wäre und liebte ein Mädchen, so nahm' ich's zum Weib, auch wenn's hörig wäre,« kam es fast jugendlich aus des Freiherrn Munde.

»Und würdest damit selber hörig,« warf der Bürgermeister ein. »Unfreie Hand zieht die freie nach sich.«

»Wer sagt das?«

»Der Schultheiß Gottfried Bosinger, und der muß es wissen.«

»Das ist ein Irrtum, eine falsche Auslegung der Bestimmungen.«

»'s ist eben Wildfangrecht,« bemerkte der Bürgermeister mit beißendem Spott.

»Nein, das ist nicht Wildfangrecht,« widersprach der Freiherr, »wenigstens steht diese Klausel nicht in dem jüngst proklamierten Edikt. Vor hundert oder zweihundert Jahren mag das so gehandhabt worden sein; heute gilt das meines Wissens nicht mehr.«

Christoph erhob sich. »Das gibt der Sache ein anderes Gesicht,« sagte er freudig aufatmend. »Aber wenn auch,« fuhr er schnell wieder ernüchtert fort, »Florian Gersbacher läßt es nicht zu, daß sein Sohn eine Hörige nimmt.«

»Wenn er sich weigert, so beruft euch auf mich und auf das, was ich dir zugestanden habe,« tröstete ihn der Freiherr. »In ihrer Liebe soll Trudi frei sein; bis ins Herz hinein soll das Wildfangrecht nicht greifen, das laß ich nun wieder nicht zu. Steht eure Niftel in meiner Gewalt, so steht sie auch unter meinem Schutz. Also macht euch keine unnützen Sorgen, Alter!« schloß er und erhob sich ebenfalls.

»Unnütze, Dieter? mit all deinem Troste kannst du sie mir nicht verscheuchen,« sprach der Bürgermeister. »Was in dem Edikt steht oder nicht steht, weiß ich nicht, aber aufgehoben wird die Bestimmung über die Verheiratung eines Wildfanges nicht sein, also gilt sie noch, damit man statt eines gleich zwei Überrumpelte in der hinterlistig gelegten Schlinge hat. Trudi, meine Niftel, hörig und leibeigen! es ist mir wie ein Schlag vor den Kopf.«

»Chrischtoph, du wirst bei ruhiger Überlegung anders davon denken und dann die Sorgen von dir abschütteln,« sagte der Freiherr, aber es klang matt und unsicher; er glaubte offenbar selber nicht an seine Worte. »Jetzt laß mir den Gaul bringen, 's ist Mittagszeit, und grüß' mir deine Frau Eheliebste.«

Bald scharrte das Pferd auf dem Hofe. Nach einem festen Händedruck der beiden alten Freunde saß Dietrich von Remchingen auf und ritt finsteren Gesichtes ab.

Als er schon zum Tore hinaus war, stand Christoph Armbruster, in Sinnen versunken, noch immer auf den Stufen vor der Tür. Dann schüttelte er hoffnungslos das Haupt, wandte sich und ging langsam ins Haus.

Sechzehntes Kapitel.

Das Frühmahl bei Armbrusters verlief am nächsten Morgen stiller als sonst. Christoph sowohl wie Madlen saßen da, als hätten sie über Nacht das Reden verlernt, und die Mädchen tauschten mehrmals einen verwunderten Blick, mit dem eins das andere fragte: was haben denn nur die Eltern, daß sie so ernst und rückhaltig sind? jedes dachte: es muß ihnen etwas im Kopfe liegen, was wir nicht wissen und vielleicht nicht wissen sollen. Mit dieser Annahme täuschten sie sich nicht, aber schwerer als im Kopfe lag es den beiden Alten im Herzen, was sie heut so schweigsam machte.

Der Bürgermeister hatte seiner Frau gestern nachmittag seine Unterredung mit dem Freiherrn mitgeteilt, und danach waren beide übereingekommen, ihrer Pflegetochter nun doch endlich zu sagen, was sie so nahe anging, denn jetzt konnte jeden Tag der Faut auf dem Abtshof erscheinen. Darauf mußte sie vorbereitet sein. Dann hatten sie beratschlagt, wer von ihnen die heikle Aufgabe übernehmen sollte, Trudi einzuweihen, ob Madlen unter vier Augen oder Christoph im Beisammensein aller vier. Sie hatten sich für letzteres entschieden und beschlossen, daß Christoph ihr die Sachlage so darstellen sollte, als handelte es sich um nichts besonders Wichtiges.

So blieb er denn nach Beendigung des Morgenimbisses gegen seine Gewohnheit noch am Tische sitzen und fing wie ganz beiläufig an: »Nun kann ich euch auch erzählen, was gestern mein alter Freund, der Reichsfreiherr, von mir gewollt hat. Es betrifft dich, liebe Trudi. Unser Pfalzgraf hat das Wiederinkrafttreten eines alten, verschollenen Rechtes, des Wildfangrechtes, anbefohlen, wonach jeder Fremde, der in die Pfalz einwandert und sich ein Jahr lang hier aufhält, ihm oder einem seiner Vögte hörig und leibeigen werden soll. Nächstens wird es ein Jahr, daß du bei uns bist; dann wird dir der Faut seine Hand entgegenstrecken und dich als Hörige des Freiherrn von Remchingen in der Pfalz willkommen heißen.«

Die Eröffnung schien keinen tiefen Eindruck auf Trudi zu machen. »So?« sagte sie gelassen, »das ist ja ein merkwürdiges Recht. Da ich aber als Heimatlose dank eurer Liebe und Güte hier in der Pfalz zu Gaste bin, muß ich mich auch des Landes Brauch und Ordnung fügen, und was ist denn da schlimmes dabei? Meine Eltern waren als Altarleute des Klosters Bronnbach auch Hörige, und das hat ihr Glück in keiner Weise beeinträchtigt. Der Vater mußte jede Woche einen Tag Frondienst tun, und das kann ich auch. Ob ich nun in eurem oder in einem freiherrlichen Wingert arbeite, macht ja weiter nichts aus, als daß ihr dann meine geringen Leistungen für den Tag entbehren müßt. Aber der Freiherr hat mir ja gestern versprochen, mir zu helfen, wie und wo er nur könnte; vielleicht kann er mich von dem Wildfangrecht frei machen.«

»Nein, das kann er leider nicht; sonst würd er's gern tun,« erwiderte Christoph.

Trudi fragte kleinlaut: »Aber er wird mich doch nicht von euch wegnehmen und auf seine Burg bringen lassen? das wäre mir schrecklich.«

»Das glaube ich nicht; in diesem Punkt wird er sich gewiß wohlwollend und gnädig zeigen,« meinte der Bürgermeister.

»Nun, dann wäre ja alles glatt und eben, wenn ihr mich trotzdem bei euch behalten wollt,« sprach Trudi. »Nur,« setzte sie traurig hinzu, »ich – ich muß mich vor euch schämen, denn – ich bringe euch damit Unehre ins Haus.«

»Aber Trudi! – Unehre!« sagte Madlen. »Sind denn deine Eltern in Unehre geraten, weil sie Altarleute des Klosters waren?«

»Nein, sie waren von allen, die sie kannten, hoch geachtet.«

»Nun also! Du bist und bleibst unsere liebe Tochter, wenn du auch dem Gesetze nach ein Wildfang werden oder nur so heißen mußt,« suchte Madlen sie zu beruhigen, was ihr auch vollständig gelang.

So war die Aufklärung Trudis, mit der Christoph so lange gezögert und vor der er sich mitsamt Madlen so sehr gefürchtet hatte, über Erwarten leicht und glimpflich vonstatten gegangen, und das Ehepaar war froh, daß Trudi die Sache so ruhig und gleichmütig auffaßte.

Ammerie hatte den Erörterungen bis jetzt still zugehört, hatte mit großen, bangen Augen immer von einem zum andern, auf ihren Vater, ihre Mutter und Trudi geblickt und dabei nur einen Gedanken gehabt, dem sie nun, als die anderen schwiegen, mit den Worten Ausdruck verlieh: »Was wird Franz sagen, wenn er das erfährt?«

Da zuckte Trudi zusammenschreckend auf und erbleichte. Die beiden Alten sahen sich betroffen an, und von keinem erfolgte sogleich eine Antwort.

Es war Ammerie aus ihrem warmen, teilnahmsvollen Herzen unwillkürlich herausgefahren, und sich sofort inne werdend, welcherlei Empfindungen sie mit der vorschnellen Frage geweckt hatte, wollte sie ihre Unvorsichtigkeit gern wieder gut machen, gab sich die Antwort darauf selbst und sprach: »Ach, ich weiß schon, weiß ganz genau, was Franz sagen wird, Trudi. Er wird dich mit den altbeliebten pfälzer Redensarten anlachen, mit denen er dich in der letzten Spinnstube hier über das Weinverschütten tröstete: Kehr' dich nicht dran! Mach' dir nichts draus! Denn der bleibt dir treu und läßt dich nicht sitzen, darauf will ich schwören, drauf wetten, drauf Gift nehmen!«

»Aber Ammerie!« rief Trudi in größter Verlegenheit.

»Du denkst wohl, die Eltern wissen immer noch nichts? frag sie mal!« schnurrte Ammerie munter drauf los. »Dann wirst du auch hören, daß sie ganz meiner Meinung sind und –«

»Damit hast du ausnahmsweise einmal recht, du dummer Grashupf!« unterbrach Christoph die Schwatzhaftigkeit seiner Jüngsten. »Der Franz ist ein kreuzbraver Bursch, und wenn er Trudi sein Wort gegeben hat, so hält er's auch.«

Er kannte Florian Gersbachers strenge Ansicht in dieser Beziehung, hegte nicht die geringste Hoffnung auf dessen Nachgiebigkeit, wollte jedoch Trudi nach der Verkündigung ihrer Hörigkeit nicht auch noch den Glauben an ein künftiges Liebesglück nehmen.

Trudi aber schlug sich die Hände vor das Gesicht und schluchzte: »Er kann doch keine Hörige heiraten!«

Madlen, die neben ihr saß, legte den Arm um ihre Schultern und sprach: »Sei getrost, mein Kind! Wahre Liebe überwindet alles im Leben, was immer es den Menschen auch bringen mag.«

»Wohlgesprochen, Madlen!« fiel Christoph ein. »Auch Dieter hat gestern einen guten Ausspruch zu mir getan. Er sagte: Bis ins Herz hinein soll das Wildfangrecht nicht greifen, das laß ich nicht zu. Und zu dir selber, Trudi, hat er gesagt, du könntest auf ihn bauen. Und Remchingen ist nicht ein Mann, der unbedacht und leichtsinnig ins Gelag hinein redet.« Danach erhob er sich und begab sich in seine Amtsstube.

Auch Madlen verließ das Zimmer, um nach ihrer Wirtschaft zu sehen, und die beiden Mädchen machten sich daran, den Frühstückstisch abzuräumen.

Sie besorgten dies schweigend. Ammerie warf zuweilen einen verstohlenen Blick auf Trudi, weil sie diese leise seufzen hörte. Sie wollte ihr um den Hals fallen und sie um Verzeihung bitten, aber sie hatte ja nichts Böses getan. Die Frage nach Franzens Verhalten lag doch jetzt so nahe, daß sie sich jedem in der Familie aufdrängen mußte. Ammerie war es auch keineswegs so außer allem Zweifel, was er zu Trudis Hörigkeit sagen und ob er sich wirklich selber nicht daran kehren würde, wie er es damals Trudi bei Lutzens Prophezeiung geraten hatte. Zwar traute sie seiner Liebe genug Stetigkeit zu, um unlöslich an Trudi zu hangen, allein es griffen ihres Erachtens auch nicht abzuweisende Verstandesgründe und Zukunftssorgen in den Abschluß dieser Verbindung sehr mitbestimmend ein. Durfte die Frau, die später einmal als Bäuerin auf dem großen Gersbacherhofe gebieten sollte, eine Hörige sein? und wenn, wie doch zu hoffen, der Storch dem jungen Paare Kinder brächte, waren die halb frei und halb unfrei? Mit solchen weitschichtigen Betrachtungen zerbrach sich Ammerie ihren achtzehnjährigen Brausekopf, als ob sie auf die Erledigung dieser noch in der Ferne schwebenden Dinge einen maßgebenden Einfluß hätte. Da nun alles Schwanken und Zaudern ihrem lebhaften und resoluten Wesen durchaus zuwider war, wollte sie noch heute der Ungewißheit ein Ende machen, und dazu gab es nur ein Mittel, – Franz mußte heran.

Ohne Aufschub und ohne Trudi etwas davon zu sagen stahl sich Ammerie aus dem Hause und lief schnurstracks nach dem Gersbacherhofe, wo sie Franz zu sprechen verlangte. Der war auf Arbeit im Wingert. Also nun dahin trotz des ziemlich weiten Weges. Dort traf sie ihn.

»Franz, du mußt gleich zu uns kommen; Trudi will dich sprechen,« stieß sie atemlos vom raschen Gehen heraus.

»Was ist denn?« fragte Franz erschrocken, »ist Trudi krank?«

»Sie denkt nicht dran, ist putzmunter, hat dich lieb, sehnt sich nach dir, will dich sehen, dich sprechen, dich küssen, was weiß ich, was sie alles will! komm nur, komm schnell mit!« sprudelte die Erregte hastig auf ihn ein.

»Aber hat denn das solche Eile?« fragte Franz noch einmal.

»Nein, das nicht,« erwiderte Ammerie.

»Nun, so komm’ ich heut nachmittag, jetzt kann ich hier nicht fort,« sagte Franz.

»Ist’s auch sicher?«

»Ja!«

»Gut!« und weg war sie. –

Trudi war es sehr lieb, den Vormittag allein zu sein, um ungestört über ihre Zukunft nachdenken zu können. Das tat sie nun auch, und dabei kam ihr das Lästige und Kränkende, das ihr die Wandlung in ihrem Dasein aufzwang, zum Bewußtsein. Nicht die Arbeit, die man ihr zumuten könnte, scheute sie. Mehr fürchtete sie sich vor ihrer möglichen Einsperrung in die Burg, wo sie dann den Nachstellungen des Junkers ausgesetzt sein würde. Aber auch dieses Fährnis war es nicht, was ihr die meisten Sorgen verursachte. Das war etwas anderes, tiefer Eindringendes. Sie sollte ihre Freiheit verlieren, sich unter das Joch der Abhängigkeit beugen und, wenn sie nicht als Dienende auf die Burg geholt wurde, im Hause des Bürgermeisters unter Verhältnissen weiterleben, in denen sie fortan nicht mehr eine den Familiengliedern Gleichstehende war, sondern sich noch eine Stufe unter den Knechten und Mägden fühlen mußte. Wohl hatte sie’s dankbar empfunden, mit welcher Behutsamkeit die beiden Armbrusters, Mann und Frau, sich bemüht hatten, ihr die Veränderung leicht und erträglich darzustellen. Aber das half ihr nicht über die Bitternis ihrer künftigen untergeordneten Stellung hinweg, in deren Abschätzung die Wachenheimer, die einen mitleidig, die anderen schadenfroh, auf sie herabsehen würden, und das noch vielleicht zum rücksichtsvoll ihr verschwiegenen Verdruß der lieben, guten Alten. Gerade diese Erwägung, in welche mißliche Lage ihre Verwandten durch sie gerieten, drückte sie fast schwerer als ihre eigene Erniedrigung. Einen Augenblick dachte sie an Flucht; aber wohin? überall in der Pfalz würde man sie ergreifen und in die Fesseln des Wildfangrechtes schlagen. Ihr fiel Lutz Hebenstreits düstere Prophezeiung wieder ein, mit der er also doch recht behalten sollte, denn das Unheil war ja nun eingetroffen. Hörig und leibeigen! hörig und leibeigen! das ging ihr beständig im Kopfe hin und her wie das ruhelose Ticktack des Pendelschwunges einer Uhr. Und mitten in diesen Kampf, der sie durchwogte, trat nun noch die folternde Frage: was wird Franz tun? wird er sich von ihr lossagen oder an ihr festhalten? Der Entscheidung hierüber sah sie wie einem Richterspruch über Leben und Tod entgegen. –

Nachmittags kam Franz. Auf dem Hofe begegnete ihm der Bürgermeister, den er auszuforschen suchte: »Ist etwas vorgefallen, Onkel? Trudi will mich sprechen.«

»Trudi will dich sprechen? wer hat dir das zugetragen?«

»Ammerie.«

»Natürlich, Ammerie!« lächelte Christoph und sagte ernst hinzu: »So geh nur hinein zu Trudi. Magst’ s von ihr selber hören, was sie dir mitzuteilen hat.«

Er weiß noch nichts, sagte sich Christoph, als Franz ins Haus getreten war. Das wird eine traurige Auseinandersetzung werden; soll mich wundern, womit sie enden wird.

Ammerie hatte, hinter dem Vorhang eines Fensters versteckt, Franzens Ankunft erlauert, und eine Gänsehaut überlief sie, als sie ihn im Gespräch mit ihrem Vater sah, wobei es doch herauskommen mußte, daß sie ihn heimlich und ohne Auftrag hergelockt hatte. Sie hütete sich wohl, mit ihm zu Trudi ins Zimmer zu gehen und wagte auch nicht, am Schlüsselloch zu horchen. Aber sie bereute ihren Anschlag nicht, denn Trudi mußte Klarheit haben, und die konnte ihr nach Ammeries heiligster Überzeugung niemand so schnell und sicher wie sie verschaffen, indem sie ihr den Franz zu hochnotpeinlicher Vernehmung zur Stelle lieferte. Sie war also sehr zufrieden mit sich und tat sich auf ihre findige Eingebung und rasche Entschlossenheit viel zugute.

Franz schien die Sache nicht recht geheuer. Trudi mußte ihm doch etwas Wichtiges mitzuteilen haben, worüber Onkel Christoph nicht mit der Sprache heraus gewollt hatte. Beklommenen Herzens stieg er die Treppe hinan und klopfte an die ihm wohlbekannte Zimmertür der beiden Mädchen. Trudis Stimme war es, die ihn eintreten hieß.

Die dort einsam Sitzende fuhr erschrocken auf, als sie ihn so völlig überraschend vor sich sah. Zögernden Schrittes kam sie ihm entgegen und suchte in seinen Augen zu lesen, was ihn hergeführt haben möchte. Ebenso wie er war sie auf eine trübselige Nachricht gefaßt.

Er umfing sie traut und innig und begann: »Du wünschtest mich zu sprechen, Liebste?«

»Das zwar nicht,« erwiderte sie, den Zusammenhang sofort erratend, »aber ich freue mich, daß du gekommen bist, denn ich habe allerdings mit dir zu reden. Bitte, nimm Platz.«

Als beide saßen, offenbarte Trudi dem Geliebten, nicht mit Seelenruhe, aber doch mit Seelenstärke, das sie unentrinnbar treffende Los, hörig und leibeigen werden zu müssen.

Franz hatte von einem Wildfangrechte noch niemals etwas gehört, wollte Trudi kaum Glauben schenken und war geneigt, das alles für einen unbegreiflichen Irrtum zu halten. Fragen auf Fragen stellte er an sie, aber ihre Antworten liefen immer auf das gleiche hinaus: es ist so, und nichts ist daran zu ändern.

Da stand er auf. Langsam und bestimmt wie einer, der weiß, was er will, und seinen Entschluß gefaßt hat, sprach er: »Wenn dem so ist, so zieh ich mit dir fort, in ein anderes Land, wo dieses verwünschte Recht keine Geltung hat.«

Auch Trudi erhob sich. Ein traumhaft seliges Gefühl durchrieselte sie. Er wollte fortziehen mit ihr, mit ihr! Dennoch sagte sie unsicher noch und schüchtern: »Du kannst doch um meinetwillen nicht Heimat, Eltern, Haus und Hof verlassen.«

»Alles in der Welt verlaß ich um deinetwillen, nur dich selber nicht!« rief er und umschlang die Geliebte so fest, als wäre schon jemand da, der sie ihm entreißen wollte.

»Franz, mein Franz! das ist mir Himmelsbotschaft!« jubelte sie mit strahlenden Augen. »Aber Franz, besinne dich doch: warum denn fortgehen? wir können ja auch hier bleiben; meine Hörigkeit hat nicht viel auf sich und soll uns nicht hindern, uns lieb zu haben und miteinander glücklich zu sein.«

Er machte sich von ihr los, trat einen Schritt zurück und sprach mit dumpfem Ton, der ihm aus schwerem Herzen kam: »Hier bleiben können wir nicht; mein Vater duldet keine Hörige auf dem Gersbacherhofe.«

Trudi erbebte; die Arme hingen ihr schlaff am Leibe nieder, und wie gelähmt flüsterte sie: »Ich hab's ihnen doch vorausgesagt. Wir müssen scheiden, Franz! scheiden für immer.«

Stolz hob er den Kopf. »Scheiden? wer spricht von Scheiden? Wir bleiben zusammen, hier oder dort, wo es auch sei. Können wir uns in Wachenheim den Herd nicht bauen, so gibt's auch anderswo Steine, und Stroh zum Dache finden wir überall. Wir haben ja jeder ein Paar gesunde Arme; nicht wahr, mein Herzenslieb?«

Sie drückte ihm die Hand, daß er ihre Kraft fühlte. Er zog sie wieder an sich und küßte sie lange, lange auf den zuckenden Mund. Das war wie ein stummer Treuschwur, der keines Wortes mehr bedurfte.

»Ich gehe jetzt, um mit meinem Vater zu reden,« sagte er, »tu den Deinigen kund, was wir uns gelobt haben.«

Noch ein kurzer, stürmischer Abschied, dann ging er festen, dröhnenden Schrittes hinaus. –

Das war nun das Ende vom Liede, das traurige Nachspiel zu dem freudigen Einklang zweier Herzen, die untrennbar aneinander festhalten wollten. Das Bekenntnis Franzens von dem bestimmt zu erwartenden, heftigen Widerspruch seines Vaters fiel auf Trudis kaum wieder aufgelebte Hoffnung wie ein scharfer Nachtfrost im Frühling auf die Reben, der ihnen erbarmungslos die zarten Knospen tötet. –

Jetzt steckte Ammerie den Kopf zur Tür herein und fragte vergnügt: »Na, hab' ich's recht gemacht? Aber du weinst ja! Trudi! was ist denn?« rief sie und warf sich über die Freundin her. »Sprich doch! läßt Franz dich im Stich?«

»Nein, er bleibt mir treu.«

»Siehst du? ich wußte es ja. Aber –?«

»Aber sein Vater leidet nicht –« Tränen erstickten ihre Stimme.

»Sein Vater! wenn's weiter nichts ist! Den Alten wollen wir schon zur Vernunft bringen, den krieg' ich auch noch herum und mach' ihm die Hölle heiß wie der Deibel einer armen Seele,« sprach mit beneidenswertem Selbstvertrauen die in keiner Lage um einen trutzigen Scherz verlegene junge Bürgermeisterstochter. Sie hockte sich vor Trudi nieder, streichelte ihr die feuchten Wangen und redete ermutigend so lange auf sie ein, bis die Verzagte ihren beruhigenden Vorstellungen wieder zugänglich wurde.

Siebzehntes Kapitel.

Der festliche Tag der Kreuz-Erhöhung war, mit Gottesdienst gefeiert und mit Arbeitsruhe geheiligt, vorübergegangen, und noch hatte sich kein Faut auf dem Abtshofe blicken lassen. Die Armbrusters waren darüber ebenso erstaunt wie erfreut. Sollte der Reichsfreiherr doch noch Mittel und Wege gefunden haben, Trudi mit dem Hörigwerden verschonen zu können? Oder nahm er aus Freundschaft für Christoph die Nichtbefolgung des pfalzgräflichen Befehles eigenmächtig auf sich und wollte es darauf ankommen lassen, was ihm für diese Pflichtversäumnis etwa geschähe?

In der Stadt war mittlerweile die Wiedereinführung des fast allen Lebenden bis dahin unbekannten Wildfangrechtes mit seinen einzelnen, im Mund der Leute noch weiter ausgesponnenen und übertriebenen Bestimmungen ruchbar geworden. Dafür hatte Hammichel, Jakobine und Wilm, dem seine Schwester doch bald ihr großes Geheimnis anvertraut hatte, wie überhaupt der ganze Steinecker'sche Anhang ausreichend gesorgt. Hammichel brüstete sich damit, längst und zuerst davon gewußt zu haben und machte halbverständliche Andeutungen, was der Bürgermeister alles versucht hätte, sich seines Schweigens zu versichern und seine Hilfe zur Umgehung, zur Beugung des Rechtes zu gewinnen. Nun gab es viel Gerede darüber. Man steckte die Köpfe zusammen, tuschelte gevatterlich in allen Häusern und Heckenwirtschaften und verbreitete die abgeschmacktesten Gerüchte, die, je nach der Gesinnung der Lauschenden, gern geglaubt und schmähsüchtig weitergetragen oder entrüstet zurückgewiesen wurden. Der bei weitem größte Teil der Bürgerschaft, in vorderster Reihe Lutz Hebenstreit und Florian Gersbacher, stand jedoch in dem Hader der Parteien auf der Seite des hämisch angegriffenen Christoph Armbruster und verteidigte auch den Reichsfreiherrn, den die Gegner einer unverantwortlichen Begünstigung des Bürgermeisters ziehen, schon davon sprechend, sich dieserhalb beim Pfalzgrafen über ihn beschweren zu wollen.

Für das Wildfangrecht an sich legte sich niemand ins Zeug, denn den Pfälzern war es gleichgültig, ob eingewanderte Fremde als Freie oder als Hörige unter ihnen wohnten, und bis jetzt war Trudi die einzige in Wachenheim, die der Ungebühr anheimfiel. Mit ihr, der an dem ganzen Lärm völlig Unschuldigen, empfanden auch viele der Widersacher des Bürgermeisters Mitleid, das aber von dem Haß auf ihn überwuchert wurde.

Trotz dieser Gleichgültigkeit gegen seinen wahren Ursprung entbrannte der Kampf um Trudis Hörigkeit von Tag zu Tag heißer und wurde teils offen mit lauten Worten Mann gegen Mann, teils heimtückisch mit den vergifteten Waffen der Anschwärzung und Verleumdung geführt. Denn es handelte sich dabei nicht um die gewissenhaft geforderte Ahndung einer nachweislichen Rechtsverletzung, sondern um die boshafte Verübung einer persönlichen Rache, welche die Panschgenossen, von Hammichel aufgestachelt, gegen den Bürgermeister anzettelten. Ihm wollten sie schaden, sein Ansehen und seinen Einfluß untergraben, die ihrer Meinung nach eine erhebliche Einbuße erleiden mußten, wenn er in seiner Familie, in seinem Hause fortan eine Hörige und Leibeigene hatte.

Christoph Armbruster war von diesem schändlichen Treiben, dem Wühlen und Hetzen gegen ihn genau unterrichtet, wollte sich aber erst dann einmischen, wenn daraus eine ernste Gefahr für das Gemeinwesen erwüchse und es vielleicht gar zu Tätlichkeiten käme. Bis dahin mochten sie aufeinander losschreien und hinter seinem Rücken auf ihn schimpfen, soviel sie wollten; er blieb dem gegenüber kühl und unnahbar.

Die Streitenden wußten übrigens recht gut, daß da nebenbei noch andere Dinge mitspielten als das aufsässige Schüren der Weinpanscher. Alle durchschauten auch den zweiten, wohl ebenso starken Beweggrund von Steineckers heftigem Auftreten gegen Armbruster, denn es war bekannt, daß sich Trudis wegen die geplante Heirat seiner Tochter Jakobine mit Franz Gersbacher zerschlagen hatte. Rätselhaft war ihnen dagegen Florian Gersbachers entschiedene Stellungnahme für den Bürgermeister. Sie setzten als unfehlbar sicher voraus, daß Gersbacher dem gleichfalls stadtbekannten Werben seines Sohnes um Trudi, eine künftig Leibeigene, seine Zustimmung verweigerte, was doch eine bittere Kränkung für die Armbrusters war. Wie konnte dabei, statt sich in eine offenbare Zwietracht zu verwandeln, die Freundschaft der Alten noch fortbestehen?

Diese Freundschaft hatte jedoch einen ungetrübten und ungeschwächten Bestand. Nur wußten die Wachenheimer Klatschbasen beiderlei Geschlechts nicht, wie ehrlich und vertraulich sich die zwei Männer in der auf allen Gassen durchgehechelten Angelegenheit geeinigt hatten. –

Franz hatte noch an demselben Nachmittage, wo er Trudis Schicksal aus ihrem eigenen Munde erfahren hatte, eine Aussprache mit seinem Vater, in welcher ihm dieser die Richtigkeit des ihm von Trudi Kundgetanen bestätigte. Daran anschließend hielt ihm Gersbacher dann vor, daß er als sein ältester Sohn und dereinstiger Besitzer des größten Hofes in Wachenheim keine Hörige heimführen könnte, zumal er nach dem Bescheide des darüber befragten rechtskundigen Schultheißen damit selber hörig werden würde. Das hatte Franz nicht gewußt, und die Mitteilung wirkte erschütternd auf ihn. Nun war er dem Vater gegenüber machtlos und hatte nur noch die Wahl zwischen dem reichen Hof und dem geliebten Mädchen.

Ohne zu schwanken erklärte er: »Vater, hörig werden will ich nicht, und wenn es nur einen Weg gibt, dem auszuweichen, so geh’ ich ihn. Auf mein einstiges Erbe kann ich verzichten, aber auf Trudi nicht. Dann zieh’ ich mit ihr fort in die weite Welt, in die Fremde, wo man vom Wildfangrecht nichts weiß. Frei will ich sein, auch vogelfrei und bettelarm wie ein Verstoßener, aber kein Mensch soll an mich und mein Weib den Schatten eines Rechtes haben.«

»Das überlege dir dreimal, mein Sohn!« sprach Gersbacher, der auf eine derartige Entscheidung nicht im entferntesten gefaßt gewesen war. Eine so hingebungsvolle, zu allem fähige Liebe, die jedem andern Glück zu entsagen bereit war, griff auch dem festgepanzerten Bauer ans Herz, und obwohl er kaum hoffte, Franz umstimmen und von dem für ihn folgenschweren Schritt der Auswanderung abbringen zu können, fuhr er doch eindringlich fort: »Überlege dir wohl, ob du dein Vaterhaus verlassen, ein schönes Besitztum und ein behagliches Leben in Ehren und verdienter Anerkennung deiner Mitbürger preisgeben willst eines Mädchens wegen, das ich allerdings selber hochschätze und aufrichtig liebgewonnen habe.«

»Da ist nichts mehr zu überlegen, Vater,« erwiderte Franz in männlicher, maßvoller Haltung. »Du meinst es gut mit mir, aber mein Entschluß steht unwiderruflich fest, ich kann nicht anders.«

So endete die für beide schmerzliche Unterredung zwischen Vater und Sohn, deren Ergebnis sich jeder von ihnen anders gedacht und gewünscht hatte, als es gekommen war, die aber in keinem ein Gefühl der Bitterkeit gegen den andern zurückließ.

»Wer mein Blut hat, hat mein Gut,« sagte sich Florian, als er allein war. »Mein Gut verschmäht der Junge eines Mädchens wegen, aber mein Blut hat er nun mal in den Adern und damit auch den stocksteifen pfälzischen Bauerntrotz, der immer mit dem Kopf durch die Wand will und der von alters jedem echten Gersbacher angeboren ist.« Es ging ihm sehr gegen den Strich, den stattlichen Hof mit Weinbergen und Liegenschaften nicht nach altem Brauch und Herkommen auf seinen ältesten Sohn vererben zu können, aber er wollte kein Wort mehr darum verlieren, weil er wußte, daß dies vergebens wäre.

Franz suchte seine Mutter auf, an der er von klein auf mehr hing als am Vater, und es war ihm, als müßte er heute bereits Abschied von ihr nehmen, denn seine Tage hier waren vielleicht schon gezählt.

Er fand sie in einer Vorratskammer, und mit einem Blick in sein Gesicht erriet Frau Agnete, was geschehen war. »Du warst beim Vater,« sprach sie, »und ich kann mir denken, was ihr miteinander verhandelt habt, aber helfen kann ich dir nicht, Franz. Ich bin tief traurig darüber, denn ich habe mich über deine Liebe zu dem herrlichen Mädchen innig gefreut, aber nach den Eröffnungen Armbrusters an den Vater ist es unmöglich, daß ihr euch angehört. Du mußt von Trudi lassen, Franz, so hart es dich auch ankommen mag.«

»Nein, Mutter, das tu’ ich nicht,« entgegnete er. »Ich komme auch nicht, mir deine Hilfe zu erbitten, denn kein Mensch kann uns helfen. Um etwas anderes will ich dich bitten, um deine Verzeihung, wenn du binnen kurzem gewahr wirst, daß du nur noch einen Sohn hast.«

»Franz! was soll das heißen?« fragte sie angstvoll in einem ihr aufsteigenden schrecklichen Verdacht.

»Das soll heißen, daß ich und Trudi nächstens unser Bündel schnüren, falls wir überhaupt eins mitnehmen, und in die Welt hinausziehen auf Nimmerwiederkehr.«

»Franz, – da sei Gott vor! das kann nicht sein, das darf nicht sein.«

»Aber es muß sein, und nun mach mir das Herz nicht noch schwerer, Mutter, als es schon ist,« sprach er. »Nicht heut' und nicht morgen geh ich von dir und auch nicht, ehe du mir noch einmal deine liebe Hand aufs Haupt gelegt hast. Du solltest nur darauf vorbereitet sein, damit du dich nicht allzusehr wunderst, wenn eines Tages auf deinen Ruf nach deinem Ältesten keine Antwort mehr im Hause erschallt.«

Es übermannte ihn nun doch; er kehrte sich schnell ab und entwich.

Agnete wollte ihn zurückhalten, aber er war im Umsehen fort und verschwunden.

In der Diele begegnete ihm sein Bruder Steffen, und schon bewegte er die Lippen, schwieg aber dann.

»Du willst mir was sagen, Franz,« sprach Steffen, »was gibt's?«

»O es pressiert nicht, kannst's aber auch gleich erfahren,« erwiderte Franz. »Du wirst einst Hofbauer hier; ich werde künftig anderswo pflügen oder graben, säen und, so Gott will, ernten.«

»Was?«

»Genug damit! nur eins noch: willig und neidlos überlaß ich dir, was von Rechts wegen mir gebührt hätte.« Und auch dem Bruder entschlüpfte er, ohne dem über alle Maßen Erstaunten noch weiter Rede zu stehen. –

Am nächsten Morgen brachte Franz der geduldig seiner Harrenden auf dem Abtshofe die trostlose Gewißheit, daß sich ihrer Vereinigung hier unüberwindliche Hindernisse entgegenstellten, und erging sich in leidenschaftlichen Ausfällen, nicht auf seinen Vater, dessen Gründe er leider gelten lassen mußte, aber auf den habgierigen Pfalzgrafen und das grausame Geschick. Dann, das Tor der Heimat hinter sich zuschlagend, schmiedete er Pläne, baute sogar freundlich spiegelnde Luftschlösser vor ihren Augen auf, wie sie sich in ihrer Ehe einrichten, wo sie sich in der Ferne mit dem geringen Ersparnis, das er besaß, ein friedumhegtes Fleckchen Erde suchen und mit welcher Erwerbstätigkeit sie ihr bescheidenes Dasein fristen wollten.

Trudi hörte ihm lange schweigend zu, und als sie endlich zu Worte kam, zeigte sie sich als die Gefaßtere, Stärkere. Ruhig sprach sie: »Laß uns nichts überstürzen, Liebster! Noch bin ich nicht hörig, und dem Anschein nach hat es unser gütiger Reichsfreiherr nicht eilig damit. Ich glaube, er hält seine schützende Hand über uns und läßt uns Zeit, miteinander Rat zu pflegen, wie wir uns aus unserer peinvollen Lage retten können. Gibt es aber keine Rettung, so ist mein schwerster Kummer, daß du um meinetwillen deine gesicherte Zukunft wie ein leichtsinniger Spieler seine ganze Habe bis auf den letzten Gulden verschleudern und dein hoffnungsvolles Leben an mein verlorenes ketten willst, und ich bin auch noch keineswegs entschlossen, dieses ungeheure Opfer von dir anzunehmen; lieber will ich –«

»Trudi! nicht weiter so!« unterbrach er sie heftig, »ich halte dich fest und lasse dich nicht. Würdest du dich besinnen, wenn das Verhältnis ein umgekehrtes wäre, ich der Hörige und du die Freie?«

»Nein! nicht einen Augenblick!« rief sie rasch aufspringend und sich an seine Brust werfend. »Wir zwei sind eins, nichts soll uns mehr trennen!«

»Nichts als der Tod, du meine mutige, tapfere Dirn!« sprach er mit einem sieghaften Lächeln, nahm ihren Blondkopf zwischen seine Hände und küßte sie.

Im Überschwang des Glückes schmiegte sie sich hingebend an ihn und küßte ihn wieder und immer wieder, je öfter desto heißer. »O Franz, du mein, ich dein!« jubelte sie. »Nun ist's entschieden, nun wird alles gut. Ja, ich will tapfer sein, will für dich schaffen wie du für mich; auch bei trocken Brot wollen wir uns unserer Liebe freuen. Aber sage mal,« fuhr sie fort, ihm mit klopfendem Herzen in die Augen blickend, »wird uns denn der Pfarrer hier noch trauen, eh' wir zum Wanderstab greifen?«

»Er wird schon, hoff' ich,« erwiderte Franz. »Mein Vater ist sehr gut bekannt mit dem alten geistlichen Herrn und der wird's auch unserm Onkel Bürgermeister nicht abschlagen, uns zusammenzugeben. Und dann – dann bist du meine Frau, mein ehrbar Weib vor Gott und Menschen.«

»Ja, ja, dein Weib, Franz! *deine* Hörige, *deine* Leibeigne,« flüsterte sie und barg verschämt ihr errötendes Antlitz an seiner Schulter.

Lange hielten sie sich innig umschlungen und schwiegen, weil ihnen die Worte fehlten, um das auszudrücken, was sie in tiefster Heimlichkeit dachten und fühlten.

Dann entwand sie sich ihm in holder Verwirrung und sagte: »Geh' jetzt, geh' an deine Arbeit und laß mich allein, ich bin meiner Sinne nicht mehr mächtig, mir schwindelt auf diesem Gipfel der Seligkeit.«

Noch ein einziger, schier endloser Kuß, und Franz ging.

Als sich jedoch die Tür kaum hinter ihm geschlossen hatte, öffnete sie Trudi schnell wieder, aber nur eine Spanne weit, und rief leise: »Franz, komm' noch einmal her!« Er kam zurück, und sie fragte schelmisch: »Wann soll's denn losgehen?«

»Du meinst, wenn wir ausrücken sollen?« sprach er. »Nun, ich denke, soviel Finger du an deinen beiden Händen hast, soviel Tage kann's noch dauern, bis wir getraut sind. Oder ist dir das zu früh?«

»Mir? o du Dummer, du Spötter und Bösewicht!« klang es mutwillig von ihren schwellenden Lippen. Und nun gab es doch noch einen Kuß durch die Türspalte, aber Trudi hielt die Tür dabei fest, daß er nicht wieder zu ihr eindringen konnte. Von innen hörte sie noch des Geliebten fröhliches Lachen draußen auf dem Vorraum.

Wie berauscht mußte sie sich auf einen Stuhl niederlassen. Ihr wogte die Brust, ihr bebten die Glieder, und in wonnesamer Traumverlorenheit schloß sie die Augen. Plötzlich aber nahmen ihre Gedanken, die – sie wußte nicht, wie lange – in schmeichelnden Bildern der Zukunft geschwelgt hatten, einen anderen Weg. Inmitten der schwärmenden Sehnsucht nach dem winkenden Glücke hatte sie vergessen, wo sie war, – im Hause der Armbruster, in deren Gastlichkeit und Herzlichkeit sie sich ein Jahr lang gesonnt hatte und die sie treulos verlassen wollte. Aber sie mußt' es ja tun, um den Fesseln des Wildfangrechtes zu entrinnen und in Lust und Leid, aber auch in Freiheit dem Manne zu folgen, ohne den sie nicht mehr leben konnte. Sie sann nun darüber nach, auf welche Weise sie ihnen den Entschluß, mit Franz in die Fremde zu ziehen, verkünden sollte. Heute vermochte sie das nicht, morgen wollte sie's tun, aber wie? wie?

Aus ihrem Grübeln weckte sie die Stimme Ammeries, die sie zu Tische rief. Schnell raffte sie sich auf, kühlte sich die immer noch glühenden Wangen und schritt die Treppe langsam hinab, um sich auf dieser kurzen Strecke möglichst zu beruhigen, ehe sie den Ihrigen unten gegenübertrat.

In der Wohnstube fand sie die ganze Familie versammelt, und man setzte sich, jeder an seinen gewohnten Platz. Gesprochen wurde wenig, denn die Alten wie die Jungen erwarteten zunächst eine Mitteilung von Trudi über ihre Verabredung mit Franz, dessen zwei letzten Besuche sie bemerkt hatten. Aber Trudi äußerte sich darüber nicht, war oft nachdenklich und zerstreut. Eine Frage richtete niemand an sie; alle saßen im Bann einer dumpfen Beklemmung.

Dieser Bann sollte auf eine ungeahnte Weise gelöst werden. –

Als das Mittagsmahl fast zu Ende war, trat Schneckenkaschper mit seinem Patz unvermutet ins Zimmer.

»Aber Junge,« rief Madlen, »warum kommst du nicht ein halb' Stündchen früher? dann hättest du doch mitessen können.«

»O Mütterle, 's ist noch genug übrig,« sprach Ammerie. »Ich kratz' alles zusammen, die beiden sollen auch noch satt werden.«

Kaspar näherte sich Trudi und fragte: »Trudi, heißt du mit Vatersnamen Hegewald?«

»Ja, mein Vater hieß Hegewald,« erwiderte Trudi; »wie kommst du darauf?«

»Ein Fremder hat mich gefragt, ob hier im Ort ein Mädchen Namens Trudi Hegewald aus Gamburg wohnte,« berichtete Kasper.

»Ein Fremder?« wiederholte Trudi völlig arglos; »wie sah er denn aus?«

»Wie ein Jägersmann, im Lederkoller, Weidmesser an der Seite, gestiefelt und gespornt, mit rotem Haar und Bart und einem runden Fleck auf der linken Backe, wie von einem Schuß.«

»Barmherziger Himmel!« schrie Trudi auf, »das ist der Vinzenz Ebendorffer aus Bronnbach. Er will mich holen, und ich muß ihm folgen, denn als Klostermeier hat er Gewalt über mich.«

Starres Schweigen folgte den im höchsten Schreck ausgestoßenen Worten, weil alle ihren Sinn verstanden hatten und sofort begriffen, was die Ankunft dieses Fremden für Trudi bedeutete.

Selbst dem Jungen dämmerte die Erkenntnis, daß hier eine Gefahr für Trudi im Anzuge war, und er nahm sich vor, dem Tun und Treiben des Zugereisten auf Schritt und Tritt nachzuspüren.

Der Bürgermeister faßte sich zuerst und fragte: »Was hast du dem Mann geantwortet?«

»Ich hab' ihm gesagt, eine Namens Hegewald wäre mir unbekannt,« erwiderte Kasper, »denn ich traute dem Späher nichts Gutes zu. Patz knurrte und bellte ihn wütend an, und der ist klug, o so klug; der sieht und riecht es gleich jedem Menschen an, ob er brav oder bös ist.«

»Ja, Schneckenkaschper, deinen klugen Patz in Ehren!« sprach Christoph, »aber der Rothaarige wird uns doch auskundschaften und sich bald genug bei mir melden.« Ihm fiel sofort ein, was ihm der Schultheiß von dem nachjagenden Herrn gesagt hatte, der aus seinem Gebiet entwichene Hörige zurückzufordern befugt und berechtigt sein sollte. Da war nun ein Abgesandter des nachjagenden Herren, des Abtes von Bronnbach, der ohne Zweifel Trudi holen wollte. Zu seinem Sohne sagte Christoph: »Halt' dich in den nächsten Tagen zu Hause, Peter, damit du den Mann, falls er in meiner Abwesenheit kommt, gebührend empfangen kannst.«

»Werd' ihn empfangen, Vater!« erwiderte Peter mit einem viel verheißenden Lächeln.

»Und ich bleib' auch auf alle Fälle bei dir, Trudi!« rief Ammerie und umschlang die in sprachloser Verwirrung Zitternde, der schon jede Hoffnung auf ein Liebesglück mit Franz ins Bodenlose versunken war.

Achtzehntes Kapitel.

Schon am nächsten Abend konnte Schneckenkaschper auf dem Abtshofe melden, daß der Fremde im Gasthause zur goldenen Traube wohnte, in das er auch soeben seinen Großvater hätte hineingehen sehen.

»Natürlich wieder Hammichel, der sich dem Abgesandten sofort als Bundesgenosse zur Verfügung stellt,« sprach der Bürgermeister.

Die beiden Mädchen waren nicht zugegen, wohl aber Madlen, die nun sagte: »Wie mögen sich diese zwei Menschen nur so schnell zusammengefunden haben?«

»Sie werden wohl eine ebenso feine Nase haben wie Schneckenkaschper sein Patz und haben's sich gegenseitig angerochen, weß Geistes Kinder sie beide sind,« höhnte Christoph.

Kasper aber wurde für seine wichtige Entdeckung von Madlen mit einem Abendbrot belohnt. –

Die Verbindung Ebendorffers mit Hammichel hatte der Zufall eingeleitet. Der Alte hatte den ihm Unbekannten auf der Straße getroffen, wo dieser, ein schlanker, kräftig gebauter Mensch von einigen dreißig Jahren, umherspähend sich die Häuser und Höfe betrachtete, als suche er jemand. Da hatte Hammichel in der Hoffnung auf einen klingenden Habedank sich ihm mit der Anrede genähert: »Ihr seid hier fremd, Herr; kann ich Euch vielleicht mit einer Auskunft von Nutzen sein?«

»Das nehm' ich gern an,« erwiderte der also Begrüßte, dem das verschmitzte Gesicht des sich ihm Anbietenden Vertrauen zu seiner Brauchbarkeit einflößte. »Ich suche eine gewisse Trudi Hegewald aus dem Würzburgischen.«

»Die schöne Trudi sucht Ihr?« sprach Hammichel erstaunt. »Ja, die wohnt hier, und ich kenne sie genau. Aber,« fuhr er fort, als er sah, wie willkommen dem Fremden diese Nachricht zu sein schien, »was wollt Ihr denn von der, wenn ich fragen darf? das möcht' ich wissen, eh' ich Euch zu ihr führe.«

»Was ich von ihr will, könnt Ihr und ganz Wachenheim wissen, denn es liegt kein Grund vor, ein Hehl daraus zu machen,« gab Ebendorffer sehr von oben herab zur Antwort. »Ich hab ein wohlverbrieftes Recht auf sie, kraft dessen sie mir unweigerlich ausgeliefert werden muß. Sie ist aus ihrem Dienst auf dem Klosterhof zu Bronnbach entflohen, und ich bin als Verwalter des Hofes beauftragt und bevollmächtigt, sie dahin zurückzuholen.«

»Was Ihr sagt!« grinste der rasch Überlegende, erfreut über die für ihn aussichtsreiche Eröffnung. »Nur, so leicht und ohne weiteres wird sich das nicht bewerkstelligen lassen; freiwillig wird sie schwerlich mit Euch gehen und ob man sie dazu zwingen wird, ist auch noch die Frage. Aber ich könnt' Euch in der Sache viel helfen, wenn Ihr verschwiegen sein wollt und wenn Ihr –«

»Verstehe schon,« lächelte der andere und blinzelte dem gefälligen Vermittler gönnerhaft zu. »Es soll Euer Schade nicht sein. Wie heißt Ihr, guter Freund?«

»Hammichel, Hammichel von Gimmeldingen, Euch zu dienen.«

»Hammichel von Gimmeldingen, – ein hübscher Name, ein einschmeichelnder Name!«

»Nicht wahr?« schmunzelte der Alte, »und hier zehn Meilen weit in der Runde überall mit Ehren genannt.«

»Ei, ei! da kann man sich wohl auf Euch verlassen, Hammichel von Gimmeldingen?«

»In allen Stücken, bei Tag und bei Nacht, Herr –«

»Vinzenz Ebendorffer.«

Tief duckte Hammichel seinen krummen Rücken und sprach: »Aber die Trudi ist doch schon ein ganzes Jahr hier. Warum seid Ihr denn nicht schon früher gekommen, sie zu holen?«

»Weil ich ihren Aufenthaltsort nicht kannte,« erwiderte Ebendorffer. »Erst kürzlich hat ihr Stiefvater, mit dem ich befreundet bin, ein von ihrer verstorbenen Mutter hinterlassenes Papier aufgefunden, aus dem hervorging, daß sie in der Rheinpfalz Verwandte haben mußte. Da hab ich mich aufgemacht und hierzulande in Städten und Dörfern nach ihr geforscht, aber niemand wußte etwas von einer Trudi Hegewald. Ihr seid der erste, der mir Bescheid geben konnte.«

»Das hat sich gut getroffen,« sagte Hammichel. »Die Verwandten des Mädchens sind der hiesige Bürgermeister Christoph Armbruster und seine Familie, die der Flüchtigen Obdach gewährt haben. Aber ich schlage vor, Herr Ebendorffer, daß wir das Nähere in geschlossenen vier Wänden bereden; hier auf der Gasse könnte das auffallen, es gibt hier schlechte, übeldenkende Menschen.«

»So kommt in den Gasthof zur goldenen Traube,« sprach der Meier. »Da bin ich abgestiegen und hab' auch mein Pferd dort eingestellt.«

»Hergeritten seid Ihr?«

»Jawohl, auf einem geschwinden und starken Gaul, ausdauernd in jeder Gangart.«

»Darum auch die Sporen. Wann soll ich kommen, Herr Ebendorffer?«

»Gegen Abend will ich Euch erwarten, lieber Hammichel, und im Gasthof werd' ich Euch einen Extraschoppen Pfälzer vorsetzen, der Euch munden soll.«

»Und den ich selbst zurecht gemacht habe,« sagte sich der geheime Kellermeister des Traubenwirtes, nachdem er sich von seinem neuen Geschäftsfreunde getrennt hatte. »Ein gefunden Fressen, dieser sporenklirrende Mädchenfänger! Würzburger Gulden gelten ebensoviel wie rheinische, wenn sie einem wie gebratene Tauben ins Maul fliegen. Nun muß mir doch auch Jakobine wieder blechen, daß ich dabei mitwirke, die ihr Unbequeme von hier fortzuschaffen. Zwei Eisen im Feuer! das dreht sich ja recht günstig für dich, alter Hammichel, und Seiner hochnäsigen Wohlweisheit dem Herrn Bürgermeister schickst du jetzt einen auf den Hals, der eine bessere Vollmacht hat als der dämische Hühnerfaut mit dem wieder aufgebrühten Wildfangrecht.«

Als es Abend geworden war, folgte Hammichel der Einladung des Meiers, wie es Kaspar gesehen und flugs auf dem Abtshofe gemeldet hatte. –

Das Gasthaus zur goldenen Traube wurde von Einheimischen fast gar nicht besucht, sondern mehr als Herberge für Durchreisende und als Ausspann für Fuhrleute und Reiter benutzt. Die beiden einander Würdigen, der Bronnbacher und der Gimmeldinger, saßen dort unbeobachtet und unbelauscht beim Wein und besprachen leise, wie sich Trudis Beschlagnahme am sichersten und schnellsten erreichen ließe. Um Schnelligkeit war es aber Hammichel durchaus nicht dabei zu tun, denn er wünschte mehr solche verstohlenen Zusammenkünfte mit dem Meier, deren jede einen in barer Münze ausgerechneten Wert für ihn hatte. Darum hob er mit erheuchelter Sorglichkeit für den vorwärts Drängenden die Schwierigkeiten des Unternehmens nachdrücklich hervor und suchte sie möglichst aufzubauschen. Er weihte ihn, soviel es ihm ersprießlich deuchte, in die Wachenheimer Verhältnisse umständlich ein, unterrichtete ihn von der unnachgiebigen Hartnäckigkeit und dem vielvermögenden Einflusse des Bürgermeisters und erfand noch mehr dem Plan entgegenstehende Hindernisse, deren Überwindung mit der äußersten Vorsicht betrieben werden müßte.

Die vielen Wenn und Aber seines schlauen Zuträgers entmutigten den Meier jedoch nicht, was Hammichel auch keineswegs beabsichtigte. Er bestärkte ihn vielmehr geflissentlich in seinem Vorsatze, morgen zu Armbruster zu gehen und die pflichtschuldige Auslieferung der aus der Klosterfron Entsprungenen kurz und bündig zu fordern.

Der Erzschelm wußte genau, daß dies ein völlig verlorener Schritt sein würde. Aber er wollte Zeit gewinnen, die Sache in die Länge ziehen, den schon halb Umgarnten nach dem Mißlingen der einen noch zu anderen Maßnahmen anstiften und ihm dabei mit Rat und Tat zur Seite stehen, – natürlich nicht für nichts und wieder nichts.

Um des Bronnbachers brennendes Verlangen nach Trudi, dessen wahren Beweggrund er bald entdeckt hatte, noch zu schüren, versäumte er nicht, ihm ihre anmutige Erscheinung recht sinnfällig herauszustreichen und ihre verführerischen Reize zu schildern, womit sie den Burschen hier die Köpfe verdrehte, daß alle nach ihrem Besitz trachteten und schmachteten. Das war Öl ins Feuer gegossen, und in der Weinlaune versprach Ebendorffer dem abgefeimten Schacherer goldene Berge für seine Hilfe, wenn sie den gewünschten Erfolg hätte. Heute schon drückte er ihm zum Dank für seine Bemühung ein ziemlich gewichtiges Geldstück in die Hand, das Hammichel unbesehen, aber in richtiger Abschätzung seines Silbergehaltes zufrieden einsteckte.

Das war doch ein Anfang, der weitere gute Besoldung erhoffen ließ, und dienstwillig empfahl sich der Seßhafte zu später Stunde seinem freigebigen Beköstiger mit dem Versprechen, am nächsten Abend wiederzukommen, um zu hören, welchen Verlauf der Antrittsbesuch auf dem Abtshofe genommen hatte.

Langsam wandelte er durch die nächtlich stillen Gassen seiner Behausung zu und spann allerhand Fäden, an denen er den Irregeführten zappeln und so lange hin- und herziehen wollte, bis er sein Schäflein im Trockenen, d. h. sowohl von Ebendorffer wie von Jakobinen nicht gering veranschlagte Sporteln und Gebühren für seine Maulwurfsarbeit eingesackt hatte.

Am Himmel stand der Mond, der dem alten Fuchse schon auf manchem Schleichwege geleuchtet hatte und ihm jetzt ein Gesicht schnitt, über dessen Ausdruck der bedächtig zu ihm Aufblickende in Zweifel war. Wollte der verschwiegene Mitwisser so vieler Heimlichkeiten ihn zu den vorhabenden Schritten anreizen oder ihn davor warnen? Ihm war, als hauchte der Nachtwind von oben her den beherzigenswerten Wink ins Ohr: hüte dich, Hammichel, daß du nicht die eigene Haut zu Markte trägst und selbst in die Grube fällst, die du einem andern graben willst! Aber da flog, weit rechts vom Monde, eine Sternschnuppe. »Huihui!« lachte er, »das war mir ein Fingerzeig, ein Vorbild. Einer, der sich in den Schwächen der Menschen auskennt wie auf den verschlungenen Pfaden des Westricher Waldes, der läßt sich so wenig fangen, wie das Kometlein, das da durchs Weltall flitzt.« Und im Vertrauen auf seine Geschicklichkeit in der Behandlung von gefährlichen und verbotenen Dingen trottete er heimwärts und kroch, behaglich schnurrend wie ein alter Kater, in sein armseliges Bett. –

Am andern Morgen stand Vinzenz Ebendorffer dem Bürgermeister in dessen Amtsstube gegenüber. Christoph Armbruster hielt ein Pergamentblatt in der Hand, das in sauberer Mönchsschrift die Sendung Ebendorffers, auf Trudi zu fahnden, klerikalamtlich bestätigte und mit dem klösterlichen Siegel versehen war. Er hatte das Skriptum gelesen und reichte es nun dem Meier zurück, indem er kühl und gelassen sagte: »An Eurer Beglaubigung ist weiter nichts auszusetzen, als daß Euch zur Vollstreckung dieses Haftbefehls zweierlei mangelt, erstens das Recht und zweitens die Macht.«

»Die Macht wird zur Vollstreckung bereit sein, sobald ihre Anwendung nötig wird, und das Recht dazu werdet Ihr mir wohl nicht bestreiten, Herr Bürgermeister,« sprach Ebendorffer hochfahrenden Tones.

»Mit aller Entschiedenheit tu ich das,« ließ ihn Christoph hart an, von dem allzu sichern und selbstbewußten Auftreten des jüngeren Mannes unangenehm berührt. »Wer gibt denn Euch oder Eurem Abte das Recht, meine Anverwandte aus meinem Hause, in dem sie ihre zweite Heimat gefunden hat, hinwegzunehmen?«

»Ihre Eltern waren Altarleute des Klosters, ihm also untertan und zu Frondienst auf dem Meierhofe, dessen Verwalter ich bin, verpflichtet. Und wie es ihre Eltern waren und ihr Stiefvater heute noch ist, so ist es auf Lebenszeit auch ihre Tochter,« behauptete Ebendorffer dreist.

»Die Verpflichtung zum Frondienst ist an den Besitz des klösterlichen Lehngutes zu Gamburg gebunden,« entgegnete Christoph. »Trudi Hegewald hat aber auf diesen Besitz verzichtet und erhebt keinen Anspruch mehr darauf. Damit ist sie unabhängig vom Kloster und aller Lasten ledig.«

»Dies Pergament beweist Euch das Gegenteil,« gab Ebendorffer trotzig zur Antwort. »Ich bin der Vertreter und Bevollmächtigte des nachjagenden Herrn, der das unantastbare Recht hat, eine aus seinem Gebiet Entflohene zur Rückkehr in ihre angeborene Untertänigkeit zu zwingen, und dazu bin ich hergekommen. Hinter mir steht der hochwürdige Abt von Bronnbach und hinter dem Abte Seine Gnaden der Bischof von Würzburg.«

»Mir hat kein Abt und kein Bischof etwas vorzuschreiben,« erklärte der Bürgermeister stolz und hochaufgerichtet mit zornig gefurchter Stirn. »Und auf die großen Worte, die Ihr im Munde führt, sag' ich Euch: ich glaube nicht, daß der Abt hinter Euch steht, sondern glaube, daß Ihr Euch hinter den Abt, von dem Ihr diese Vollmacht erschlichen habt, falsch und feige verkriecht, weil Ihr Trudi in Eure eigene Gewalt zwingen wollt. Man kennt Eure ruchlosen Absichten auf das Mädchen.«

Der Rothaarige geriet in sichtliche Verlegenheit, denn er fühlte sich von der schweren Anklage, die ihm der Bürgermeister ins Gesicht schleuderte, getroffen. Doch er faßte sich schnell und erwiderte grob: »Der Eurigen wird sie jedenfalls entzogen werden.«

»Versucht's einmal!« warf Christoph spöttisch hin.

»Ihr unterschätzt die Kräfte, über die wir zur Durchführung unseres Willens verfügen,« hielt ihm Ebendorffer hochmütig entgegen, »und wenn Ihr Euch dem verbrieften Rechte nicht –«

»Ah, jetzt kommt Ihr wohl mit der Macht, die Ihr gegen mich gebrauchen wollt?« unterbrach Christoph den Unklugen und maß ihn mit einem verächtlichen Blicke. »Nun, auf deren Entfaltung bin ich in der Tat neugierig, aber bedenkt es wohl, Mann! wir haben hier in einem festen Turme stille Kämmerlein mit schwedischen Gardinen, und draußen vor dem Tore ragt ein hoher Galgen in die blaue Luft.«

»Könnt Ihr etwa mehr als die Nürnberger, die keinen hängen, sie hätten ihn denn?« höhnte Ebendorffer. »Vergeßt nicht, daß ich als Abgesandter eines kirchlichen Würdenträgers in einer unangreifbaren Stellung bin.«

Bei dieser unverschämten Frechheit stieg dem Bürgermeister das Blut zu Kopfe, und empört rief er aus: »Pocht nicht zu laut auf Eure eingebildete Unverletzbarkeit! wir würden kurzen Prozeß mit Euch machen. Die Trudi liefere ich nicht aus, das laßt Euch hiermit ein für allemal gesagt sein. Und nun hab' ich keine Lust mehr, mit Euch noch länger zu verhandeln; packt Euch! dort ist die Tür.«

Der so schroff Hinausgewiesene machte sich ohne Gruß und mit einem grimmen Fluch auf den Lippen davon und Christoph Armbruster hatte nun einen Feind mehr in Wachenheim.

Er war überzeugt, daß dieser erste leicht abgeschlagene Angriff auf Trudis Freiheit nur der Anfang gewesen war von einem vielleicht hartnäckigen Kampfe, der ernster zu nehmen war als die Auflehnung gegen das Wildfangrecht. Der Meier, der sicher alles aufbieten würde, Trudi zu seiner Leibeigenen in des Wortes schändlichster Bedeutung zu machen, schien ein leidenschaftlicher, zügelloser Mensch zu sein, und Christoph mußte dessen nächste, nicht vorauszusehenden Schritte abwarten, eh' er Maßregeln zu ihrer Abwehr treffen konnte. Sollte er den Schultheißen um Rat fragen, was hier zu tun sei? Davon versprach er sich wenig. Gottfried Bofinger hatte das Recht des nachjagenden Herrn als unanfechtbar anerkannt, konnte also nicht dagegen einschreiten. Oder sollte er, um Macht wider Macht ins Feld zu führen, den Reichsfreiherrn um seinen Schutz angehen? Ja, wenn Dietrich von Remchingen dazu geneigt und auch dazu befugt wäre! An dem guten Willen des alten Freundes zweifelte er nicht, aber er wußte, daß Dieter in allen Dingen unparteiisch und gewissenhaft war und sich bei seinen Amtshandlungen nicht durch Gefühlsregungen bestimmen ließ.

Während er diese und noch andere Entschlüsse sorgenvoll bei sich erwog, erschienen nach und nach seine sämtlichen auf dem Abtshofe hausenden Familienglieder bei ihm, um zu erfahren, was der Bronnbacher von ihm gewollt und welche Zumutungen er in bezug auf Trudi an ihn gestellt hätte.

Anfangs wich er ihren sich überstürzenden Fragen aus und gab ihnen nur widerstrebend und andeutungsweise Auskunft. Als aber zuletzt auch Trudi und Ammerie mit angsterfüllten Gesichtern bei ihm eintraten, brachte er es nicht mehr über sich, den Seinigen die Wahrheit vorzuenthalten und erstattete ihnen fast wortgetreuen Bericht.

Der Eindruck, den dieser auf sie machte, war ein sehr verschiedener. Peter geriet über die Frechheit des Meiers in Wut und wollte nicht mehr ohne hagebüchenen Stock ausgehen, um den Friedensstörer bei Gelegenheit **mores** lehren zu können. Elsbeth war voll Mitleid mit Trudi und bangte sich um ihren Mann, daß er sich in einen Streit mit dem bewaffneten Fremden einlassen wollte Ammerie aber stimmte ihrem Bruder lebhaft zu, daß Knüppel aus dem Sack die richtigste und verständlichste Antwort auf Ebendorffers unverschämte Forderung wäre. Trudi saß abseits, in stiller Verzweiflung über das neuerdings auf sie heranstürmende Schicksal, das ihr grauenvoller war als das, die Hörige des Reichsfreiherrn zu werden. Nur in der eiligen Flucht mit Franz sah sie noch eine Möglichkeit zur Rettung. Die einzige, die außer dem Bürgermeister ihre Besonnenheit bewahrte, war Madlen.

Sie wußte, daß Christoph dem frevelhaften Begehren des Meiers einen unbeugsamen Widerstand entgegensetzen würde und hegte wie in allen Lebenslagen so auch in dieser ein unerschütterliches Vertrauen zu ihm. Sie hatte bis jetzt geschwiegen, ging aber nun zu Trudi, nahm, sich neben sie setzend, deren Rechte in ihre beiden Hände und sprach ruhig und mild: »Fürchte dich nicht, mein liebes Kind! das kann Gott nicht wollen, daß du in die Gewalt dieses niederträchtigen Menschen fällst. Onkel Chrischtoph ist Bürgermeister dieser Stadt und steht mit seiner Kraft und seinem eisernen Willen nicht einsam und allein. Er hat Freunde um sich, die ihm helfen werden, dich zu beschützen und in Not und Gefahr zu verteidigen. Du wirst von uns nicht verraten und verkauft werden. Das sage ich dir, deine jetzige Mutter, die du in guten und bösen Stunden stets an deiner Seite haben wirst. Chrischtoph, was sagst du?«

Christoph kam zu Trudi heran und sprach: »Solange ich lebe, Trudi, sollst du niemals gegen deinen Wunsch und Willen von meinem Hofe gehen.«

Sie sah mit einem innig dankbaren Blick zu ihm auf, war aber keines Wortes fähig.

»Nun wieder an die Arbeit, Kinder!« gebot Madlen mit hausmütterlicher Würde und Entschiedenheit. »Und wenn du mich brauchst, Chrischtoph, so rufe deine Frau!«

Neunzehntes Kapitel.

Hammichel schwankte, ob er von der Anwesenheit des Meiers in der Stadt reden oder schweigen sollte und welches von beiden das Einträglichste für ihn wäre. Schwieg er und bewog auch Ebendorffer dazu, so behielt er diesen fest am Zügel, konnte ihn zu allerhand zeitvertrödelnden Unternehmungen verleiten und für seine aufopferungsvolle Beteiligung daran einen ausgiebigen Lohn fordern. Dann mußte er aber auch Jakobinen gegenüber den Mund halten, konnte ihr nicht weismachen, daß es nur von ihm abhinge, was mit Trudi geschähe und verstopfte sich damit eine Einnahmequelle, aus der er noch weidlich zu schöpfen gedachte. Nun fragte es sich noch, ob der Bürgermeister schweigen oder das anspruchsvolle Begehren des Bronnbachers an die große Glocke hängen würde, und das war für Hammichel ganz unberechenbar. Er kraute sich verzweifelt hinter den Ohren, weil er sich keinen Rat wußte, wie er aus diesem Zwiespalt herauskommen sollte. An den Knöpfen seines Wamses wollte er sich die Entscheidung über sein Tun oder Lassen nicht abzählen, sondern mit seinem alle Möglichkeiten abwägenden Spürsinn das Richtige zu treffen suchen. Aber er verwickelte sich mit seinen unschlüssigen Spekulationen wie in den Maschen eines ihm über den Kopf geworfenen Netzes und hörte dabei fortwährend Jakobinens rheinische Gulden klirren. Das klang ihm sehr lockend, doch ihm war so, als stünde in der Schrift: der Geiz ist die Wurzel alles Übels. Das glaube ich nicht, sprach er vor sich hin; ich bin der Meinung, daß die Dummheit die Wurzel alles Übels ist, die Dummheit. Geiz hin, Geiz her! auch das kleinste Stück Geld soll man nicht verschmähen. Darum sei klug, Hammichel, und geh – und geh zu Jakobinen wegen ihrer schönen rheinischen Gulden!

Also ging er zu Jakobinen und berichtete ihr von der Ankunft des Meiers, dessen Absichten auf Trudi er, je nach Jakobinens Wunsch, fördern oder vereiteln könnte. Sie möchte nur sagen, ob es ihr lieber wäre, daß Trudi hier in der Stadt hörig würde oder daß sie der Meier mit sich fortnähme. Für seine Mitwirkung zur Erreichung des einen wie des andern Zieles stellte er seine bestimmten, aber verschiedenen Preise und überließ ihr die Wahl.

Jakobine erklärte, das eine wäre ihr so gleichgültig wie das andere, denn die Würzburgerin könnte ihr so wie so nicht mehr ins Gehege kommen, ob sie nun hier oder in der Ferne hörig würde.

Hammichel gab ihr zu bedenken, daß es doch das Sicherste wäre (weil das Vorteilhafteste für ihn), wenn Trudi ganz aus Wachenheim verschwände, denn solange sie hier am Orte bliebe, würde Jakobine niemals Ruhe vor ihr haben. Aber heute drang er mit seinen Vorspiegelungen nicht durch und fürchtete schon, daß ihm die Steineckerin mißtraute und sich nicht mehr von ihm betrügen lassen wollte. Sehr verdrießlich über seinen Abfall drückte er sich endlich und wußte nun, daß er diesmal doch eine Dummheit begangen hatte und Schweigen das Gescheitere gewesen wäre. Binnen längstens zwei Tagen würde die Anwesenheit Ebendorffers in ganz Wachenheim bekannt sein, und damit verlor er seinen ausschließlichen Einfluß auf diesen, den wiederzugewinnen es eines angestrengten Nachdenkens bedurfte.

Jakobine dagegen sah bald ein, daß Hammichel recht gehabt hatte und Trudis Entfernung von hier das beste Mittel zu ihrer völligen Beruhigung wäre. Sie bereute die vorschnelle Ablehnung seines Beistandes und beeilte sich sie zurückzunehmen, womit sie ihren Bruder beauftragte, nachdem sie ihm von der Botschaft des alten Unterhändlers Mitteilung gemacht hatte. Wilm ging bereitwillig wie immer auf ihre Wünsche ein und versprach ihr, sich mit Hammichel und durch ihn auch mit Ebendorffer in Verbindung zu setzen, um die Überantwortung der Würzburgerin an letzteren mit den beiden gemeinschaftlich und eifrig zu betreiben.

Dem Bürgermeister lag das trotzige Begehren Ebendorffers schwer im Sinn, und so fest er auch entschlossen war, bei seiner Weigerung zu verharren, verhehlte er sich doch nicht, daß die leidige Angelegenheit mit dem Hinauswerfen des Meiers keineswegs abgetan und erledigt war. Höchst wahrscheinlich würde sich dieser nun an den Reichsfreiherrn wenden, um von ihm einen vogteilichen Befehl zur Auslieferung Trudis zu erwirken. Dem wollte Christoph dadurch vorkommen, daß er dem Freunde einen Besuch abstattete, um ihm die nötigen wahrheitsgetreuen Aufklärungen zu geben und ihn wenigstens zu fragen, was er in der Sache zu tun gedächte.

Es geschah sehr selten, daß sich Christoph Armbruster auf der Wachtenburg sehen ließ, und Dietrich von Remchingen war daher hoch erfreut über das Erscheinen des Jugendgenossen. Er befahl sofort Wein, und als der dies Hörende dagegen Einspruch erhob, sagte er: »Erst einen Trunk, Chrischtoph, Forster Freundstück! dann die Sorgen, die ich dir wieder vom Gesicht lese, und hinterher noch einen Trunk als Sorgenbrecher.«

Wie erstaunte er nun, als er den Anlaß zu des Bürgermeisters Kommen vernahm, den ihm dieser mitsamt den versteckten, ruchlosen Absichten des Meiers in Kürze vortrug. Zunächst gab er seinem Unwillen darüber kräftigen Ausdruck; dann aber lachte er und sprach: »Na, mein Alter, da ziehen wir beide mal wieder einen Strang. Unsere liebe Trudi so einem schuftigen Liederjan überlassen? das fehlte gerade noch!«

»Wenn du darüber lachen kannst, Dieter, so bin ich guten Mutes,« sagte Christoph.

»Ja, Chrischtoph, ich lache vielleicht zu früh,« erwiderte der Freiherr, »denn die Sache hat einen sehr ernsten Hintergrund. Die da drüben jenseits des Rheines können sich leider bei der Zurückforderung Trudis auf ein uraltes Privileg berufen.«

»Ich weiß es,« sprach der Bürgermeister, »und dieser Umstand macht mir die meiste Sorge. Hast du dagegen keine Wehr und Waffe, Dieter?«

»Wenn ich eine hätte, wollte ich den Stoß mit festem Gegenstoß parieren.«

»Dann wäre es vielleicht das Beste, wenn du Trudi schnell hörig machtest, damit sie als pfälzische Leibeigene unter deiner Botmäßigkeit hier bleiben muß und uns nicht entrissen werden kann. Warum zögerst du noch damit?«

»Das Hörigmachen würde uns in diesem Falle nichts helfen, Chrischtoph, und daß ich bis jetzt damit zögerte, hat einen Grund, den ich dir eigentlich verschweigen müßte,« entgegnete der Freiherr. Er erhob sich vom Sessel, tat, wie in einem inneren Widerstreit sich nachdenklich seinen Knebelbart zwirbelnd, einen Gang durchs Zimmer, blieb dann vor Christoph stehen, und mit einem bedeutsamen Blick in dessen Augen sagte er langsam, jedes Wort betonend: »Ich warte auf einen geharnischten Protest aus der Mitte deiner Gemeinde.«

In des Bürgermeisters Zügen malte sich eine große Überraschung. Aber als er etwas darauf erwidern wollte, machte der Freiherr mit beiden Händen eine heftig abweisende Bewegung und sprach: »Zwischen uns nichts weiter darüber, Chrischtoph! Benutze diesen Wink wie du willst und kannst, aber bewahre ihn still in deiner Brust.«

Dennoch konnte der Bürgermeister nicht umhin, seinem ritterlichen Freunde vorzuhalten: »Aber, Dieter, als ich selber vor einigen Wochen in meinem Hause dir dergleichen ankündigte –«

»Bitte!« schnitt ihm der Freiherr das Wort ab, »damals drohtest du mir mit einer offenen, gewaltsamen Revolte, und die darf ich nicht dulden.«

Darauf schwiegen sie eine Weile, bis Christoph die Frage stellte: »Wenn nun der Meier zu dir kommt und mich bei dir verklagt?«

»Dann kann ich ihn nicht, wie du's getan hast, die Treppe hinunterwerfen,« erwiderte Remchingen. »Der Bischof von Würzburg ist ein nicht zu verachtender Gegner, und sein Herr Bruder in Christo, der von Speyer, macht mit ihm gemeine Sache. Die lassen sofort die Werbetrommel rühren und sagen uns die Fehde an.«

»Um eines Mädchens willen?«

»O, die brechen, händelsüchtig wie sie sind, jede Gelegenheit vom Zaune, uns Pfälzern etwas am Zeuge zu flicken; davon könnten wir manch Liedlein singen.«

»Also noch einmal: was wirst du sagen, wenn der Bronnbacher sich nächstens bei dir meldet?« wiederholte der Bürgermeister seine Frage.

Der Freiherr zuckte die Achseln. »Hat er Bekannte und Ratgeber in Wachenheim?«

»Ei ja! einen, – Hammichel von Gimmeldingen.«

»Hammichel, den jämmerlichen Wicht wird er nicht als Parlamentär vorschicken, und sollt' er mir auf eigene Faust mit seinem Bettelbriefe kommen, – Vorspann leist' ich ihm nicht gegen dich.«

»Das wollt' ich nur wissen, Dieter!« sprach Christoph freudig, »und damit bin ich zufrieden, mehr verlang' ich nicht.« Er stand auf, hielt dem Getreuen sein noch halb volles Glas entgegen und schloß: »Mit diesem Sorgenbrecher dank' ich dir!«

Dann schied er von dem alten Freunde und wandelte den Burgberg viel getroster hinab als er ihn hinauf gestiegen war.

Auf dem Abtshofe fand er Franz Gersbacher vor, der im Gespräch mit Madlen und den beiden Mädchen deren begreifliche Erregung über das schändliche Verlangen des Bronnbachers zu dämpfen bemüht war. Christoph ermahnte die vier, sich zu gedulden, die Gefahr würde vorübergehen und der Meier bald wieder aus der Stadt verschwinden. Das wäre auch die Meinung des Freiherrn, von dem er eben herkäme. Sie könnten also der Zukunft leichten und frohen Herzens entgegensehen. Er sagte wohlbedacht das alles so ruhig und bestimmt, daß sie sich auch wirklich von ihm beschwichtigen ließen.

Madlen folgte jedoch ihrem Mann in seine Stube, wo sie unter vier Augen mehr von seiner Unterredung mit dem Freiherrn zu hören wünschte. Christoph erzählte ihr denn auch ausführlich davon, aber gerade das, was sie wissen wollte, worauf seine Vertrauensseligkeit fußte, sagte er ihr nicht. Remchingens geheimen Wink verschwieg er auch ihr.

Ammerie ließ verständigerweise Trudi bald mit Franz allein. Diese rückten nun dichter aneinander, sprachen sich unter dem befreienden Eindruck von Christophs Sicherheit gegenseitig Hoffnung zu und kamen überein, ihre Trauung und Auswanderung so lange zu verschieben, bis sie annehmen konnten, daß der nichtswürdige Mensch, der Meier, dem pfälzischen Gebiet den Rücken gekehrt hätte, damit er nicht etwa ihren Spuren folgen und sie auch an ihrem künftigen Wohnorte noch belästigen könnte.

Den Abend zuvor, ehe Christoph auf die Wachtenburg ging, saßen Ebendorffer und Hammichel wieder in der goldenen Traube, und der Meier beichtete dem die Ohren spitzenden Alten die ihm seitens des Bürgermeisters zuteil gewordene schnöde Behandlung.

»Hab' ich Euch doch vorausgesagt, daß dies ein Schlag ins Wasser sein würde,« log ihm Hammichel keck ins Gesicht.

»Ihr mir vorausgesagt? mit keinem Worte!« schnob ihn Ebendorffer an.

»Ich hab' Euch vor dem eigenwilligen, selbstherrlichen Wesen Armbrusters gewarnt.«

»Dessen weiß ich mich nicht zu erinnern.«

»Tut mir leid, aber abgeraten hab' ich Euch von dem Gange,« behauptete Hammichel in aller Seelenruhe.

Ebendorffer war schlechter Laune, und der Wein floß nicht so reichlich wie gestern, Hammichels Glas blieb oft längere Zeit leer. Um bei seinem heute so knausrigen Freihalter wieder besseres Wetter zu machen, hub der über seine Maßnahmen längst mit sich Einige nach einem scheinbar tiefsinnigen Schweigen an: »Ihr braucht wegen dieses einen Mißerfolges nicht gleich das Maul hängen zu lassen wie ein Lohgerber, dem die Felle weggeschwommen sind, Herr Ebendorffer. Kein Baum fällt auf den ersten Hieb.«

»Diese Holzknechtweisheit hör' ich auch nicht zum ersten Male,« brummte der Meier.

»Wir müssen eben etwas anderes, Klügeres erfinden, als mit dem halsstarrigen Bürgermeister zu paktieren.«

»Sehr richtig! mir ist bekannt, daß hier in der Vorderpfalz den höchsten Befehlich der Reichsfreiherr von Remchingen auf der Wachtenburg hat. Dem werd' ich aufs Dach steigen und ihm meine besiegelte Vollmacht unter die Nase halten,« sagte Ebendorffer großspurig.

»Und dann von der Wachtenburg mit ebenso langer Nase wieder abziehen, wie vom Abtshofe,« spottete Hammichel. »Der Freiherr hilft Euch nicht, weil er viel zu dick Freund mit dem Bürgermeister ist. Und in Junker Ulrich, seinem sehr liebedurstigen Sohne, werdet Ihr erst recht einen Gegner finden, der Euch die Jungfer Trudi streitig macht, weil er sie selber besitzen und als Hörige auf die Burg haben will.«

»Auf die Burg haben will?« begehrte Ebendorffer wild auf.

»Jaja!«

»Den Teufel auch! Hammichel, was machen wir da?«

»Nichts wäre zu machen, wenn ich mir nicht etwas ausgedacht hätte, das Euch mit einem Sprunge zum Ziele bringt, sofern ihr Courage habt, Herr Vinzenz Ebendorffer,« sprach der Alte.

»Heraus damit, Herr Hammichel von Gimmeldingen!« rief der Meier und goß ihm flugs das Glas bis an den Rand voll.

»Sagtet Ihr mir gestern nicht,« fuhr Hammichel fort, »Ihr wäret hergeritten auf einem Pferde, das Ihr als flott und tüchtig in jeder Gangart lobtet?«

»Jawohl, kreuz und quer bin ich mit ihm auf der Suche umhergejagt.«

»Ist Euer Roß stark genug, um in scharfem Ritt auch zwei tragen zu können?«

»Ei, das will ich meinen! aber was wollt Ihr damit?« fragte nun Ebendorffer verwundert. »Soll ich Euch etwa zu mir in den Sattel nehmen, daß wir beide selbander nach Heidelberg zum Pfalzgrafen reiten, weil mir der Obervogt nicht helfen will?«

»Mich alten Wurm sollt Ihr nicht vor Euch in den Sattel nehmen, aber ein schönes Mädchen, und nicht nach Heidelberg zum Pfalzgrafen, sondern an den Rhein zur nächsten Fähre mit ihm reiten, und das in sausendem Galopp,« erwiderte Hammichel und packte den andern am Arm, als müßte er ihn aus dem Schlafe rütteln. »Wie gefällt Euch das, Herr Klostermeier von Bronnbach?«

»Hammichel, Ihr seid ein verfluchter Kerl!« rief Ebendorffer und blickte den Alten verdutzt an. »Auf eine Entführung seid Ihr aus? ist das Euer Ernst?«

»Natürlich ist's mein Ernst! aber schreit nicht so!« flüsterte Hammichel, »die Türen schließen nicht gut hier im Hause.«

»Mensch! wie darf ich das wagen unter der scheinenden Sonne.«

»Die Sonne soll's nicht sehen, aber bei Nacht und Nebel schafft Ihr's.«

»Und der Weg?«

»Ist gar nicht weit und nicht zu verfehlen. Ihr müßt ihn nur vorher ein paarmal ausprobieren, damit Ihr oder Euer Gaul ihn auch im Dunkeln wiederfindet. Auch den Fährmann müßt Ihr dingen, daß er zu nächtlicher Stunde bereit ist.«

»Ein toller Handstreich wär es, – aber weiter! laßt mich hören –«

»Still!« gebot Hammichel. »Ich werde den Plan in allen Einzelheiten ausbrüten, ihn Euch fix und fertig vorlegen und als Helfer bei dem Unternehmen einen guten Gesellen mitbringen, der Grütze im Hirn und Haare auf den Zähnen hat. Dann reden wir mehr davon.«

»Aber ordentlich eins trinken wollen wir darauf,« sprach der Meier vergnügt, erhob sich und rief dem Wirte draußen zu, einen besseren Wein aufzutischen.

»Nur eins noch!« fing Hammichel wieder an. »Ich brauche Geld, muß den Torwart stempeln, daß er nachts die Rheinpfort offen läßt; sonst kommt Ihr nicht aus der Stadt hinaus.«

»Wieviel wird dazu nötig sein?« fragte Ebendorffer.

»Ich kenn den Mann, hab' schon manchen Schoppen mit ihm ausgestochen und denke, daß er's für zehn Gulden tun wird, billiger gewiß nicht,« erwiderte Hammichel.

»Hier habt Ihr fünfzehn,« sprach der Meier. »Was Ihr davon erübrigt, soll Euer sein.«

»Bedanke mich bestens,« sagte der Alte und steckte das Geld gierig ein.

Dann tranken sie weiter, bis die neue Flasche Hammichel'schen Machwerks leer war, verhielten sich aber ziemlich schweigsam, in ihren Gedanken mit der geplanten Entführung beschäftigt. –

Wie ein Lauffeuer hatte sich die Kunde von der Ankunft eines würzburgischen Abgesandten, der Trudi in ihre Heimat zurückholen sollte, durch die ganze Stadt verbreitet. Der Traubenwirt hatte mit seinem Gaste, der schon eine starke Zeche bei ihm auf dem Kerbholz hatte, überall geprahlt und dessen Absichten jedem offenbart, der ihn danach fragte. Christoph Armbruster selber hatte seinen Freunden, die des ausgesprengten Gerüchtes wegen bei ihm anklopften, die nicht abzuleugnende Tatsache unumwunden eingeräumt und ihnen zugleich von den unablässigen, schändlichen Angriffen des Meiers auf Trudis jungfräuliche Ehre gesagt, wie es die vor ihm Flüchtige, daheim hart Bedrängte schon am ersten Tage ihres Hierseins Madlen aus angsterfülltem Herzen anvertraut hatte.

Infolgedessen bemächtigte sich der gesamten Einwohnerschaft Wachenheims eine große Erregung, und wunderbarerweise ergriffen alle Schichten der Bevölkerung heftig Partei gegen Ebendorffer und waren entschlossen, Trudis Auslieferung an ihn unter keiner Bedingung zuzulassen.

Diese Einmütigkeit des Widerstandes hatte jedoch sehr voneinander abweichende Beweggründe.

Die Anhänger Armbrusters hielten in unverbrüchlicher Treue zu ihm und stellten sich ihm zum Schutze Trudis zur Verfügung, während seine Feinde danach strebten, daß Trudi hier in der Stadt hörig und leibeigen würde, weil sie dem Bürgermeister diese Demütigung aufpacken wollten. Darum machten auch sie entschieden Front gegen den Meier, der ihnen ihre böswillige Absicht durch die Wegführung Trudis nicht durchkreuzen sollte.

Gersbacher und Lutz waren die lautesten Rufer im Streit für Armbruster, wiegelten ihre Gesinnungsgenossen auf und wollten dem würzburgischen Eindringling handgreiflich zu Leibe gehen und ihn mit Schimpf und Schande aus der Stadt vertreiben. Den Grund zu dem scheinheiligen Einverständnis der Gegner mit ihrer eigenen Meinung durchschauten die ehrlichen Verteidiger des von jenen Gehaßten vollkommen und gaben ihnen anzügliche Reden zu hören und geballte Fäuste zu sehen.

Der Bürgermeister hatte Mühe, die aufeinander platzenden Geister im Zaune zu halten und den offenen Aufruhr zu verhindern, vor dem ihn Dietrich von Remchingen so ernstlich gewarnt hatte. In seinem Innern aber war er froh darüber, denn so bereitete sich allmählich in der Bürgerschaft die rechte Stimmung vor, die zur geschickten Benutzung des ihm vom Freiherrn heimlich erteilten Winkes erforderlich war. Sobald diese Stimmung zu einer besonnenen Kundgebung und einem wohlerwogenen Beschlusse reif war, konnte er einen auf Trudis Schutz abzielenden Antrag im Gemeinderat stellen oder besser noch von den Freunden und Vorkämpfern seiner gerechten Sache stellen lassen. Aber wer von ihnen würde ohne seine Anregung auf diesen klugen Gedanken kommen? –

Vinzenz Ebendorffer war durch Hammichel vor der in der Stadt gegen ihn anschwellenden Gärung gewarnt und ließ sich deshalb auf den Straßen nicht mehr blicken. Am Tage ritt er gewöhnlich zwischen Wachenheim und dem Rheine hin und her, und abends saß er mit seinem geschäftigen Berater in der goldenen Traube beim Wein, wo nun noch ein dritter mit den beiden im Bunde war.

Zwanzigstes Kapitel

Eines Morgens erschien Schneckenkaschper mit seinem Patz auf dem Abtshofe und saß, unverwandt das Haus im Auge behaltend, geduldig so lange auf der Bank unter dem großen Nußbaum, bis ihn Trudi von einem Fenster aus erblickte und auf ein Zeichen von ihm mit Ammerie herauskam. Da steckte er ihr einen Brief zu, auf den er seinem Großvater mündliche Antwort bringen sollte. Die Mädchen, höchst erstaunt über diese Sendung, wollten das sorglich geschlossene Schriftstück erst nicht annehmen, taten es aber im unwiderstehlichen Drange der Neugier dann doch und schickten den Jungen in den Garten, dort ihres Bescheides zu harren.

Der Brief war von Ebendorffer, der Trudi in rührseligem Tone um ein letztes Wiedersehen bat. Er hätte sich leider überzeugen müssen, schrieb er, daß sein Bemühen, sie in ihre Heimat zurückzuführen, vergeblich wäre, und wollte nun allein abreisen. Die einzige Bitte, die er noch auf dem Herzen hätte, wäre, von ihr auf ewig Abschied nehmen zu dürfen; sie möchte ihm diese kleine Gunst nicht versagen. Zum Beweise seines völligen Verzichtes verspräche er auf Ehr und Eid, ihr dabei seine Vollmacht auszuhändigen, womit er sich jedes Anspruches und jedes Rechtes auf sie entäußerte. Sie möchte heut abend um neun Uhr vor die Rheinpforte hinauskommen und sich von ihrer Muhme Ammerie begleiten lassen, die ja Zeuge seines Abschiedes von ihr sein könnte.

Nachdem die beiden Mädchen, Schulter an Schulter, den Brief gelesen hatten, sahen sie sich fragend an, und jede wartete auf das erste Wort der andern.

Trudi sprach es aus: »Ammerie, das ist eine Falle.«

»Nein,« erwiderte Ammerie, »das glaub' ich nicht, sonst würde er dir nicht vorschlagen, mich mitzubringen.«

»Wozu denn ein Abschied?« versetzte Trudi. »Ich hab ihm nichts zu sagen und will nichts von ihm hören.«

»Für den Preis, seine Vollmacht in die Hände zu bekommen, könntest du schon ein übriges tun.«

»Das ist nur der Köder, mit dem er mich kirren will. Wer weiß, was er arges mit mir im Sinn hat.«

»Die Erfüllung dieser Bedingung muß voraufgehen, ehe du ihm nur mit einer Silbe Rede stehst,« erklärte Ammerie.

»Mir schaudert vor einem Zusammentreffen mit dem Menschen.«

»Da es aber das einzige Mittel ist, ihn loszuwerden, müssen wir's wagen.«

»Hast du wirklich den Mut dazu?«

»Warum nicht?« meinte Ammerie. »Gegen uns zwei starke Mädchen kann er nichts ausrichten. Die Eltern dürfen natürlich nichts davon wissen; denen sagen wir, wir hätten Gersbachers versprochen, sie heut abend nach Tisch zu besuchen, wogegen sie nichts einzuwenden haben werden. Vorher aber wollen wir meinen Bruder Peter noch um Rat fragen und danach beschließen, was wir tun. Jedenfalls lassen wir durch Kaschper bestellen, wir würden zu dem Abschiednehmen kommen. Rät uns Peter davon ab, so bleiben wir hübsch zu Hause und lassen den Rothaarigen da draußen so lange warten, bis er schwarz wird. Bist du damit zufrieden?«

»Ja, damit bin ich einverstanden,« erwiderte Trudi. »Wollen wir Peter nicht bitten, mitzukommen?«

»Nein, das nicht,« widersprach Ammerie. »Erstens wird er sich nicht dazu verstehen, und zweitens würde Ebendorffer das als einen auf ihn ausgeübten Zwang ansehen und uns aus Ärger darüber seine Vollmacht nicht ausliefern.«

»Damit könntest du allerdings recht haben,« pflichtete ihr Trudi bei.

»So komm, daß wir dem Jungen Bescheid bringen.«

Im Garten sagte Ammerie zu Kaspar: »Melde deinem Großvater, wir würden uns heut abend Klocke neun vor der Rheinpfort' einfinden.«

»Werd's bestellen,« sprach Kaspar, lief mit seinem Patz flink davon, dachte aber: abends Klocke neun vor der Rheinpfort'? was soll denn das bedeuten? Schneckenkaschper, da müssen wir dabei sein.

Darauf begaben sich die Mädchen in Peters Wohnung. Ammerie trug ihrem Bruder, ohne Beisein von Elsbeth, das Begehren und das Anerbieten des Meiers vor und knüpfte daran die Bitte, ihnen seinen Rat zu erteilen. Sie verschwieg ihm nicht Trudis Bedenken und große Abneigung gegen den Schritt, vertrat aber auch ihre eigene Meinung und wiederholte alles das, was sie für das Eingehen auf Ebendorffers Vorschlag schon Trudi gegenüber geltend gemacht hatte.

Peter hatte ihr aufmerksam zugehört und sprach nach längerem Besinnen: »Ja! geht hin! ich sehe keine Gefahr dabei, und in den Besitz der Vollmacht zu gelangen, ist für dich, Trudi, wie auch für den Vater so überaus wichtig, daß du die Gelegenheit dazu nicht versäumen darfst. Ich würde euch, damit ihr euch sicherer fühltet, gern zu dem Stelldichein begleiten, aber das würde die Übergabe der Vollmacht nicht fördern, sondern wahrscheinlich hintanhalten.«

»Ganz richtig! das hab' ich Trudi auch schon gesagt,« fiel Ammerie ein.

»Also du rätst uns, den Gang zu wagen?« fragte Trudi noch einmal.

»Unbedingt ja!« erwiderte Peter.

»Gut! dann tun wir's,« entschied Trudi. »Hab' Dank, Peter!«

Sie verließen ihn, und auf dem Hofe hub Ammerie an: »Nun kannst du ohne Sorge sein. Peter ist ein sehr vorsichtiger Mensch und würde uns nicht zureden, wenn er an der Sache irgend etwas Mißliches fände. Sobald wir die Schrift in Händen haben, sagen wir Schab ab! laufen nach Hause und überreichen Väterle stolz die eroberte Vollmacht. Wird der mal Augen machen!«

»Hätten wir sie nur schon!« seufzte Trudi.

»Nur nicht so katzangst! vor allen Dingen zeige dem Meier keine Spur von Furcht, sondern tritt kaltblütig und fest gegen ihn auf und mach' den Abschied so kurz wie möglich,« mahnte Ammerie.

»Am liebsten spräch' ich kein Wort dabei.«

»Vielleicht brauchst du das auch gar nicht,« versetzte Ammerie. »Ein Kopfnicken, eine dargereichte Fingerspitze genügt ja. Wir wollen auch nicht mehr darüber sprechen, wollen uns die Zeit mit Arbeit vertreiben und gar nicht mehr daran denken.«

Das war leichter gesagt als getan. Trudi wurde die Gedanken an das, was ihr heut abend bevorstand, nicht los, denn es lastete auf ihr mit einem dumpfen Drucke, von dem sie sich mit keinen Vernunftgründen freimachen konnte. Immer ging ihr die Frage durch den Sinn, ob Ebendorffer mit dem, was er in seinem Briefe versprochen hatte, auch Wort halten und sonst nichts weiter von ihr verlangen würde. In ihrer Ungeduld, die widerwärtige Begegnung nur erst hinter sich zu haben, schlichen ihr die Stunden des Tages schier unerträglich langsam dahin, und sie hatte große Mühe, ihre Aufregung in Gegenwart der lieben Alten zu verhehlen, was ihr ohne Ammeries absichtlich ununterbrochenes Geplauder, das die Aufmerksamkeit von der Schweigsamen ablenkte, kaum geglückt wäre.

Endlich war der Abend herangekommen. Das jüngere Ehepaar erhob sich vom elterlichen Tische sehr frühzeitig, wie es die beiden manchmal zu tun pflegten, wenn sie drüben in ihrer Wohnung vor dem Zubettgehen noch ein Stündchen unter sich sein wollten, weil es ihnen tagsüber an Zeit dazu gebrach. Peter warf beim Verlassen des Zimmers Trudi einen ermutigenden Blick zu, den sie verstand und mit einem schnellen Augenplinken erwiderte.

Kurz vor neun Uhr machten sich auch Trudi und Ammerie bereit, und da selbst ein so später Besuch im Gersbacherhofe nichts Ungewöhnliches und Auffallendes hatte, so konnten sie ihren heimlichen Gang unbehindert antreten.

Ein mäßiger Wind rauschte im Laub der Bäume und Sträucher und trieb von Westen her zerrissene Wolken, die den halben Mond bald verschleierten, bald unverhüllt herabschauen ließen.

Die Stadttore blieben, was Hammichel dem Bronnbacher klüglich verschwiegen hatte, in Friedenszeiten bis zehn Uhr offen, und als die beiden Mädchen ein Stück außerhalb der Rheinpforte waren, erblickten sie in geringer Entfernung auf dem völlig einsamen, von hohem Gebüsch umsäumten Fahrwege, der nach dem Rheine zuführte, einen einzelnen Mann, und das war Ebendorffer. Eine Strecke hinter ihm aber stand einer mit einem Pferde, der ein Knecht oder Bursche aus dem Gasthause zur goldenen Traube sein mußte.

»Siehst du,« sprach Ammerie, »dein Quälgeist ist schon reisefertig; dort steht sein gesatteltes Pferd. Muß dem der Boden unter den Sohlen brennen, daß er sogar die Nacht durch reiten will.«

»Glück auf den Weg!« flüsterte Trudi.

»Glück?« sagte Ammerie. »Den Hals soll er im Dunkeln brechen oder im Rheine versaufen! Das ist mein Reisesegen.«

Sie gingen langsam auf ihn zu. Der Meier rührte sich nicht vom Flecke, sondern winkte mit einem weißen Blatt Papier, daß sie näher kommen möchten.

Als dies geschehen war, sprach er: »Guten Abend! es freut mich, daß ihr so pünktlich zur Stelle seid. Hier nehmt die Vollmacht, die auszuliefern ich gelobt habe! Wollt ihr euch überzeugen?«

»Jawohl!« sagte Ammerie, griff schnell zu und steckte das Blatt in die Tasche ihres Kleides.

»Und nun, liebe Trudi, wie ist es?« fragte Ebendorffer mit schmeichelndem Tone. »Willst du mich nicht zum letzten Male noch ein Stück begleiten? Die Nacht ist mild, und dort steht mein Schweißfuchs, den du ja von früher her kennst. Ich nehme dich vor mich in den Sattel, nur bis zum Rheine. Wie sich der Mond da im Strome spiegelt, das ist ein prächtiges Bild, als könnte man wie auf einer goldenen Brücke hinüberreiten.«

Trudi blickte ihn, über diese unglaubliche Zumutung empört, mit starren Augen an und konnte nicht antworten. Ammerie zog sie am Arme und flüsterte: »Komm! komm fort!«

Schon wandten sie sich zum Gehen, aber – »Halt! du kommst mit mir!« rief der Meier laut, erfaßte die zum Tod erschrockene Trudi und versuchte, sie mit Gewalt zu seinem Pferde zu schleppen.

Und wie auf eine Losung fiel ein anderer, einer mit geschwärztem Gesicht, über Ammerie her, um ihr mit der Hand den Mund zu verschließen. Doch ehe ihm dies gelang, konnte die sich heftig Sträubende noch einen gellenden Schrei ausstoßen.

Da stürmten drei Retter in der Not, Peter, Franz und Steffen, aus dem Gebüsch pfeilgeschwind heran. Mit nerviger Faust packte Franz den Meier im Genick, daß dieser seine umklammerte Beute fahren lassen mußte. Der vollständig Überraschte kehrte sich sofort gegen ihn, zückte im Nu sein Weidmesser und versetzte seinem Angreifer einen Stich in die Gegend des Herzens. Aber ungeschwächt davon, weil der Stoß glücklicherweise nicht ins Herz gedrungen, sondern an einer Rippe abgeglitten war, wich Franz, obwohl blutend, vor dem Rasenden nicht zurück und entwand ihm mit Peters Hilfe die Waffe, ehe er noch einmal zustechen konnte. Dann aber entspann sich ein so wilder Zweikampf, daß Peter in die schlangenhaft schnellen Bewegungen der miteinander Ringenden nur wenig einzugreifen vermochte, bis Franz seinen Gegner zu Boden warf und sich auf ihn kniete.

Inzwischen hatte Steffen auch Ammerie von ihrem Bedränger befreit, der eilig floh und unerkannt entkam.

Peter leistete seinem Schwager nun einen sehr gediegenen Beistand zur Überwältigung des sich immer noch verzweifelt Wehrenden, die bald so gründlich besorgt war, daß sie ihn mit Stricken fesseln konnten, die sie vorsichtigerweise mitgebracht hatten.

Die Mädchen standen Hand in Hand abseits und schauten mit fliegendem Atem, vor Angst zitternd und bebend, dem Kampf auf Leben und Tod zu, den sie genau verfolgen konnten, weil jetzt der Mond wolkenlos vom Himmel schien. Bald wollte Trudi, bald Ammerie sich losreißen, um den Ihrigen tapfer beizuspringen, und war dann von der andern kaum zu halten.

Jetzt sah Steffen, wie der bei dem Pferde Stehende sich aus dem Staube machen wollte, war sofort hinter ihm her, holte ihn ein und zerrte den Entwischten, der kein anderer war als Hammichel, an einem Ohre auf den Kampfplatz zurück, wo die andern beiden den Meier noch fester umschnürt hatten, so daß er an kein Entrinnen denken konnte.

Der Besiegte lag am Boden, aber auch die Sieger waren erschöpft und mußten sich ein wenig verschnaufen. Trudi kam erregt auf Franz zu, aber dicht vor ihm blieb sie schreckgelähmt stehen und schrie entsetzt auf: »Mein Gott, du blutest ja! Bist du verwundet?«

»Ja, Ebendorffer hat mich gestochen,« erwiderte er, »es hat nichts zu bedeuten.«

Peter winkte ihr, zurückzutreten und sprach zu seinen Gefährten: »Nun laßt uns den hier auf die Füße stellen und dann die beiden Ehrenmänner in sicheren Gewahrsam bringen!«

»Was wollt ihr denn von mir?« schnarrte Hammichel. »Ich hab' ja bloß das Pferd gehalten und von allem andern kein Sterbenswort gewußt.«

»Murr mir nicht viel, elender Giftmischer!« fuhr ihn Franz zornig an. »Bloß das Pferd gehalten! als ob das nicht genug wäre, dir einen Strick um den Hals zu drehen. Manschen und kuppeln immer und überall, das ist dein Handwerk; du sollst dran zu schlucken haben!«

Hammichel wollte, gänzlich geknickt und an allen Gliedern schlotternd, etwas darauf entgegnen, aber sein Lügenmaul blieb ihm tonlos offen stehen, denn ihm gerade gegenüber tauchte plötzlich Schneckenkaschper aus dem Gesträuch hervor und schien nicht im mindesten erstaunt, welchen Kreis von guten Bekannten er hier versammelt fand.

»Bube, verfluchter! Du hast uns verraten,« keifte der Alte mit vor Wut überschnappender Stimme, als sich ihm die Zunge wieder löste, und mit haßsprühenden Augen wollte er auf seinen Enkel los, um ihn zu würgen.

Aber Steffen trat schnell dazwischen und sprach: »Sachte, Halunke! mach' dir keine Ungelegenheiten, sonst regnet's hageldichte Hiebe.«

Kaspar sagte zu den Mädchen: »Ich hab' alles mit angesehen, war lange vor euch hier. Kannst du mich brauchen, Trudi?«

»Ei freilich!« erwiderte sie. »Einmal hast du den Bader für mich geholt, jetzt tu's für Franz. Er soll gleich auf den Gersbacherhof kommen und Franzens Wunde verbinden.«

Ohne Antwort flog der Junge davon.

»Also vorwärts!« gebot Peter. »Du Franz, machst, daß du heimkommst; wir zwei sind schon Manns genug als Trabanten für die beiden hier.«

»Zwei?« fragte Ammerie, »wir sind doch ohne Franz unser vier. Uns Mädchen rechnest du wohl nicht? wir wollen aber auch mit dabei sein und verlassen euch nicht, bis alles zu Ende ist.«

»Meinetwegen!« sagte Peter. »Faß an, Steffen! Nein, du nicht, Franz! Du darfst dich nicht bücken.«

Mit einem kräftigen Ruck hoben die zwei den Gefesselten vom Boden auf, der sich stumm alles gefallen und von seinen Bändigern auf dem Wege zum Turm in die Mitte nehmen ließ. Trudi und Ammerie folgten und trieben seinen Schildknappen wie einen gepfändeten Hammel vor sich her. Franz aber begleitete die gemischte Gesellschaft doch noch zum Schultheißen, damit dieser sich von seiner Verwundung überzeugen sollte.

Zum Liebsten, der an ihrer Seite ging, sprach Trudi leise: »Wie habt ihr's nur angestellt, daß ihr just im entscheidenden Augenblick zu unserer Rettung kamet?«

»Ja, konntet ihr törichten Jungfrauen denn glauben, daß wir euch den gefährlichen Weg allein machen und dem hungrigen Wolf geradeswegs in den Rachen laufen ließen?« erwiderte Franz. »Peter hat den Braten gleich gerochen, als ihr ihn um Rat fragtet, und mit mir und Steffen alles zu eurem Schutze verabredet. Sagen durfte er euch nichts davon, denn sonst hättet ihr euch am Ende nicht hergetraut, und unser köstlicher Plan, die Hasenstricker in ihren eigenen Schlingen zu fangen, wäre gescheitert. So aber haben wir ihnen aufgelauert und fürchteten nur, sie könnten uns entdecken, als sie sich in demselben Gebüsch verkrochen, wo wir bereits im Hinterhalt lagen. Schneckenkaschper stand schon Wache am Tor, als wir kamen, paßte auf, wann die Schufte sich nahten und tat uns, unbemerkt von ihnen, Kundschafterdienst.«

Trudi wußte nicht, wie sie mit ihrem vollen Herzen ihm danken sollte, und fragte nur: »Hast du Schmerzen?«

»Nur wenig,« antwortete er.

Beim Schultheißen führten sie die Verbrecher dem alten Herren vor, und nach Anhörung von Peters Bericht über das Geschehene schrieb Gottfried Bofinger den Befehl für den Schließer, die beiden einzukerkern. Dann ging es, während sich Franz stracks nach Hause begab, zum Eulenturm, wo Ebendorffer und Hammichel, voneinander gesondert, in Eisen gelegt wurden.

»Nun haben wir sie hinter Schloß und Riegel,« sprach Steffen und trennte sich mit einem fröhlichen Gute Nacht! von den anderen, wobei er Ammerie so kräftig die Hand drückte, daß sie beinah' laut aufgeschrien hätte.

Der ganze Vorgang hatte sich ziemlich schnell abgespielt und von Anfang bis zu Ende etwa dreiviertel Stunde gedauert.

Peter, Trudi und Ammerie wandten sich dem Abtshofe zu, sprachen aber kaum miteinander, denn das in einen knappen Zeitraum zusammengedrängt Erlebte übte seine mächtige Nachwirkung auf sie aus, die jeder in sich selbst zu überwinden strebte. Als sie aber an das Tor des Gehöftes kamen, sahen sie in zwei Fenstern des Hauses einen rötlichen Schimmer und wußten nun, daß sie die Eltern noch in der Wohnstube bei der Lampe fanden und ihnen ihr Herz ausschütten konnten.

So traten sie zu ihnen ein. Ammerie schritt entschlossen voran, trumpfte mit derbem Schlag das Pergament vor ihrem Vater auf den Tisch und platzte los: »Hier, Väterle, hast du die Vollmacht des Klostermeiers von Bronnbach! ich hab' sie ihm eigenhändig abgenommen. Er wollte unter dem Beistande Hammichels und noch eines andern unsere Trudi mit Gewalt über den Rhein entführen, aber wir mit Franz und Steffen haben sie gerettet, und jetzt sitzen die Bösewichter wohlverwahrt im Eulenturm.«

Der Bürgermeister blickte seine ihm verdächtig vorkommende Jüngste lächelnd an und sagte, ihr mit dem Finger drohend, gutlaunig: »Grashupf, ihr waret bei Gersbachers, da hat dir der Steffen wohl zuviel Ruppertsberger eingeschenkt?«

»Der Steffen? ach! – wir waren gar nicht bei Gersbachers,« stotterte sie mit heißen Wangen.

Er entfaltete das Pergament. »Meiner Seele! es ist wahrhaftig die Vollmacht,« sprach er staunend, nahezu verblüfft. »Setzt euch und erzählt!«

Jetzt trat Elsbeth ein, denn sie hatte die drei über den Hof kommen hören. Sie stutzte vor den ernsten, erregten Gesichtern, aber ehe sie eine Frage tun konnte, machte ihr Madlen ein Zeichen des Schweigens und wies nach einem Stuhl hin.

Als alle saßen, nahm Ammerie das Wort und schilderte das bestandene Abenteuer so lebendig und anschaulich, daß die Hörenden mit allen Sinnen an ihren Lippen hingen und am Schlusse ihres eindringlichen Berichtes ein tiefes, nachdenkliches Schweigen am Tische herrschte.

Dann aber gaben Madlen, Christoph und Elsbeth ihrer Freude über Trudis Rettung aus der Gefahr und zugleich ihrer warmen Anerkennung von Peters und seiner beiden Schwäger tatkräftigem Schutze, dem allein die Rettung zu danken war, herzüberquellenden Ausdruck.

Darauf winkte der Bürgermeister seiner Tochter: »Nun komm' du mal her, Grashupf! was mach' ich denn mit dir? Du bist doch gewiß die Rädelsführerin bei dem Wagestück gewesen, nicht wahr?«

»Natürlich, Väterle!« gestand Ammerie mit keckem Selbstbewußtsein. »Die Trudi wollte erst durchaus nicht mit, aber ich habe sie doch dazu herumgekriegt, und darauf bild' ich mir nicht wenig ein, denn sonst säßen ja die Schufte jetzt nicht im Eulenturm.«

»Ja, was wären wir ohne dich!« lachte er und griff ihr liebevoll in das krause Stirnhaar.

»Und auf welch hinterlistige Weise habt ihr Rackerzeug von Mädels euch von uns weggestohlen!« schalt Madlen in spaßhaftem Tone.

»Euch um Erlaubnis dazu bitten konnten wir doch nicht, Mütterle,« entgegnete Ammerie. »Darum mußten wir euch vorflunkern, wir gingen zu Gersbachers, denn zu einem Stelldichein mit dem Meier hättet ihr uns doch keinen Urlaub bewilligt.«

»Allerdings nicht,« sprach Christoph, »aber da alles noch so leidlich abgelaufen ist, sei euch die Flunkerei für diesmal verziehen. Ich hoffe, die nachjagenden Herren werden uns nach dieser Erfahrung mit ihrem Abgesandten, falls der gefangene Marder überhaupt ihr Abgesandter war, in Zukunft ungeschoren lassen.«

»Seine Vollmacht solltest du dir einrahmen lassen und zur Erinnerung an die Wand hängen, Trudi,« sagte Peter.

»Ich danke schön, Peter, für solche Erinnerung!« erwiderte Trudi lachend. »Onkel Chrischtoph wird das Dokument wohl in seinem Repositorium begraben.«

»Richtig, mein Kind, **ad acta** damit!« sprach der Bürgermeister.

So wurde über die denkwürdige Begebenheit noch viel in Ernst und Scherz hin und her geredet, und die Armbrusters gelangten heut erst sehr spät zu ihrer Nachtruhe.

Als die beiden Mädchen oben in ihrer Kammer waren und Trudi bereits im Bette lag, beugte sich Ammerie, auch schon entkleidet, zärtlich über sie und begann: »Du hattest doch recht, Trudi, daß das Abschiednehmen eine Falle war, die der abscheuliche Mensch dir gestellt hatte. Gott sei gedankt, daß ihm der Bubenstreich nicht gelungen ist! Jetzt aber möcht' ich dich prügeln vor Freude, daß ich dich wieder hier in den Daunen habe, du – du Würzburgische!«

»Nur immer zu! von dir will ich die schönsten Püffe für alle die Not und Beschwer, die ich euch verursacht habe, gern hinnehmen,« sagte Trudi mit einem träumerischen Lächeln, sich reckend und streckend in dem wohligen Gefühl, wieder sicher vor Gefahren zu sein und von den Ihrigen so geliebt zu werden.

Einundzwanzigstes Kapitel.

Im Laufe des nächsten Tages verbreitete sich schnell die Nachricht von der Einkerkerung Ebendorffers und Hammichels wie auch von der Veranlassung dazu. Allerlei Gerüchte über die näheren Umstände, zutreffende und falsche, oft sehr übertriebene, durchschwirrten die Stadt und spannten die Neugier auf das Ergebnis der gerichtlichen Untersuchung.

Diese ließ nicht lange auf sich warten. Draußen auf der Gasse, von einer vielköpfigen Menge umlagert, fand im Gemeindehause die vom Schultheißen geführte Gerichtsverhandlung statt, zu der sämtliche an dem Überfall und seiner Abwehr Beteiligte geladen waren, auch Kaspar. Nur Franz fehlte, weil er seiner Wunde wegen nicht erscheinen konnte. Dagegen nahm kraft seines Amtes der Bürgermeister als Beisitzer daran teil.

Die Zeugenaussagen über den zu ermittelnden Tatbestand, zu denen sich in der ihnen sehr peinlichen Gegenwart Ebendorffers auch Trudi und Ammerie bequemen mußten, stimmten in allen Punkten überein, ohne sich in einem einzigen zu widersprechen und waren für die Angeschuldigten geradezu niederschmetternd.

Die Anklage lautete gegen Ebendorffer auf versuchten Mädchenraub mit Anwendung körperlicher Gewalt und auf Mordversuch, gegen Hammichel auf wesentliche Hilfeleistung beim Mädchenraube und damit zusammenhängende Verleitung zum Mordversuche.

Den Entführungsversuch konnte Ebendorffer nicht bestreiten, denn sein gesatteltes Pferd, das sich reiterlos zur goldenen Traube zurückgefunden hatte, wie auch seine laut an Trudi gerichteten Worte: Du kommst mit mir! und sein zwangweises Ergreifen und Fortschleppen des durch falsche Vorspiegelungen hergelockten Mädchens waren die unwiderleglichen Beweise seiner verbrecherischen Absicht. Sich auf seine klösterliche Vollmacht zu berufen, wagte er nicht, und seine Ausrede, den Messerstoß in der Notwehr getan zu haben, ließ der Schultheiß nicht gelten. Den dritten Verschworenen zu nennen weigerten sich die Angeklagten trotz der Drohung des Richters mit der Folterbank. Da gab, vor die Schranne gerufen, Kaspar an, daß der mit dem geschwärzten Gesicht Wilm Steinecker gewesen wäre, was um so glaubhafter schien, als dieser seit jener Nacht spurlos aus der Stadt verschwunden war. Als nun Ebendorffer einsah, daß seine Sache eine hoffnungslos verlorene war, suchte er die Schuld möglichst von sich ab und auf Hammichel zu wälzen, der ihn zu der Entführung angestiftet und allein alle Vorbereitungen dazu getroffen hätte. Hammichels hartnäckiges Leugnen war vergeblich, da Kaspar auf erneutes Befragen, was er davon wisse, die den Alten schwer belastende Aussage machte, daß sein Großvater allabendlich Zusammenkünfte mit dem Meier in der goldenen Traube gehabt hätte.

Danach wurde das Verhör geschlossen. Die Schuldfrage wurde gestellt, der Spruch von den Schöffen verkündet und vom Schultheißen der Stab über die beiden zum Tode Verurteilten gebrochen.

Als sie aus der Gerichtsstube wieder in den Turm abgeführt wurden, murmelte Ebendorffer beim Hinausgehen grimmig: »Dazu bin ich nun hergeritten, um mich hier hängen zu lassen!«

Beim Bekanntwerden des Urteils nahmen die draußen Harrenden eine bedrohliche Haltung an. Die Parteigänger Hammichels machten Miene, ihren alten Hexenmeister auf dem Rückwege zum Gefängnis aus den Händen des Turmwächters und des Büttels zu befreien. Seine Gegner aber, die ihn an den Galgen wünschten, überhäuften die beiden Gefesselten mit lauten Schimpfreden und hätten sie am liebsten gleich selber aufgeknüpft. Es erhob sich ein heftiges Streiten in dem erregten Getümmel, und wenig fehlte, daß es zum Dreinschlagen kam, so daß Schultheiß und Bürgermeister ihr ganzes Ansehen aufbieten mußten, die heißspornigen Kampfhähne voneinander zu trennen und zu bezähmen.

Am anderen Morgen läutete das Armesünderglöcklein und die Missetäter wurden auf einen Karren gebunden vor die Holzpforte hinausgefahren, wo viele Hunderte Neugieriger herzugeströmt waren, der Hinrichtung beizuwohnen. Von Hammichels Geschäftsfreunden ließen sich nur wenige blicken; von den Familien Armbruster, Gersbacher und Steinecker war niemand zugegen, auch Kaspar nicht.

Ebendorffer zeigte sich verstockt und verbissen, Hammichel aber wimmerte und bettelte auf der Leiter noch um Gnade. Es half ihm nichts, in einigen Minuten waren beide gehenkt und somit die gefährlichsten Feinde Armbrusters und Trudis abgetan.

Nach der Vollstreckung des Urteils flutete die Menschenmenge in die Stadt zurück, und die sich durcheinander Schiebenden tauschten ihre Meinungen über das vor ihren Augen Geschehene unverhohlen aus.

Die einen, die sich über Trudis Rettung aufrichtig freuten, äußerten ihre Genugtuung über die gerechte, dem Verbrechen auf dem Fuße folgende Sühne. Die anderen, namentlich alle diejenigen Winzer, die in ehrlicher Arbeit ihren Wein unvermischt herstellten, waren froh, Hammichel los zu sein, der mit seiner M021scherei ihr Gewerbe geschädigt und ihre Preise gedrückt hatte.

Gerade diese Stimmung gab sich am nächsten Tage durch ein beredtes Zeugnis auf der Richtstatt öffentlich und deutlich zu erkennen.

Da fand man an der Säule des Galgens, die Hammichels baumelndem Gebein am nächsten war, einen Zettel angeheftet, auf dem geschrieben stand:

> Hier hängt Hammichel von Gimmeldingen.
>
> Der Teuffel tät mit ihm zur Hölle springen,
>
> Er fälschte unsern pfälzer Wein,
>
> Der Strang muß der Lohn aller Panscher sein.

Noch tagelang machte sich in der Einwohnerschaft Wachenheims die Aufregung über das unselige Ereignis fühlbar, das da draußen vor der Holzpforte seinen schauerlichen Abschluß gefunden hatte.

Man sah auf der Straße unzufriedene, mürrische Gesichter und hörte abfällige Bemerkungen über die rechtschaffenen, unbescholtenen Bürger, die bei der Gerichtsverhandlung die eingeschworene Schöffenbank gebildet hatten. Selbst der hochachtbare, ehrwürdige Schultheiß wurde hinter seinem Rücken mit Vorwürfen wegen seiner unnachsichtigen Strenge nicht verschont.

Aber nicht bloß die vielen zu hart scheinende Strafe war es, was in den Köpfen der Mißvergnügten rumorte wie gärender Most. Es mußte noch etwas anderes sein, was in gewissen Kreisen der Stadt gemunkelt, aber von den Eingeweihten noch verschwiegen wurde.

Die Stammgäste in der Trinkstube des Kronenwirtes blickten sich mit fragenden Augen mißtrauisch an, doch keiner von denen, die wußten, was im Stillen gesponnen wurde, kam damit heraus, bis es sich in der sonntäglichen Elfuhrmesse auf eine in die schleppende Unterhaltung eingestreute Spottrede Lutz Hebenstreits einmal offenbarte.

Die hier beim Schoppen saßen, waren zumeist Winzer, solche, die ihr Gewächs rein und unverfälscht in ihrem Keller ausbauten, und solche, denen man dies nicht nachrühmen konnte.

Einer aus der Gesellschaft der letzteren sprach von ungefähr: »Wie schnell doch so ein Jahr vergeht! Schon sind die Weinberge wieder geschlossen, und die Lese steht dicht vor der Tür.«

»Wird aber, was die Bonität des Heurigen betrifft, ein kläglicher Herbst werden,« fügte ein anderer seufzend hinzu.

»Ja,« sagte Lutz hohnlachend, »das sind miserable Aussichten für euch, die ihr bisher auch mit den schlechtesten Jahrgängen immer ein Gesöff zusammengeschmiert habt, das den dickhäutigen Zungen eurer Abnehmer beinah wie Traubensaft schmeckte. Damit ist's nun vorbei, denn nun habt ihr keinen Hammichel mehr, der mit seinen, zum Glück aller braven Zecher euch selber nicht bekannten, Mitteln so 'nen erbärmlichen Schund zurecht quacksalbert. Nun wird sich unser liebes Wachenheim in der ganzen Pfalz wieder des guten Rufes erfreuen, reine Weine zu liefern, weil der Deibel sich euren Giftmischer endlich geholt hat.«

Das schlug wie der Blitz ins Scheunendach. Die Verhöhnten fuhren wild auf, aber einer von ihnen, namens Buschard, entgegnete äußerlich ruhig, doch innerlich voll kochenden Grimmes: »Da hast du recht, Lutz; der Hammichel wird manchem von uns fehlen, und daß er uns fehlt, haben wir nur der eingewanderten Fremden auf dem Abtshofe zu verdanken und werden ihr den Dank dafür auch nicht schuldig bleiben. Vor dem Entführtwerden haben sie die klobigen Fäuste der Gersbacher bewahrt, dem Hörigwerden soll sie aber nicht entschlüpfen; dafür werden wir sorgen.«

Damit war das Stichwort gefallen, dem die anderen berüchtigten Pfuscher mit eifrigem: »Jawohl! das werden wir, die soll uns noch kennen lernen!« lärmend und johlend zustimmten.

»So? das probiert einmal! dann sollt ihr uns auch erst kennen lernen, ihr, die ihr ein so löcheriges Gewissen habt wie ein aus allen Fugen leckendes Faß,« wetterte Lutz, aber er schrieb sich's hinters Ohr, was er eben gehört hatte. Buschards Drohung hatte verraten, welcher Plan unter den der Auflehnung Verdächtigen heimlich umging, die Wiederaufnahme der Angriffe gegen den Bürgermeister. Damit würde der unter dem Druck der jüngsten Begebenheiten kaum erstickte Hader der Parteien von frischem aufglimmen und bei der Wut der durch die Beseitigung Hammichels Beeinträchtigten nun doppelt heiß entbrennen.

Und das fing schon jetzt an. Zwischen den immer heftiger aufeinander Prallenden flogen so schwere Beleidigungen hinüber und herüber, daß ernstliche Friedensstörungen in der Stadt zu befürchten waren. Buschard galt nicht mit Unrecht für einen bösartigen, gefährlichen Menschen, von dem man, wenn man ihn zum Feinde hatte, sich des Ärgsten versehen mußte. Zudem stand er in naher Beziehung zu dem ihm geistesverwandten Adam Steinecker, dem unversöhnlichen Widersacher Armbrusters, der, ohnehin aufgebracht über das Verschwinden seines bei dem Entführungsversuche beteiligten Sohnes, nun vollends haßgeladen war gegen den Bürgermeister, dem allein er die Schuld an dem Untergange Hammichels zuschrieb. Und weshalb? weil Armbruster den Wildfang, seine heimatflüchtige Niftel bei sich aufgenommen hatte, um derentwillen das ganze Unheil entstanden war.

So ließ Ebendorffers Auftreten hier sehr bedenkliche Spuren im Irdischen zurück, und sein ihm mißlungenes Beginnen, das er selber mit dem Tode büßen mußte, konnte noch ein verhängnisvolles Nachspiel haben.

Lutz Hebenstreit stellte darüber eingehende Betrachtungen an, als er sich von der so stürmisch verlaufenen Elfuhrmesse auf einem weiten Umwege nach Hause begab. »Also Rache für Hammichel! heißt die Parole der Panscher,« hub er im Selbstgespräch an, »und Trudi oder vielmehr Chrischtoph soll das Opfer sein. Dahinter steckt als Rottmeister natürlich Steinecker, der's nicht verknusen kann, daß Trudi, nach der Einbildung der aufgeblasenen Sippe, seiner Tochter Jakobine den Franz vor der Nase weggeschnappt haben soll. So 'ne Dummheit! Franz hätte die Jakobine im Leben nicht gefreit. Aber was wollen denn die aufrührerischen Krakeeler gegen Chrischtoph unternehmen? Wie wollen sie denn den Freiherrn zwingen, Trudi hörig zu machen und damit seinen Freund Chrischtoph zu demütigen? Remchingen muß doch seine Gründe haben, warum er's noch nicht getan hat, und wird es zu verantworten wissen, wenn er's überhaupt nicht tut. Von Steinecker und Kumpanei dazu drängen läßt sich der alte Haudegen nun und nimmermehr. – Schade, daß Florian Gersbacher heute nicht in der Elfuhrmesse war! Der wäre den Schreihälsen ganz anders übers Maul gefahren als ich, der ich mich fast allein mit ihnen herumbalgen mußte, denn die ich von den Unsrigen auf meiner Seite hatte, geholfen haben sie mir verdammt wenig. Ich habe die Bande noch viel zu sanft angefaßt, weil Geschimpf' und Gezänk meiner Natur durchaus zuwider sind; selig sind die Friedfertigen. Mit dem Florian werd' ich ein Wort im Vertrauen reden, daß wir den Biedermännern, die sich über Hammichels beschleunigte Höllenfahrt nicht trösten können, tatkräftig zu Leibe gehen, denn wir dürfen die Hände nicht in den Schoß legen und mäßig zuschauen, wie sie unserm Chrischtoph einen Knüppel zwischen die Beine schmeißen. Die Sache mit dem verflixten Wildfangrecht hat doch ihren Haken, an den sich allerhand Spitzbübereien anhängen lassen, aber so Gott will, werden wir die Stänker und Störenfriede mit Keulenschlägen zu Paaren treiben.« Damit schloß der sanftmütige Küfer seine sich selbst gehaltene Sonntagspredigt und streckte, zu Hause angelangt, mit großem Behagen die Füße unter seinen wohlbestellten Eßtisch. –

Henning Buschard hatte nichts Eiligeres zu tun als seinem Verbündeten Adam Steinecker die vom Zaune gebrochene hämische Anzapfung Hebenstreits brühwarm zu hinterbringen. Steinecker polterte erst über die Unverschämtheit des großschnäuzigen, sackgroben Faßbinders wutkollernd los, empfahl aber dann ein sehr behutsames und verschwiegenes Vorgehen gegen den Bürgermeister, weil sie, die Gekränkten und Geschmähten, sich leider in der Minderheit befänden und deshalb bedacht sein müßten, die von ihnen zu ergreifenden Maßregeln geheimzuhalten, damit die Gegenpartei nicht Wind davon bekäme und sie mit Vorbeugungen und Hinderungen durchkreuzte. Er würde die Gesinnungsgenossen nächstens einmal abends bei sich versammeln, um mit ihnen zu beraten, auf welche Weise man sich die Unterstützung des Reichsfreiherrn sichern könnte.

Buschard fragte, schon die Türklinke in der Hand, ob nicht Junker Ulrich, wenn man ihn darum anginge, die Vermittlung übernehmen würde.

»Dein Vorschlag ist gar nicht so übel, Henning,« erwiderte Steinecker. »Der Junker soll früher selber die Leibeigenschaft der Würzburgerin betrieben haben ohne damit durchgedrungen zu sein. Aber vielleicht läßt er sich bewegen, seinen Vater noch einmal an die ihm obliegende Ausübung des Wildfangrechtes zu erinnern. Ich werd's mir überlegen, wie er wohl zur Erfüllung dieses Anliegens zu gewinnen wäre.«

Steinecker brauchte sich das gar nicht erst zu überlegen, denn er wußte, daß dazu niemand geeigneter war als seine Tochter Jakobine, deren ihn gefahrlos dünkende Liebelei mit Ulrich ihm nicht verborgen geblieben war. Er hatte ihr bisher aus Mitleid mit der von Franz sitzen

Gelassenen und nun bei dem Junker Trost und Ersatz Suchenden duldsam durch die Finger gesehen, jetzt aber kam ihm der listig gepflegte Stelldicheinverkehr der beiden sehr zupaß.

Als er ihr nun seinen Wunsch, die Mitwirkung des Junkers zum Inkrafttreten des Wildfangrechtes zu veranlassen, unverblümt zu verstehen gab, heuchelte sie dreist: »Aber Vater, wie soll ich denn das anfangen? ja, wenn Hammichel noch lebte! Der war mir immer ein dienstwilliger Bote, wenn ich —« sie brach erschrocken ab, denn sie hätte sich beinahe verraten, zu was für Botschaften und Hilfsleistungen sie den Zwischenträger benutzt hatte. »Ich meine nur,« fuhr sie fort, verwirrt »ich habe doch gar keine Gelegenheit —«

»Na, tu nur nicht so furchtbar unschuldig,« spöttelte er, »wirst' s wohl auch ohne Hammichel zuwege bringen.«

»Sollte mich der Zufall einmal mit dem Junker zusammenführen, will ich ihn gern darauf anreden,« erwiderte sie, züchtig die Augen niederschlagend.

»Schön! kannst auch dem Zufall ein paar Schritt entgegenkommen, mein kluges Töchterlein,« sagte er mit einem pfiffigen Gesichtsausdruck.

Als ihr der Alte den Rücken gekehrt hatte, faßte sie mit den Händen rechts und links einen Saum ihrer Schürze, machte einen tiefen Knix hinter ihm her und sprach schalkhaft: »Wenn der gestrenge Herr Vater befehlen, wird die gehorsame Tochter nicht ermangeln, sich mit dem liebenswürdigen Junker über das Wildfangrecht aufs traulichste zu unterhalten.« —

Auch Lutz Hebenstreit zögerte nicht, seinen und des Bürgermeisters Freund Florian Gersbacher von dem Vorfall in der Krone genau zu unterrichten.

Bei seinem Besuche dort fragte er Florian und seine Frau vorerst nach dem Befinden Franzens. Sie konnten ihm die erfreuliche Auskunft geben, daß Franzens Wunde vollständig geheilt und er wieder arbeitsfähig sei, sich nur noch ein wenig schonen müsse.

Agnete blickte ihn forschend an und sprach: »Lutz, um Euch nach Franzens Befinden zu erkundigen seid Ihr nicht hergekommen, Ihr wollt mit meinem Mann allein reden, nicht wahr? ich werde das Feld räumen.«

»Nein, Agnete, bleibt hier!« erwiderte Lutz. »Was ich Florian zu sagen habe, könnt Ihr alles mit anhören, und Euer guter Rat kann uns in der kitzlichen Sache, die ich ihm vorzutragen habe, von großem Nutzen sein.« Und nun erzählte er ihnen, was er in der Elfuhrmesse erlebt hatte.

Beide waren außer sich über die Rachgier und Bosheit derer, die mit Hammichel Stütze und Halt in ihrem ehrlosen Geschäftsbetriebe verloren hatten. Gersbacher schüttelte, hastig auf und ab schreitend, die geballten Fäuste und knirschte: »Wenn ich doch dem ganzen gottvergessenen Gesindel mit einem Knacks den Hals umdrehen könnte! Weiß Chrischtoph schon davon?«

»Nein, er darf es auch nicht erfahren,« erwiderte Lutz.

»Ja, wie soll er sich denn vor den Banditen schützen, wenn er nicht weiß, von welcher Seite sie ihn angreifen wollen?«

»Lutz hat recht, Mann,« nahm Agnete das Wort. »Chrischtoph darf es noch nicht erfahren; er steht seinen Feinden desto unbefangener und unabhängiger gegenüber, je weniger er von ihrem Vorhaben weiß; schützen müßt *ihr* ihn, seine Freunde.«

»Aber wie denn? womit denn?« fragte Lutz, sprang auf und stapfte nun auch erregt hin und her, sich dabei jedesmal in der Mitte des Zimmers mit Florian begegnend, daß von ihren wuchtigen Tritten der Fußboden dröhnte. Der eine hielt die Hände auf dem Rücken gefaltet, der andere fuchtelte mit den Armen in der Luft herum, und beide machten abwechselnd ganz haarsträubende Vorschläge zur Verteidigung Christophs. Aber was der eine riet, dem widersprach der andere, was dem einen gefiel, das behagte dem andern nicht, so daß sie zu keinem Entschlusse kommen konnten.

Agnete blieb am Tische sitzen und hörte und sah besorgt den Wüterichen zu, die gleich zwei grimmigen Löwen in einem Käfig rastlos und knurrend aneinander vorbeistrichen. Mehr und mehr aber klärte sich ihr Antlitz auf; sie blickte, wie einer Eingebung, einem Traumgespinst nachsinnend, zum Fenster hin und sprach endlich leise zu sich selber: »Ja, ja, so geht's, so muß es gehen.«

Dann begann sie laut: »Jetzt laßt einmal euer unvernünftiges Herumrennen, setzt euch her zu mir und vernehmt, was ich euch zu sagen habe.«

Die Männer taten nach ihrem Geheiß, und Agnete hub an: »In dem ganzen, erbitterten Streit handelt es sich doch zuvörderst um Trudi, und erst durch ihr Hörigwerden soll Chrischtoph in Mitleidenschaft gezogen werden, weil eigentlich nur ihm der Haß der um Hammichel Trauernden gilt. Nun bedenkt einmal, wie musterhaft sich Trudi von Anfang an hier benommen und durch ihr sittsames Wesen die Achtung und Zuneigung aller anständigen Menschen erworben hat. Denkt auch an ihre mutige Tat bei dem Brande, für die sie das höchste Lob verdient. Dann wurde die aus ihrer Heimat Vertriebene vom Wildfangrecht beunruhigt und bedroht, aus ihrem friedlichen, wohligen Dasein hier wieder herausgerissen um hörig und leibeigen zu werden. Und dann, dann erschien ihr nichtswürdiger Verfolger, der Klostermeier von Bronnbach, um sie gewaltsam zu entführen und zur Sklavin seiner sündhaften Begierde zu machen, aus welcher Gefahr sie Gott sei Dank! unsere wackeren Jungen gerettet haben. Das alles ist ihr hier in unserer Stadt widerfahren, die ihr, statt sie dem Wildfangrecht preiszugeben, nach altem, geheiligtem Brauch Gastrecht zu gewähren hat. Ich frage euch, ob wir dem armen Mädchen für das in unseren Ringmauern erlittene Ungemach nicht eine Genugtuung, ich möchte sagen eine Ehrenerklärung schuldig sind. Wie wäre es nun, wenn ihr euch alle zusammentätet und in einer öffentlichen Versammlung der ganzen Bürgerschaft einmütig beschlösset: die Trudi soll nicht hörig werden, sondern frei soll sie werden, und unser Obervogt, Reichsfreiherr von Remchingen, soll sie vom Wildfangrecht für alle Zeiten los- und ledigsprechen? Das ist *meine* Meinung; was sagt *ihr* dazu?«

Sie hatten ihr ohne Unterbrechung zugehört und saßen, als sie geendet, vor Überraschung und Staunen sprachlos ihr gegenüber.

Lutz fand zuerst Worte. Er donnerte seine schwere Böttcherfaust auf den Tisch und schrie: »Hol mich der Deibel, Agnete! das ist ein Vorschlag, der Hand und Fuß hat. So geht's, so machen wir's.«

»Ja!« rief auch Florian, »du hast den Nagel auf den Kopf getroffen, Frau! Ich bin mit allem, was du gesagt hast, vollkommen einverstanden, nur eine einzige Abänderung ist nötig. Nicht in einer öffentlichen Versammlung, wo jeder Aufsässige und jeder Hansnarr uns dreinreden und den Plan verderben kann, sondern von Amts wegen muß das geschehen, muß im Gemeinderat beantragt, von ihm genehmigt und zur Ausführung gebracht werden, und ich selber werde den Antrag in der Sitzung stellen.«

»Und ich,« schloß sich ihm Lutz an, »ich setze Himmel und Hölle in Bewegung, laufe bei den hochwohlweisen Vätern der Stadt herum und knete sie so windelweich, daß sie mir auf Seel' und Seligkeit geloben müssen, dem Antrag bedingungslos zuzustimmen.«

»Ich bin auch bereit,« fuhr Gersbacher fort, »mit noch einem andern, am liebsten mit dir, Lutz, dem Reichsfreiherrn das Gesuch vorzutragen, und hoffe, daß er uns damit nicht abweisen wird, obwohl wir seiner Willfährigkeit keineswegs sicher sein dürfen.«

»Gewiß dürfen wir das,« sagte Lutz, »und nun gehen wir doch zu Chrischtoph, heute noch, und teilen ihm mit, was Agnete zu seinem Heil ersonnen hat.«

»Ja, das wollen wir, und wie wird er sich freuen, wenn wir mit der Botschaft kommen!« sprach Florian.

»Und wie werden sich die Hammichel'schen fuchsen, wenn sie sehen, daß ihre niederträchtigen Machenschaften elend zu schanden werden!« fügte Lutz, sich vor Vergnügen die Hände reibend, hinzu.

»O wenn es glückte!« flüsterte Agnete. »Denkt nur an Franz und Trudi!«

»Ja, Franz und Trudi!« wiederholte Lutz. »Und Eure Erfindung, Euer Werk ist es, Agnete! Welch eine köstliche Morgengabe bringt Ihr damit Eurer künftigen Schwiegertochter dar, ihre Freiheit!« –

Im Abtshofe ward allerdings eitel Glück und Freude über die Nachricht. Christoph dankte den Freunden mit bewegten Worten für das, was sie ihm und Trudi zuliebe tun wollten und womit just das erzielt wurde, was ihm der Reichsfreiherr im Vertrauen geraten hatte, ein entschlossenes Eintreten für Trudi seitens der sich ihrer Macht bewußten Gemeinde. Aber daß Remchingen ihm schon vor Wochen einen darauf hinausgehenden Wink gegeben hatte, verschwieg er.

Gleich am nächsten Tage machte sich Lutz auf die Beine zu den einzelnen Mitgliedern der städtischen Körperschaft, um sie von der zu erwartenden Vorlage in Kenntnis zu setzen und für deren Bewilligung zu werben.

Nun brannte es in Wachenheim an allen Ecken und Enden. Die Feinde des Bürgermeisters gebärdeten sich wie Tobsüchtige und arbeiteten mit besten Kräften, den beabsichtigten Antrag schon vor seiner Beratung zu Falle zu bringen.

Bald darauf fand die entscheidende Sitzung statt, und es entspann sich in ihr ein heißer Kampf für und wider die Maßnahme, zum Zwecke der »durchaus ungerechtfertigten Begünstigung einer Fremden«, wie sich die Gegner gehässig ausdrückten, die Hilfe des Reichsfreiherrn anzurufen. Allein die trotzig ablehnende Partei wurde von den Gutgesinnten und von dem nun auch in das Wortgefecht scharf eingreifenden Bürgermeister selber Schlag auf Schlag geworfen und endlich von einer mehr als doppelt so starken Mehrheit überstimmt, so daß der Antrag zum Beschluß erhoben wurde.

Florian Gersbacher und Lutz Hebenstreit wurden abgeordnet, dem Reichsfreiherrn im Namen der Stadt zu bitten, daß er Trudi zur Belohnung für ihre Rettungstat und zur Entschädigung für die ausgestandene Angst bei dem Entführungsversuche kraft seines obrigkeitlichen Amtes vom Wildfangrecht auf alle Zeit lösen möchte.

So begaben sie sich denn in ihrem besten Sonntagsstaat, in Schnallenschuhen und mit dem dreispitzigen Nebelspalter auf dem dicken Bauernschädel zur Wachtenburg hinauf. Dietrich von Remchingen empfing sie in seinem wohnlichen Gemach, hieß sie Platz nehmen und schenkte ihren Auseinandersetzungen ein williges Gehör.

Wie sehr er sich in der Seele seines Freundes Armbruster über diese Wendung der lange schwebenden Angelegenheit freute, ließ er sie nicht merken, fragte jedoch, wer auf den schlauen Einfall gekommen wäre, ihn um seine Vermittlung anzugehen, weil er wissen wollte, ob Christoph infolge seines vertraulichen Winkes die Bürger dazu veranlaßt hätte.

Aber Gersbacher erwiderte: »Den glücklichen Gedanken hat meine Frau gehabt und zuerst uns beiden gegenüber ausgesprochen. Im Gemeinderat den Antrag gestellt hab' ich, Eure Herrlichkeit.«

»Was der Tausend!« lächelte Remchingen, »ich kenne ja Eure tugendsame Hausfrau, doch einen so anschlägigen Kopf hätt' ich ihr – nehmt's nicht übel! – kaum zugetraut. Macht Frau Agnete mein Kompliment dafür, Florian Gersbacher.«

Florian verneigte sich geschmeichelt. »Leider aber,« fuhr der Freiherr fort, »bin ich nicht imstande, euer Begehren zu erfüllen, denn das übersteigt meine Befugnis und hängt einzig und allein von der Gnade eures und meines Herrn, des Pfalzgrafen, ab, der als Reichsvikarius die Ausübung des Wildfangrechtes gleich einem erblichen kaiserlichen Lehen in seiner unbeschränkten Gewalt hat. Ihr braucht deshalb nicht zu verzagen,« fügte er schnell hinzu, als er nun die langen Gesichter seiner Besucher sah. »Ich will euch gern raten und helfen. Schickt an unsern durchlauchtigten Pfalzgrafen eine Deputation von zwei oder drei Bürgern, die dem hohen Herrn den Fall vortragen; ich werde ihnen zur Befürwortung des Gesuches einen Brief mitgeben. Nimmt der Pfalzgraf eure Abgesandten und mein Handschreiben gnädig auf, so ist es möglich, daß er mir den Befehl erteilt, zu tun, was ihr wünschet und was ich selber wünsche. Morgen sollt ihr den Brief haben, also kann übermorgen eure Deputation gen Heidelberg ausrücken.«

Er erhob sich und mit ihm auch die beiden hocherfreuten Wachenheimer, die ihm ihren tiefgefühlten Dank so kräftig ausdrückten, wie sie konnten.

»Wird das ein Gaudi werden, wenn wir's unten in der Stadt verkündigen!« sagte Lutz. »Da wird mancher heut abend seinem gesunden Pfälzerdorscht ganz gehörig unter die Arme greifen, ich auch.«

»Hol mich der Deibel! nicht wahr?« fiel der Freiherr lachend ein. »Das Wort hab' ich lange nicht aus Eurem Munde gehört, Lutz Hebenstreit.«

»Weil Ihr lange nicht in der Elfuhrmesse gewesen seid, Herr Reichsfreiherr,« erwiderte Lutz. »Schade, daß Ihr vorigen Sonntag nicht dawaret! Da ist's scharf hergegangen.«

»Habt ihr euch in den Haaren gelegen?«

»Jawohl, tüchtig! und alles um den seligen Hammichel und die verfluchte Panscherei.«

»Also Gottbefohlen! und grüßt mir meinen alten Freund Chrischtoph.« –

In die Deputation an den Pfalzgrafen wurden Florian Gersbacher, Lutz Hebenstreit und Peter Armbruster als Sohn des Bürgermeisters gewählt, und zwei Tage nach dem Besuch auf der Wachtenburg fuhren sie mit dem Briefe des Reichsfreiherrn ab. Da jedoch in dem von Gersbacher gestellten, viersitzigen Fuhrwerk noch ein Platz frei war, nahmen sie zu seiner überschwenglichen Freude den jetzt wie ein Sohn des Hauses mitsamt seinem Patz auf dem Abtshofe wohnenden Schneckenkaschper mit, daß er auch einmal ein Stückchen Welt, in Sonderheit das schöne Heidelberg zu sehen bekäme.

Dreiundzwanzigstes Kapitel.

Von ihrer Auswanderung aus der Pfalz war zwischen Franz und Trudi nicht mehr die Rede gewesen, seit sie notgedrungen den Entschluß dazu gefaßt hatten. Das war an demselben Tage morgens geschehen, da Kaspar mittags auf dem Abtshofe das Auftauchen Ebendorffers in Wachenheim gemeldet hatte, und vor der gegenwärtigen Sorge, welche Folgen sein Erscheinen für Trudi haben würde, mußten alle auf die Zukunft gerichteten Pläne zurücktreten. Als aber die von der Anwesenheit des Meiers drohende Gefahr nicht allein mit ihm selber verschwunden war, sondern auch mittelbar das tatkräftige Vorgehen der Stadtgemeinde gegen jede Freiheitsbeschränkung in Trudis Dasein zuwege gebracht hatte, dachten die Liebenden nicht mehr daran, das schöne Pfälzerland fluchtartig zu verlassen. Lebten sie doch jetzt der frohen Hoffnung, daß ihnen durch die angerufene Gnade des Pfalzgrafen das Verbleiben hier ungekränkt gestattet und zugleich das einzige ihrer ehelichen Verbindung entgegenstehende Hindernis beseitigt werden würde.

Die Zeit des Wartens auf die Rückkehr der nach Heidelberg Entsandten kürzte Franz der Geliebten durch häufige Besuche, bei denen er sie seiner unbegrenzten Siegesgewißheit teilhaftig zu machen nicht müde wurde. Sie hing mit unverwandten Augen an seinen redseligen Lippen, als wollte sie in sein Innerstes schauen, ob er von der Erfüllung ihres und seines sehnlichsten Wunsches wirklich so fest überzeugt wäre wie er vorgab. In wechselnder, bald gehobener, bald bedrückter Stimmung lauschte sie seinen treuherzigen Versicherungen, sie mit einem träumerischen Lächeln oder einem schwermütigen Seufzer begleitend. Denn sie, die in früherer Zeit soviel Bitternis und Leid zu ertragen und in jüngster Zeit soviel Schrecken und Angst auszustehen gehabt hatte, wagte noch nicht, nun auf einmal an ein so großes Glück zu glauben, das ihr jetzt nicht mehr in nebelhafter Ferne aufdämmerte, sondern schon aus greifbarer Nähe winkte.

Als aber der dritte und auch der vierte Tag nach der Abfahrt der Deputation verging, ohne sie zurückzubringen, sank Trudis Hoffnung tiefer und tiefer, und auch Franzens Zuversicht geriet in ein so bedenkliches Schwanken, daß er seine wachsende Befürchtung kaum noch verhehlen konnte.

Endlich gegen Abend des fünften Tages kam Kaspar spornstreichs angetrabt und wurde von Patz mit einem so unbändigen Freudengebell begrüßt, daß die Insassen des Abtshofes sofort an der Haustür erschienen. »Wir sind wieder da!« rief er atemlos aus, »und die andern lassen euch sagen, allem Anschein nach hätten sie ihren Zweck erreicht, aber genaues wüßten sie nicht.«

»Wo sind sie denn?« fragten Madlen und die Mädchen wie aus einem Munde.

»Sie sind gleich um die Stadt herum bis an den Burgberg gefahren, um Peter da abzusetzen, der dem Freiherrn ein Schreiben des Pfalzgrafen übergeben soll. Ich bin am Tor ausgestiegen und so schnell ich konnte hergelaufen.«

»Da müssen wir uns also gedulden, bis sich Peter von der Wachtenburg einfindet,« sprach der Bürgermeister. »Vielleicht läßt uns Dieter durch ihn die Entscheidung des Pfalzgrafen mitteilen.«

Kaspar flüsterte Ammerie zu: »Ich habe schrecklichen Hunger; wir haben uns unterwegs nicht Zeit genommen, was Ordentliches zu essen.«

»O mein liebes Käschperle, komm' mit in die Speisekammer, ich will dich füttern,« erwiderte Ammerie, faßte den hoch aufgeschossenen Jungen am Arme und zog ihn mit sich fort.

Madlen und Trudi saßen etwas beklommen da und schwiegen, während Christoph im Zimmer rastlos auf und ab schritt.

Nach einer Weile hub Madlen an: »Allem Anschein nach hätten sie ihren Zweck erreicht, lautete die Bestellung. Das klingt doch eigentlich günstig.«

Christoph zuckte die Achseln und sagte: »Ja, ja, aber der Schein trügt, und was man wünscht, das glaubt man auch gern.«

»Der Pfalzgraf hätte ihnen doch seinen Willen mit ein paar Worten kundtun können,« meinte Madlen.

»Was du dir denkst!« versetzte Christoph. »Fürsten pflegen sehr vorsichtig und zurückhaltend mit ihren Äußerungen zu sein. Das muß alles seine gewiesenen Wege gehen, und der Freiherr ist nun mal das Sprachrohr Seiner Durchlaucht für hochdero geliebte pfälzische Kinder. Das ist von alters her so Brauch.«

»Soviel Umstände, wo ein kurzes Ja oder Nein genügt hätte!«

Jetzt erschollen draußen auf dem Flur harte, männliche Schritte. Die in der Stube horchten auf, aber statt des erwarteten Peter trat Lutz Hebenstreit ein, gefolgt von Ammerie.

»Na, was sagt ihr dazu?« rief er, ihnen die Hände entgegenstreckend.

»Was sollen wir denn sagen?« erwiderte Christoph. »Wir wissen ja nichts.«

»Ja, wir wissen auch nichts,« sprach Lutz und lachte. »Aber gut steht die Sache, hol' mich – nein, ich will nicht Hecht! schreien, eh' ich ihn beim Schwanze habe. Hört zu!«

Er setzte sich und erzählte: »Erst am zweiten Tage nach unserer Ankunft in Heidelberg hat uns der Pfalzgraf vor sich gelassen, nahm aber, nachdem er das Schreiben des Freiherrn gelesen hatte, unsern Bericht und unser untertänigstes Gesuch huldvoll entgegen, fragte nach diesen und jenen Einzelheiten des hier Vorgefallenen und befahl uns dann auf zwei Tage später zu sich ins Schloß, weil er die Angelegenheit erst mit seinen geheimen Hofkammerräten des näheren erörtern müßte. Wir zogen also alle drei demütig und betrübt wie begossene Pudel ab und schimpften weidlich auf die alten, schnüffligen Perrücken, die zu der einfachsten Sache von der Welt immer auch noch ihren Senf geben wollen. Gestern endlich wurden wir vom Pfalzgrafen wieder empfangen. Er sprach nur wenig, behändigte uns den Brief, mit dem Peter jetzt zur Wachtenburg hinauf ist, und sagte zum Abschied: Ich denke, daß meine allzeit getreue Stadt Wachenheim mit dem Inhalt dieses Schreibens zufrieden sein wird. Damit wurden wir fürstlich entlassen. Wir verbeugten uns mit dem krummsten Rücken, den ich je in meinem Leben gemacht habe, und sahen uns draußen im Vorzimmer mit Gesichtern an, die just nicht die klügsten gewesen sein mögen. Nun sind wir wieder da, und ich wanke und weiche hier nicht von der Stelle, als bis Peter kommt und uns ein Licht ansteckt, daß wir nicht mehr im Dunkeln herumstolpern.«

»Wenn der Pfalzgraf gesagt hat, wir könnten mit seiner Entscheidung zufrieden sein –«

»Könnten! das heißt soviel wie müßten,« unterbrach Christoph seine Frau. »Da können noch mancherlei Klauseln und Konditionen hinten dranhängen.«

»Nein Chrischtoph,« sprach Lutz, »der Pfalzgraf sagte das in einem so gnädigen Tone und mit einer so freundlichen Miene, daß auch ein nur halb abschlägiger Bescheid kaum denkbar ist.«

»Ich wollte, Ihr behieltet recht, Lutz, mit Eurer vorgefaßten, günstigen Meinung,« sagte Madlen, trotz alledem noch nicht ohne Sorge. »Allein ich finde, Peter bleibt fast zu lange aus für eine freudige Nachricht.«

»Da kommen sie, Peter, Franz und Steffen,« rief Ammerie vom Fenster her.

Peter hatte seine beiden Schwäger auf dem Rückwege von der Burg aus dem Gersbacherhofe abgeholt, und nun kamen sie zusammen wie mit Siebenmeilenstiefeln angetrottet, Franz voran. Im Zimmer schritt er mit ausgebreiteten Armen auf Trudi zu und jubelte: »Du wirst frei, Trudi, wirst frei!«

Mit einem Freudenschrei warf sie sich ihm an die Brust und lachte und weinte vor Glück in einem Atem.

»Es ist so,« bestätigte Peter in seiner ruhigen Armbruster'schen Art. »Der Pfalzgraf hat den Freiherrn beauftragt, Trudi vom Wildfangrecht loszusprechen.«

»Ohne Bedingung?« fragte Christoph.

»Ohne jede Bedingung,« erwiderte Peter. »Frei soll sie werden wie der Vogel in der Luft und der Fisch im Wasser. Herr von Remchingen hat mir den bündigen, pfalzgräflichen Befehl vorgelesen.«

»Gott sei gelobt und gedankt!« rief Madlen bewegt aus. »Welch' ein Stein fällt mir damit von der Seele! Jetzt segne ich den Tag, Trudi, an dem du vor einem Jahre bei uns hier eingewandert bist.«

»Der Freiherr wird morgen zu dir kommen, Vater, um alles mit dir zu verabreden, denn er will die Freiheitserklärung Trudis öffentlich vor versammelter Bürgerschaft vornehmen,« fügte Peter hinzu.

»Das soll mir recht sein,« sagte der Bürgermeister.

»Und dazu geben wir ein Festessen, gelt Mütterle?« sprach Ammerie.

»Ja, Mädel, das tun wir,« erwiderte Madlen.

»Mit Dank angenommen, wenn Ihr mich dazu einladet!« fiel Lutz ein wie mit der Tür ins Haus.

»Ich auch, ich komm auch,« rief Steffen, faßte Ammeries beide Hände und schüttelte sie so heftig, als wenn er diese Zusage noch mit besonderem Nachdruck bekräftigen müßte.

Sie lächelte ihm innig zu und sprach: »Bist willkommen, Steffen!«

Heut erschien ein Krug Wein nach dem andern auf dem Abendtische, an dem Lutz und die beiden Gersbacher als Gäste teilnahmen. Lutz erzählte allerhand drollige Erlebnisse von ihrem Aufenthalt in Heidelberg, und alle waren aus der Maßen fröhlich und guter Dinge.

Mitten in der lebhaften Unterhaltung stand Ammerie auf, ging zu ihrer Mutter und raunte ihr etwas ins Ohr.

Madlen nickte fortwährend zu dem, was ihr Ammerie zuflüsterte, und diese gab nun Trudi einen Wink, worauf die beiden Mädchen aus dem Zimmer verschwanden.

Als sie nach einer Weile zurückkehrten, brachten sie mehrere Flaschen Wein und eine Laute.

»Was ist denn das?« fragte Christoph verwundert.

»Das ist Deidesheimer Hofstück, unser bester,« antwortete Madlen.

»Und die Laute?«

»Die Laute bedeutet, daß du uns jetzt eins singen sollst, Chrischtoph. Wir sind aller Sorgen ledig, und da könntest du uns in dieser glücklichen Stunde wohl einmal ein Lied singen.«

»Ich singen?« sagte Christoph. »Wie lange hab’ ich nicht gesungen! ich glaub’, ich kann’s gar nicht mehr.«

»Doch, Väterle!« sprach Ammerie, »ich hab’ dich neulich mal leise brummen hören, das klang wie der schönste Gesang. Sing’ uns das Pfälzerlied!«

»Grashupf! das hast du mir natürlich wieder eingerührt,« lachte er. »Also dann her den Deidesheimer und her die Laute.«

Alle klatschten vor Freuden in die Hände, und Trudi überreichte ihrem Onkel die Laute. Er nahm sie, und während er die Saiten stimmte, schenkte Ammerie den eben gebrachten Wein in die Gläser.

Dann hub der Bürgermeister zu seiner eigenen Begleitung mit tiefer, klangvoller Stimme zu singen an:

> Nun füllt den Römer bis zum Rand,
>
> Herbei den Saft der Traube,
>
> Gereift für uns im Sonnenbrand
>
> Zum Trunk in kühler Laube!
>
> Setzt mit Bedacht ihn an den Mund
>
> Und langsam leert sein glänzend Rund,
>
> Daß Euer Herz sich labe
>
> An solcher Gottesgabe.
>
> O pfälzer Wein, du flüssig Gold
>
> Voll würzereicher Süße,
>
> Ein Bote in des Herbstes Sold
>
> Bringst du des Sommers Grüße.
>
> Dein Duft mich wonniglich umschwebt,
>
> Als wenn die Kraft, die in dir webt,

Mich zaubermächtig triebe
Zu Mutwill, Lust und Liebe.

Hoch, fröhlich Pfalz! und Gott erhalt
Allweg ihr herrlich Blühen,
Auf daß sie mache jung und alt
Beim Rebenblut erglühen.
Ich trink, als wär's auf du und du,
Dem ganzen pfälzer Lande zu
Und wünsch ihm Glück und Segen
Des edlen Weines wegen.

Die letzte Strophe des Liedes wiederholten sie alle, sich von den Sitzen erhebend und die Gläser ergreifend, im Chore, stießen miteinander an und tranken. Und saßen dann noch und tranken bis in die Nacht hinein.

Vierundzwanzigstes Kapitel.

Am Dienstag der nächsten Woche fand nach vorhergegangener Ansage die Lossprechung Trudis in feierlicher Weise statt.

Es war ein sonniger Tag, herbstlich klar und doch noch sommerlich warm. Auf dem Markte drängte sich eine ungezählte, festlich gekleidete Menge, die von vier reisigen Burgmannen des Freiherrn zu einem geschlossenen Ringe aufgestellt wurde, so daß in seiner Mitte ein mehr als ausreichender Bewegungsraum für die Würdenträger und die zunächst Beteiligten frei blieb.

Innerhalb dieses Kreises stand der Reichsfreiherr mit dem wallenden Federhut auf dem Haupte und dem langen Stoßdegen in kostbarem Wehrgehenk an der Hüfte. Zu seinen Seiten, nur ein wenig zurück, befanden sich der Schultheiß im Talar, der Bürgermeister mit dem silberknöpfigen Amtsstabe und der älteste Pfarrer im Ornat. Hinter ihnen ordneten sich die Mitglieder des Gemeinderates mit Ausnahme der Grollenden, die gegen die Befreiung Trudis gestimmt hatten.

In der vordersten Reihe alles Volkes, dem Freiherrn gerade gegenüber, waren den Familien Armbruster und Gersbacher Plätze vorbehalten worden, für Trudi einer zwischen Madlen und Agnete. Sie sah bleich aus, und das Herz klopfte ihr zum Zerspringen.

Jetzt blies Niklas, der Türmer, der ehemalige Weidgesell auf der Wachtenburg, zum Zeichen des Beginnes der feierlichen Handlung eine schmetternde Weise, natürlich wieder eine lustige Jagdfanfare, wonach lautlose Stille ward.

Nun winkte der Freiherr Trudi zu, und zagen Schrittes, mit gesenktem Haupte, trat sie vor ihn hin.

Herr Dietrich von Remchingen sprach mit rundum vernehmlicher Stimme: »Höret mich, ihr Bürger und Einwohner von Wachenheim! ihr sollt Zeugen sein dessen, was ich der hier vor mir stehenden, euch allen bekannten, ehrsamen Jungfrau zu verkündigen habe.«

Er entblößte das Haupt, und als alle Männer das gleiche getan hatten, fuhr er fort: »Auf gnädigsten Befehl und im Namen des Reichsvikarius, unseres durchlauchtigen Kurfürsten und Pfalzgrafen bei Rhein Karl Ludwig spreche ich dich, Gontrud Hegewald, vor der versammelten Bürgerschaft zum Lohn und Dank für deine mutige Rettungstat beim Brande vom Wildfangrechte los und ledig. Gib mir die Hand! Sieh' so halt ich dich noch, und wie ich deine Hand jetzt aus der meinigen loslasse, so geb ich dich frei für alle Zeiten und in alle vier Winde. Du kannst bleiben oder gehen, wohin du willst, und nie und nirgend, weder nah noch fern darf ein nachfolgender, nachjagender Herr den geringsten Anspruch an dich erheben, mit keinem Fug und Recht, aus keinerlei Ursach' oder Vorwand. Hier lege ich dir meine Hand aufs Haupt und sage noch einmal: du bist frei, Gontrud Hegewald!«

Darauf bedeckte er sich wieder mit dem Hute und fügte weniger laut hinzu: »Und nun nimm von mir dies silberne Kettlein mit anhängendem Bilde des Ritters Sankt Georg und trag es, wann du willst, zum Andenken an diese Stunde und an den, dem es beschieden war, sie dir bereiten zu können.«

Trudi verneigte sich tief, und nachdem ihr der Freiherr die Kette um den Hals geschlungen hatte, küßte sie ihm stumm die Hand, obwohl er's ihr wehren wollte.

In diesem Augenblicke begann von zwei Glocken auf dem Turme ein frohes Festgeläut, und nun brach die Volksmenge in brausende Jubelrufe aus: Heil dem Reichsfreiherrn von Remchingen! Heil Trudi! Heil unserm Bürgermeister!

Trudi begab sich auf ihren Platz zurück. Frei, frei! o mein Gott, ich danke dir! Mehr konnte sie jetzt nicht denken; es summte und sauste ihr in den Ohren, und sie wußte sich nun vor den auf sie zustürmenden Männern und Frauen, Burschen und Mädchen, die sie beglückwünschen wollten, kaum zu retten. Fast zuletzt kam einer, der sprach kein Wort, aber er hielt Trudis Hand länger in der seinen und blickte ihr inniger in die Augen als alle die anderen. Das war Franz Gersbacher.

Zu Hause auf dem Abtshofe empfingen die Freie liebende Arme, und jedem der gleich ihr mächtig Bewegten bot sie in überquellender Dankbarkeit die Lippen dar, sogar Schneckenkaschper, der nicht wußte, wie ihm geschah und womit er diese feenhafte Gunst verdient hatte.

Aber dann gab es kein müssiges Ausruhen; nun mußte das Mahl gerüstet werden, mit dem der Bürgermeister aus Anlaß des freudevollen Ereignisses seine nächsten Freunde heute bewirten wollte, den Freiherrn, die Gersbachers, Lutz Hebenstreit, den angesehenen Vorsteher der Winzergilde Berthold Breitinger mit Frau und Tochter, Armbrusters Tochter und Schwiegersohn, die aus Neustadt herübergekommen waren, und noch sechs oder acht andere. Der Schultheiß hatte die Einladung dankend abgelehnt, weil er aus gesundheitlichen Gründen alle Schmausereien mied, bei denen es der überaus freigebigen pfälzischen Gastlichkeit gemäß ihm zu hoch herging.

Zur festgesetzten Abendstunde fand sich die Gesellschaft in Christophs Schreibstube ein und begab sich, als sie vollzählig beisammen war, in die geräumige Wohnstube, wo von Trudi und Ammerie an zwei gedeckten Tischen jedem der ihm zugedachte Platz angewiesen wurde.

Der Freiherr saß neben der Frau Bürgermeisterin, Franz neben Trudi, und diesen beiden war so selig zu Sinn, als wäre dies schon ihre Hochzeitstafel. Auch Schneckenkaschper durfte nicht fehlen und hatte seinen Platz an Ammeries Seite.

Nach dem ersten Gange erhob sich der Freiherr und hielt mit dem ganzen Gewicht seiner würdevollen und vornehmen Persönlichkeit an die Tischgenossen eine inhaltreiche Ansprache zu Ehren Trudis. Er pries und feierte sie für das, was sie getan und was sie gelitten hatte, mit von Herzen kommenden und zu Herzen gehenden Worten und versicherte, es würde ihm zeitlebens eine liebe Erinnerung bleiben, daß es ihm vergönnt gewesen wäre, die von allen hochgeschätzte Niftel seines Freundes Armbruster vom Wildfangrechte zu lösen. Daran knüpfte er die besten Wünsche für eine glückliche Zukunft der nunmehr freien Pfälzerin, die der allmächtige Gott auch ferner in seinen gnädigen Schutz nehmen möchte.

Bald darauf antwortete Christoph seinem ritterlichen Freunde und dankte ihm warm für seine großmütige Hilfe, ohne welche die Befreiung Trudis nie und nimmer erreicht worden wäre und sie jetzt nicht so fröhlich hier beieinander säßen. Er schloß unter der begeisterten Zustimmung aller Anwesenden mit dem Wunsche, daß der Reichsfreiherr noch lange Jahre der unter seiner gerechten und milden Verwaltung blühenden Pfalz als Obervogt vorstehen möge, sich selber zur Ehre und dem Lande zum Segen.

Die Unterhaltung der Gäste floß langsam dahin und schwirrte immer lustiger von einem zum andern.

Zu Agnete sprach Madlen: »Wenn ich dem Gefühl des Neides zugänglich wäre, so würde ich dich darum beneiden, daß du den klugen Gedanken gehabt hast und nicht ich, die Gemeinde für Trudis Befreiung aufzurütteln.«

»Er ist mir wie von oben herab eingegeben worden, Madlen,« erwiderte Agnete. »Aber als Verdienst will ich's mir nicht anrechnen; es wäre wohl auch ein anderer noch darauf gekommen.«

Das hatte Florian Gersbacher gehört und bemerkte dazu: »Jedenfalls ist's mir eine besondere Freude, daß der gute Gedanke gerade in dem Hause geboren ist, in das Trudi nun bald mit dem Brautkranz im Haar als unsere liebe Tochter einziehen wird.«

Da hob Christoph Armbruster sein Glas und trank seinem Freunde Dietrich von Remchingen lächelnd zu, als wollte er sagen: wir beide wissen am besten, wer diesen Gedanken zuerst gehabt hat.

Zu dem ihm gegenübersitzenden Lutz sprach Franz: »Na, Lutz Hebenstreit, wo ist nun das Unheil, das Ihr Trudi nach dem Weinverschütten hier einst prophezeitet?«

»Ist's etwa nicht eingetroffen?« fragte Lutz zurück. »Zweimal hast du Trudi davor bewahrt. Erst hast du sie aus Flammen und Rauch und dann aus den Klauen ihres nichtswürdigen Entführers retten müssen.«

»Ja, das hat er getan, aber ich schenke Euch keinen Wein wieder ein, Meister Hebenstreit,« mischte sich Trudi in das Gespräch.

»So stoße wenigstens mit mir an zum Zeichen, daß du mir nicht mehr böse bist,« erwiderte Lutz.

Trudi tat es und reichte ihm über den Tisch hin die Hand mit den Worten: »Das bin ich nie gewesen.«

»Ich stoße mit an, Lutz,« sprach Franz, »aber jetzt auf einen guten Herbst. Am nächsten Montag beginnt die Lese, und bei der vorjährigen in unserem Wingert war's, daß ich mit Trudi Freundschaft machte, —«

»Die mit der nicht zustande gekommenen Wein- und Kußprobe anfing,« flocht Ammerie lachend ein.

»Und dann in den Spinnstuben bald zur brennenden Liebe wurde,« schloß den Satz neckisch Gustel Breitinger.

Bis zu später Stunde blieb man traulich beisammen, doch gab es hie und da schon Lücken an den Tischen. Einige der Gäste hatten sich erhoben und standen plaudernd umher, so daß es unbemerkt blieb, wer etwa fehlte und sich schon weggegeben hatte.

Trudi trat auf den Freiherrn zu und begann mit feucht schimmernden Augen: »Ich konnte Euer Gnaden noch mit keinem Worte danken für das, was Sie für mich getan haben. Heut' vormittag war ich dazu nicht imstande, aber jetzt muß es mir endlich aus dem Herzen heraus: ich verdank' Euer Gnaden das größte Glück meines Lebens.«

Remchingen nahm ihre Hand und sprach: »Liebe Trudi, glücklich *machen* ist wohl ebenso schön wie glücklich *sein*, das fühl' ich heute. Dort steht dein Liebster,« fuhr er fort, Franz heranwinkend, »ihr habt in Leid und Not zusammengehalten; tut es auch im Glücke!«

»Das werden sie, Dieter!« sagte hinter ihm Christoph Armbruster, »ich bürge für beide.«

»Und nun und nimmer werden wir Euer Gnaden Beistand und Güte vergessen; das gelob' ich für mich und meinen lieben Wildfang hier,« fügte Franz hinzu, den Arm um Trudi schlingend.

Nun sprach der Freiherr leise zum Freunde: »Ich will fort, Chrischtoph, aber ganz heimlich, — gute Nacht!« Und nachdem er Schneckenkaschper den Auftrag gegeben hatte, ihm sein Pferd satteln und vorführen zu lassen, stahl er sich aus der Gesellschaft weg.

Während er nun wartend auf dem dunklen Hofe stand, im Herzen froh über das Vollbrachte, hörte er jemand hinter dem großen Nußbaum sagen: »Du wolltest ja zählen; wieviel sind's denn bis jetzt geworden?«

Darauf antwortete eine weibliche Stimme: »Ach, Steffen, viel zu viele, als daß ich sie hätte zählen können.«

Dietrich von Remchingen lächelte still und brauchte sich den Kopf nicht zu zerbrechen, wem wohl diese zweite Stimme angehören mochte.